CHRISTOPH BEYER

Heimzahlung

UNBARMHERZIG Eine Gasexplosion erschüttert den Osnabrücker Stadtteil Sutthausen. Das Opfer: der ehemalige Kinderheimzögling Armin Sommer. Hauptkommissar Richard Fürst tippt zunächst auf einen Suizid. Doch als Robert Dahlmann, ein Weggefährte des Verstorbenen, dem jungen Wissenschaftler Jonathan Bach brisante Dokumente übergibt, wendet sich das Blatt. Offensichtlich war der Verstorbene mutmaßlichen Nazi-Kriegsverbrechern auf der Spur. Gemeinsam setzen sich Fürst und Bach, mit Unterstützung des niedersächsischen LKA, auf die Fährte der Männer. Warum, so fragen sie sich, tauchten diese nach dem Krieg offenbar als Aufseher in kirchlich geleiteten Kinderheimen unter? Als mitten in den brisanten Ermittlungen Robert Dahlmann plötzlich verschwindet und ein kaltblütiger Mord geschieht, überschlagen sich die Ereignisse. Ein gnadenloser Wettlauf gegen die Zeit beginnt.

Christoph Beyer wurde in Rheine geboren. Nach einer Ausbildung zum Groß- und Außenhandelskaufmann studierte er Politik- und Erziehungswissenschaften in Osnabrück und San José/Costa Rica. Bereits während seines Studiums bereiste er vor allem Mittel- und Südamerika und arbeitete als Journalist für unterschiedliche Medien. Daneben engagierte er sich ehrenamtlich unter anderem in Hochschulgremien, im Bereich Bürgerrundfunk und beim Kinderhilfswerk »terre des hommes«. Als Stipendiat der Hans-Böckler-Stiftung promovierte er zu einem politikwissenschaftlichen Thema. Seither arbeitet er als freier Autor und Journalist in Osnabrück, in dessen grünem Umland er gern auf Entdeckungstour geht. Seine Leidenschaft gilt dem Schreiben, Reisen und der Musik.

Bisherige Veröffentlichungen im Gmeiner-Verlag:
Osnabrücker Land (2015)

CHRISTOPH BEYER
Heimzahlung
Kriminalroman

GMEINER SPANNUNG

Personen und Handlung sind frei erfunden.
Ähnlichkeiten mit lebenden oder toten Personen
sind rein zufällig und nicht beabsichtigt.

Besuchen Sie uns im Internet:
www.gmeiner-verlag.de

Im Ehnried 5, 88605 Meßkirch
Telefon 07575/2095-0
info@gmeiner-verlag.de

1. Auflage 2015

Lektorat: Claudia Senghaas, Kirchardt
Herstellung: Benjamin Arnold
Umschlaggestaltung: U.O.R.G. Lutz Eberle, Stuttgart
unter Verwendung eines Fotos von: © table / photocase.de
Druck: GGP Media GmbH, Pößneck
Printed in Germany
ISBN 978-3-8392-1742-9

Dreistöckig steht mein Haus,
Wer einmal drinnen wohnt,
der zieht so bald nicht aus.
Sehr hohe Fenster hats, doch schaut er nicht hinaus.
Sie glänzen nicht im Sonnenschein;
Kein Hagel schlägt die Scheiben ein;
Kein Ziegel von dem Dache fällt.
Das Haus wird stehn im weiten Feld.

Johan Peter Hebel, Rätsel

PROLOG

Der Regen setzte ganz plötzlich und mit ungeheurer Wucht ein. Wahre Sturzbäche verwandelten die Beschaulichkeit des warmen Herbstabends in ein Naturspektakel. In kurzer Zeit liefen die Rinnen über, bildeten sich gigantische Pfützen, und der Duft regenschwerer Erde erfüllte die Luft. Ein dumpfes Gewittergrollen drang aus unbestimmter Richtung über die Stadt, dessen vibrierende Tiefe sie für einen Moment lang klein und verletzlich wirken ließ. Die plötzlich einsetzende Dunkelheit verschluckte alle Konturen des verwilderten Gartens, der das Haus umfasste und an seiner Westseite in den Wald überging.

Die Gestalt, die seit einer Stunde am Rand des Waldes kauerte, zog die Kapuze tiefer in die Stirn. Ihr Blick wanderte kontrollierend auf die neongelb leuchtenden Ziffern einer Militärarmbanduhr. Plötzlich setzte sie sich in Richtung des Gebäudes in Bewegung. Auf dem durchweichten Untergrund erzeugten ihre Schritte schmatzende Geräusche, als sie sich in die verwucherte Strauchreihe am Grundstücksrand schob. Niemand hätte die Gestalt inmitten der dunkelgrauen Regenschleier bemerken können. Sie würde ihren Auftrag ungestört ausführen.

Der ältere Mann am Fenster schaute mit leerem Blick nach draußen in den Dunst. Die Wetterprognose hatte richtig gelegen. Eine Gewitterfront zog, von Süden kommend, über Osnabrück hinweg, begleitet von heftigen Böen. Irgendwo über den nahen Höhen des Teutoburger Waldes schienen die Blitze am heftigsten zu zucken, die

Elemente sich am stärksten auszutoben. Er liebte solche Momente, in denen die Natur ihre Macht demonstrierte. Das Leben der Menschen schien eine begrenzte Zeit lang stillzustehen. Es gab dann nur dieses nasse Rauschen eine leise Hintergrundmelodie für ein seltsames und schwer zu beschreibendes ›Für-sich-Sein‹.

Ganz anders war das Gefühl, das er in jenen Nächten empfunden hatte, als unerwartet Erinnerungen aufbrandeten. Wie schwere Sturmfluten drohten sie ihn zu überrollen und Verwüstungen in ihm zu hinterlassen. Früher hatte er sich ihnen oft ausgeliefert gefühlt und musste dann in mühevoller Kleinarbeit die Trümmer in seiner Seelenlandschaft zur Seite räumen. Doch jenes kleine Boot, das bald in solchen Situationen in ihm das Segel zu setzen begann, ein Bild, welches er sich selbst vorzustellen beigebracht hatte, war mittlerweile zu einem stolzen Schiff geworden. Es war in der Lage, allen Seelenstürmen zu trotzen.

Er wandte sich abrupt vom Fenster ab und ging langsam hinüber zu dem alten Tisch, auf dem neben einem gebrauchten Kaffeegeschirr zwei aufgeklappte Ordner lagen. Die Zugluft erfasste einen Zeitungsartikel und trieb ihn in kurzen Schüben vor sich her. Langsam beugte er sich hinunter, hob das Papier auf und legte es auf die verschrammte Tischplatte. Dann zog er einen alten Stuhl zu sich heran und ließ sich schwerfällig auf das Kissen fallen. Aus seiner Hemdtasche fingerte er ein dunkles Brillenetui, setzte sich einen alten Kneifer auf und begann zu lesen.

Der Artikel umriss mit dürren Sätzen die Lebensgeschichte eines ehemaligen Kinderheimzöglings. Für sein ehrenamtliches Engagement in der Jugendarbeit seiner Heimatstadt Melle wurde ihm eine silberne Ehrennadel verliehen. Auf dem dazugehörigen Foto blickte ein kleiner, ihm unbekannter Mann Mitte 50 schüchtern in die Kamera. Seine rechte Hand verschwand in der eines dynamisch wirkenden jungen Bürgermeisters, welcher mit jovialem Lächeln dem Fotografen zugleich die Ehrennadel entgegen reckte. Der Artikel war vorgestern erschienen und als Teil eines kleineren Pakets am heutigen Vormittag mit der Post gekommen. Er legte den Artikel nach einer oberflächlichen Lektüre wieder beiseite und griff sich eine selbstgemachte Postkarte, die neben einem Häuflein von zerknittertem Packpapier lag. Sein bester Freund hatte sich wieder mal als zuverlässig erwiesen. Unregelmäßig aber beständig schickte ihm Robert die Ergebnisse seiner Recherchen. Auf jeder der seinen Paketen beigelegten Postkarte mit den Vogelmotiven fand er immer die richtigen Worte. So sehr er die Bereitschaft seines Quakenbrücker Freundes, ihn mit Material zu unterstützen, auch schätzte, so wenig konnte er verstehen, warum dieser es nicht schaffte, zwischen brauchbaren und unbrauchbaren Informationen zu unterscheiden. Der Artikel konnte zweifellos der letzten Kategorie zugeordnet werden. Bei ihren Treffen sprachen sie öfter darüber, aber seine Erklärungsversuche schienen Robert nur zu verwirren. Es ging ihm wohl letztlich weniger um den Inhalt der von ihm gesammelten Informationen. Vielmehr schien es ihm einfach zu gefallen, seinem Freund ab und an ein Paket zu schicken.

Er blickte plötzlich auf und sah aus dem Fenster. Aus den Augenwinkeln heraus glaubte er, dort draußen eine Bewegung wahrgenommen zu haben. Er fixierte den Waldrand, von dem nur noch schwarze Schemen zu erkennen waren, konnte jedoch nichts Verdächtiges bemerken.

Es dauerte einen Moment, bis er sich wieder entspannte und in seinen Gedankenfluss zurückfand.

Er musste zugeben, Robert über die Jahre hinweg im Dunkeln gelassen zu haben, was seine genaueren Absichten anging. Gewiss, seinem Freund lag das Thema auch am Herzen, er konnte manchmal sogar eine spontane Aufwallung von Leidenschaft an den Tag legen, aber diese entpuppte sich schnell als Strohfeuer und ließ ihn nicht in dem Maße Vertrauen fassen, dass er sich ihm vollständig zu offenbaren traute. Dabei hatten sie als Heimkinder in der damals noch jungen Bundesrepublik das gleiche Schicksal geteilt. Sie wuchsen in einem Staat auf, der sich so sehr seines erfolgreichen wirtschaftlichen Aufbruchs in den Wirtschaftswunderjahren rühmte, dass dabei der doppelte Boden, den dieser Staat in vielen Bereichen aufwies, nicht aufzufallen schien. Hinter den schmucken Fassaden der damaligen Zeit, er wusste es genau, konnten geifernde Fratzen lauern und jene, die den Vorhang ein Stück weit beiseiteschoben, mit ihrem giftigen Atem verätzen. In einem elenden Schattenreich mussten sie damals ihr Dasein fristen. Dabei erschien es nach außen so, als existiere dieses gar nicht, zumindest nicht offiziell. Die Zustände in kirchlich geleiteten Heimen in den 1950er, 60er und 70er Jahren genossen im »Volksmund« zwar keinen guten Ruf, aber das wirkliche Leben in dieser Parallelwelt blieb den meisten Menschen verborgen. Bereits als Kind erfasste er die Gefährlichkeit der Lebensverhältnisse, die ihn umgaben. Dazu zählte auch seine Fähigkeit, die feinen Unterschiede zwischen den Menschen zu erkennen und seine Erwartungen daran zu orientieren. In den hämmernden Schlägen seiner ärgsten Peiniger offenbarte sich ein Überlegenheitswahn, der nur darauf gewartet hatte, sich aufgrund eines nichtigen und gerne auch erfundenen Anlasses mit sadistischer Lust zu entladen. Das war sein Geheimnis, sein Verdienst, jene Hinweise zusammengetragen und ausgearbeitet zu haben, die belegten, dass es sie dort gegeben hatte, die Täter eines wenige Jahre zuvor untergegangenen Regimes. Hinter den kahlen Mauern der Kinderheime war es ihnen, von kritischen Nachfragen unbehelligt, gelungen, eine neue Wirkungsstätte zu finden. Und es schienen viel mehr zu sein, als er am Anfang dachte. Akribisch verfolgte er die Spuren. Er hatte sich auf eine persönliche Entdeckungsreise begeben, die für andere Leute seines Alters eine inakzeptable Zumutung gewesen wäre. Mosaikstein für Mosaikstein setzte er in mühevoller Kleinarbeit zusammen. Dann jedoch geschah für ihn etwas Unbegreifliches. Der Zufall hatte ihm Material in die Hände gespielt, das aus den zuvor verschwommenen Konturen ein stimmiges Gesamtbild entstehen ließ. Verschiedene Bestandteile, die zuvor keinen Zusammenhang bildeten, ergänzten sich nun. Dieses neue Bild trug in sich eine Tragweite und Bedeutsamkeit, die seine bisherige Sichtweise grundlegend veränderte und ganz neue Perspektiven bot. Zugleich spürte er eine Unsicherheit darüber, wie er weiter vorgehen sollte. Wenn die Feststellungen, die er seit der letzten Woche aus dem vorliegenden Material glaubte, ziehen zu können, wirklich zutrafen, stellte es seine schlimmsten Befürchtungen in den Schatten.

Als er aus dem kleinen Papierstapel des Pakets beiläufig einen weiteren Artikel hervorholte, zuckte er zusammen. Von einem bleichen Zeitungsfoto blickte ihn eine Person kalt und prüfend an. Ihm wurde schlagartig schwindlig, die Konturen der Umgebung verschwammen. Die

Erkenntnis drang unbarmherzig auf ihn ein und drückte ihn förmlich zu Boden. Plötzlich war Stille in ihm.

Draußen hatte sich tiefschwarze Nacht über eine regennasse Landschaft gelegt. Die Bäume rauschten, getrieben von einem böigen Westwind, laut und unregelmäßig aufbrausend in der Dunkelheit, als wollten sie die Tropfen abschütteln und zugleich eine drastische Warnung verkünden. Ein aufmerksames Augenpaar verfolgte durch einen Armeefeldstecher konzentriert jede Regung des Mannes hinter dem Fenster des kleinen Hauses.

DIENSTAG 9. OKTOBER

1. KAPITEL

Der Anruf kam morgens um halb sechs, zwei Stunden vor dem offiziellen Dienstbeginn. Kriminalhauptkommissar Richard Fürst, stellvertretender Leiter des Fachkommissariats 1 beim zentralen Kriminaldienst der Polizeiinspektion Osnabrück, lag zu diesem Zeitpunkt in einem unruhigen Schlaf. Das Klingeln drang unsanft in seinen wirren Traum. Binnen weniger Sekunden wurde er in die Realität eines Hier und Jetzt geschleudert, in der das Geräusch einen derartig durchdringenden und harten Klang entfaltete, dass eine Welle der Erleichterung ihn erfasste, als er den Hörer endlich abnahm.

»Richard, entschuldige, dass ich dich so früh anrufe, aber es ist dringend.«

Die weibliche Stimme am anderen Ende der Leitung klang ernst und eindringlich. Richard Fürst drückte sich hoch und lehnte sich gegen den Bettrücken.

»Ist schon in Ordnung Sabine, was gibt es denn?«

»Vor zehn Minuten ging ein Notruf bei uns ein. Am Ernst-Stahmer-Weg in Sutthausen hat es eine Explosion gegeben, vermutlich Gas. Die Kollegen der Streife sind bereits unterwegs, auch ein Krankenwagen, das volle Programm. Ein Einfamilienhaus, allein stehend. Die Feuerwehr ist schon vor Ort. Noch keine Angaben zu möglichen Opfern. Wir haben schon nachgeschaut, unter der Adresse ist ein Mann gemeldet, er heißt Armin Sommer.«

»Alles klar, ich mache mich auf den Weg. Hast du Krüger schon erreicht?«

»Nein, den rufe ich als Nächsten an.«

»Gut, ich fahre dann raus.«

Fürst drückte auf die Austaste und hielt kurz inne. Seit er vor einem Jahr in den Deliktsbereich Todesermittlungen und Brandsachen gewechselt war, kam es häufiger vor, dass er mitten in der Nacht oder frühmorgens aus dem Schlaf gerissen wurde. Manchmal bereute er seinen Wechsel vom Fachkommissariat 4, dem Bereich Staatsschutz, aber mit seinem damaligen cholerischen Vorgesetzten Siegfried Müller schien kein Auskommen möglich zu sein. Er hatte vieles probiert, aber Müller hatte sich jedem Kompromiss gegenüber verweigert. In dieser Situation bewahrheitete sich das abgedroschene Sprichwort auf dem ausgeschnittenen Kalenderbild in seinem Büro, das von jenem Lichtlein kündete, das von irgendwoher kommt, wenn es nicht mehr weitergeht. Er hatte nicht lange gezögert, als ihm unerwartet der Fachkommissariatswechsel angeboten worden war, und sich mit Elan in den neuen Aufgabenbereich eingearbeitet. Seine zahlreichen Fortbildungen, durch die er stets versucht hatte, über den Tellerrand der Arbeitsroutine zu schauen, waren ihm dabei zugutegekommen. Vor zwei Monaten kam dann plötzlich das Angebot für den Stellvertreterposten, und er hatte angenommen.

Mit einer ruckartigen Bewegung schwang er sich aus dem Bett, eilte zum Kleiderschrank und streifte bereits mehrere Tage getragene schwarze Jeans und einen grünen Kapuzenpulli mit der Aufschrift *Polizeisportverein Osnabrück* über. Dann lief er zielstrebig ins Bad. Auf einen Kaffee musste er wohl oder übel verzichten, was ihm zu dieser frühen Stunde alles andere als leicht fiel. Mit einigen vollen Händen kalten Wassers wusch er sich wie jeden Morgen das Gesicht und kämmte seine spärlichen dunkelblonden Haare. Einen Moment lang betrachtete er sich danach aufmerksam im Spiegel. Die Arbeitsbelastungen der letzten Tage hatten ihre Spuren hinterlassen, seine Augenringe sprachen Bände. In zwei Wochen würde er seinen 50. Geburtstag feiern. Der Gedanke daran löste bei ihm Unwillen aus. 50. Die Zahl kam ihm einfach nur abstrakt und unpassend vor. Er beschloss, am kommenden Wochenende endlich einmal auszuschlafen. Vielleicht würde es ihm dadurch gelingen, den Tatsachen entspannter ins Auge zu sehen. Er griff sich seine schwarze Lederjacke und verließ eilig die Wohnung.

Sieben Minuten und sechs Ampelkreuzungen später hatte er sein Ziel fast erreicht. Kreisende Blaulichter wiesen ihm nun den Weg. Die Fassaden und Fenster der kleinen anliegenden Einfamilienhäuser reflektierten das kalte Blau. Es schien ihm so, als würden sie dadurch zu stillen Teilhabern am Geschehen, und in diesem Fall galt dies, zumindest für die aufgeschreckten Bewohner, tatsächlich. Fürst würde unmittelbar mit den Befragungen beginnen, nachdem er sich ein genaueres Bild über die Lage verschafft hatte. Zwei Anwohner standen starr staunend auf dem regendurchweichten Rasen eines gepflegten Vorgartens.

Das Haus, in dem sich die Explosion ereignet hatte, lag am Ende der Straße, etwas abseits von den anderen Gebäuden. Fürst parkte seinen schwarzen VW-Passat am Rande eines kleinen Wendehammers, stieg aus, schlug den Jackenkragen hoch und schritt in ruhiger Beobachterposition auf das Haus zu. Er versuchte wie immer, möglichst viele Details und Eindrücke aus dem Umfeld eines Einsatzortes intuitiv aufzunehmen, um sie zu einem Gesamteindruck zu destillieren. Schon oft hatten sich aus scheinbaren Nebensächlichkeiten im Nachhinein wichtige Hinweise ergeben. Er sah, dass das Haus an ein größeres Waldstück grenzte, welches der beginnende Morgen noch mit nur wenig Licht durchdringen konnte. Irgendetwas beunruhigte ihn an dieser Szenerie, er konnte es jedoch nicht genauer benennen. Von außen war an dem Haus von der Explosion fast nichts zu erkennen. Nur bei näherem Hinsehen fiel ihm auf, dass die Scheiben zersprungen waren. Die Kollegen der Feuerwehr hatten keine Absperrungen errichtet, was für ihn ein klarer Hinweis darauf war, dass keine Explosionsgefahr mehr bestand. Durch die geöffnete Gartentür betrat er das Grundstück. Der Rasen wirkte ungepflegt, und auch das Haus machte einen heruntergekommenen Eindruck. Es war ein klassischer spitzgiebeliger Fünfzigerjahrebau, der in seiner Schlichtheit an Gebäude in uniformen und gesichtslosen Arbeitersiedlungen erinnerte. Die Außenwände hatten anscheinend schon seit Jahrzehnten keine neue Farbe mehr gesehen. Zwei Feuerwehrleute standen vor der Haustür, in den Händen hielt jeder ein Funkgerät, aus denen in gewissen Abständen schrille Pieptöne drangen.

»Moin.«

»Moin«, schallte es zurück.

»Alles im Griff? Fürst, Kriminalhauptkommissar.«

»Ja, alles klar soweit, Meyering, Oberbrandmeister. Wir haben im ersten Stock des Hauses einen Mann aufgefunden, er ist tot.« Meyering wirkte klar und gefasst. Fürst blickte ihn ruhig an.

»Unmittelbare Explosionseinwirkung?«

»Anscheinend nicht. Der Notarzt ist gerade dabei, die Lage zu klären.«

»Von wem erhielten Sie den Notruf?«

»Ein Nachbar hat es knallen gehört und sofort reagiert. Die Explosion war nicht besonders stark, aber in der ruhigen Gegend hier laut genug.«

»Gut, ich geh dann mal rein.« Er betrat einen kleinen Flur, es roch unangenehm nach verbranntem Plastik. Unter seinen Schuhen knirschte Glas. Aus einem Zimmer am Flurende drangen Stimmen. Durch eine halb geöffnete Tür erblickte er einen Feuerwehrmann, der den Fußboden abzusuchen schien. Richard drückte die Tür auf und hielt kurz seinen Dienstausweis hoch. Die beiden anwesenden Männer nickten ihm zu. Er ließ seinen Blick durch den Raum schweifen. Ein zerrissener Rollladen hing in Fetzen über einem glaslosen gesplitterten Fensterrahmen, ein umgestürzter Tisch und mehrere in Mitleidenschaft gezogene Stühle waren von der Feuerwehr bereits an die Seite gehievt worden. Grauer Putz rieselte in kleinen Wirbeln von der Decke, und auf dem Boden liegende Papierschnipsel vervollständigten das trostlose Szenario.

Es erstaunte ihn immer wieder, welche Wucht und Zerstörungskraft Explosionen entfalten konnten. Er erinnerte sich noch lebhaft an die Ermittlungen zu einem Anschlag eines IRA-Kommandos auf eine britische Kaserne in Osnabrück im Juni 1996. Das Ziel war damals bewusst gewählt worden, denn in Osnabrück befand sich der größte britische Truppenverband außerhalb Großbritanniens. Mit einem selbstgebauten Granatwerfer hatte das Kommando ein Tanklager der damaligen Quebec-Kaserne beschossen. Glücklicherweise war das Tanklager nicht in Betrieb, aber die Druckwelle beschädigte Gebäude und Fahrzeuge. Bereits 1989 hatte die IRA einen Bombenanschlag auf die britische Garnison in Osnabrück verübt. Beide Vorfälle hatten bundesweit für Schlagzeilen gesorgt. Die Bilder vom Tatort hatte er sich eingeprägt, und jede Explosion, mit der er es seither in seinem Beruf zu tun bekam, musste sich an diesen Eindrücken messen lassen. Die letzten britischen Soldaten waren im Sommer 2009 aus Osnabrück abgezogen. Die Stadt nutzte die freigewordenen Flächen für die Erschließung neuen Wohnraums, die Ansiedlungen von Firmen und die großzügige Erweiterung des Areals der expandierenden Fachhochschule. Konversion nannte sich dieser Prozess, der für die Stadtentwicklung neue Chancen mit sich brachte. Der Kriminalhauptkommissar musste zugeben, dass diese Veränderung ausgezeichnet zur Bezeichnung ›Friedensstadt‹ passte, die sich Osnabrück als wichtiger Unterzeichnungsort des Westfälischen Friedens von 1648 gegeben hatte.

Fürst grüßte die beiden anwesenden Feuerwehrmänner und stellte sich kurz vor, um dann, ihren Hinweisen folgend, auf einer schmalen Holztreppe, die in einem vergleichsweise intakten, kargen Nebenraum des Wohnzimmers begann, in den ersten Stock zu gelangen. Die Treppe war eng und knarrte trocken, als er sich bedächtig nach oben bewegte.

Die Sanitäter und ein Notarzt standen in einem Raum, der ganz offensichtlich als Schlafzimmer diente, neben der Leiche eines grauhaarigen Mannes. Der Notarzt hielt ein Klemmbrett in der Hand und machte sich Notizen. Fürst blieb im Türrahmen stehen und klopfte laut und vernehmlich. Drei Köpfe wendeten sich ihm aufmerksam zu.

»Guten Morgen, wir haben Sie schon erwartet.«

Fürst fiel der erleichterte Unterton sofort auf. Sie tauschten die üblichen Gruß- und Vorstellungsformeln aus.

»Wir vermuten Herzversagen. Die Explosionseinwirkung hat ganz sicher nicht zum Tod geführt und auch nicht das austretende Gas.« Fürst lauschte einige Zeit den weiteren Angaben des Notarztes, während sein Blick zugleich über den Körper des toten Mannes wanderte. Die Augen waren geschlossen, etwas Friedliches lag in seinem Gesichtsausdruck.

Als der Notarzt mit seinen Ausführungen endete, resümierte Fürst den Sachverhalt aus seiner Sicht. »Da stellen sich jetzt also noch einige Fragen. Todeseintritt vor der Explosion? Das würde vielleicht auch die Explosion selbst erklären. Das Gas tritt aus, und keiner ist mehr da, der es abdrehen könnte. Die dann noch offene Frage nach der Zündquelle hat ohnehin der Brandsachverständige zu beantworten. Andererseits …«, Fürst stockte für einen Moment in seiner Rede, »andererseits ist, wenn ich Sie richtig verstehe, also auch nicht auszuschließen, dass er infolge der Explosion einen Herzinfarkt erlitten hat. Fremdeinwirkung ist ja, wie Sie ausgeführt haben, ganz offensichtlich auszuschließen. Von einer natürlichen Todesursache können wir aber angesichts der unklaren Umstände nicht sprechen. Das heißt folgerichtig, dass ich den Leichnam hiermit für weitere Untersuchungen beschlagnahmen muss. Die Staatsanwaltschaft wird einen entsprechenden Auftrag für eine gerichtsmedizinische Obduktion erteilen. Bei unklaren Todesursachen oder Suiziden ist eine Obduktion nun mal Pflicht, Sie wissen das ja.«

Der Notarzt nickte kommentarlos. In der Jackentasche suchte Fürst nach seinem Handy.

»Ich werde jetzt mal die Kollegen anrufen und fragen, ob ein Sachverständiger schon auf dem Weg ist.«

Er trat aus dem Zimmer auf den Flur und gab per Telefon einen ersten Zwischenbericht durch. Der Sachverständige war informiert worden und sollte in Kürze eintreffen.

»Ich sehe mich dann noch etwas im Haus um.« Der Notarzt und die beiden Sanitäter nickten und begannen ihre Sachen zu packen.

Das obere Stockwerk bestand insgesamt aus drei Räumen. Der Raum gegenüber dem Schlafzimmer schien als Arbeitsplatz genutzt worden zu sein. Ein schwerer Schreibtisch stand unterhalb eines Fensters. Auch hier war die Scheibe geborsten, und Glassplitter bedeckten die Arbeitsfläche. Fürsts Blick fiel auf eine große Bücherwand zu seiner Linken. Aufmerksam begann er die Titel einzelner Bücher zu studieren. Neben naturkundlichen und historischen Werken, einigen älteren Bildbänden und Romanen fielen ihm mehrere Aktenordner auf, von denen er einen herauszog und ihn näher inspizierte. Er enthielt sauber abgeheftete Zeitungsartikel neueren Datums. Der erste Artikel aus der *Neuen Osnabrücker Zeitung* berichtete über eine öffentliche Diskussionsveranstaltung zu Missständen in Kinderheimen Osnabrücks in den 1960er Jahren. Nach kurzer Prüfung stellte Fürst fest, dass sich der gesamte Ordner aus thematisch ähnlichen Artikeln zusammensetzte. Ich muss Jonathan anrufen, ging es ihm schlagartig durch den Kopf. Gleichzeitig stieg in ihm die Erinnerung an zwei Vorfälle vor acht Jahren hoch. In einem Abstand von nur wenigen Monaten hatten sich zwei ältere Männer umgebracht. Im Zuge der Ermittlungen, die ihn damals nach Bad Essen und Wallenhorst führten, hatte sich herausgestellt, dass beide in den 50er Jahren in kirchlichen Kinderheimen im Landkreis Osnabrück untergebracht waren. In keinem der Fälle war ein Abschiedsbrief oder Ähnliches gefunden worden. In den Gesprächen mit Angehörigen hatte sich jedoch herausgestellt, dass beide unter den Nachwirkungen ihrer Heimunterbringung zeitlebens gelitten hatten. Es lag für ihn deshalb nahe, einen Zusammenhang zu ihren Suiziden zu vermuten. Letztlich konnte jedoch darüber keine abschließende Klarheit hergestellt werden. Da am Ende der kurzen Ermittlungen Fremdeinwirkung sicher ausgeschlossen werden konnte, wurden die Fälle schnell zu den Akten gelegt.

Wie er vermutete, bargen auch die anderen Ordner ähnliches Textmaterial. Auffallend war die Akribie, mit der die Texte abgeheftet worden waren. In jedem Ordner war ein Register eingelegt, das die Texte thematisch sortierte, und mit Bleistift und in kleiner Schrift geschriebene ergänzende Hinweise enthielt.

Es lag nahe, anzunehmen, dass er es auch in diesem Fall mit einem Suizid zu tun hatte. Ein einsamer, verbitterter älterer Mann hatte seinem vermutlich als zunehmend sinnlos betrachteten Leben ein Ende gesetzt. Genaueres würde er jedoch erst durch die Ergebnisse der Obduktion erfahren. Nach einem kurzen prüfenden Blick in den dritten Raum, der nur aus einer wilden Ansammlung von Gerümpel zu bestehen schien, machte er sich wieder auf den Weg ins Erdgeschoss. Am Treppenabsatz erwartete ihn Kommissar Helmut Krüger und blickte ihn aus müden Augen fragend an.

»Da hat es hier ja wohl ganz ordentlich gerumst?« Krüger versah seine Bemerkung mit einem rhetorischen Fragezeichen.

»Wie du siehst.«

Richard Fürst hatte in dem bisherigen Jahr ihrer Zusammenarbeit oft ein Problem mit Krügers direkter

Art gehabt. Sie wirkte für ihn nicht authentisch, sondern vielmehr wie ein Schutzpanzer, mit dem der Kollege offenbar versuchte, Distanz zu den meistens wenig erfreulichen Aufgaben des Polizeialltags herzustellen. Sein zupackender Pragmatismus hatte sich jedoch oft als hilfreich erwiesen, und Fürst lernte mit der Zeit, ihre ganz unterschiedlichen Bewertungsmaßstäbe zu akzeptieren. Dies war seine bisher recht erfolgreiche Strategie, um mit dem schwierigen Kollegen einigermaßen klarzukommen. Knapp und präzise legte er Krüger den bisherigen Sachverhalt dar.

»Ich werde mich dann mal bei den Nachbarn umhören. Es wäre gut, wenn du in der Zeit den Kontakt zur Feuerwehr hältst und den Sachverständigen instruierst, wenn er da ist. Sieh bitte mal die Unterlagen durch, die du so findest. Dann die Angehörigen informieren, das Übliche halt.«

Krüger nickte und stieg dann mit einem gespielt wirkenden Keuchen die Treppe hoch.

Fürst machte sich daran, den durch die Explosion entstandenen Schaden noch genauer zu inspizieren. Die Küche war völlig verwüstet. Ein Teil der Hausmauer war eingestürzt und gab den Blick auf den hinteren Teil des Gartens frei. Steine, Holzteile und Glassplitter bedeckten die angrenzende kleine Terrasse, ein heilloses Chaos. Irgendetwas schnürte ihm die Kehle zu. Es war die Gesamtheit dieses Ortes, der etwas Unwirkliches, Bedrohliches an sich hatte. Durch die Trümmer bahnte er sich einen Weg ins Freie.

Eine Amsel hüpfte leichtfüßig über ein verwelktes Blumenbeet, auf dem sich Mauerteile und Schutt wie ein schmutziges Laken gebreitet hatten. Das fahle Morgenlicht warf flackernde Lichtornamente auf die Rasenfläche und brach sich in Pfützen, die der Regen am Vorabend hinterlassen hatte. Das unmittelbare Nebeneinander einer sorglosen Natur, die trotz einiger heftiger Ausschläge immer wieder in ihren Rhythmus zurückfand, und eines menschlichen Dramas, das sich an diesem Ort vor kurzer Zeit abgespielt hatte, stimmte ihn nachdenklich. Die Konfrontation mit der Vergänglichkeit allen Lebens war ein fester Bestandteil seines Berufes und wurde für ihn dennoch nie zur kalten Routine. Das Zulassen dieser Wahrnehmung ermöglichte ihm oft erst, die wichtigen Hinweise zu entdecken, vor denen andere Kollegen unbewusst die Augen verschlossen. Die Sache hier schien jedoch klar zu sein, die anfallenden Arbeitsvorgänge reine Routine, die jedoch erledigt werden mussten. Eigentlich war es der Beginn eines mehr oder weniger gewöhnlichen Arbeitstages. Plötzlich spürte er, wie sich eine Welle von Müdigkeit in ihm ausbreitete. Er machte auf dem Absatz kehrt und ging zurück. Das Loch, das die Explosion gerissen hatte, wirkte auf ihn wie das aufgerissene Maul eines Raubfischs, das gierig nach ihm zu schnappen schien.

2. KAPITEL

»Verdammtes Teil.« Er fluchte. Das Schleifen des Hinterrades war jenes Geräusch, das Jonathan Bach seit zwei Wochen daran erinnerte, dem Fahrradhändler seines Vertrauens mal wieder einen Besuch abzustatten. An die Tatsache, dass er nun bereits seit vier Wochen nur im dritten Gang fuhr, weil die Schaltung gerissen war, hatte er sich mittlerweile gewöhnt. Seine Untätigkeit hatte er damit schöngeredet, dass es für die Kondition ja nur förderlich sein konnte. Nun machten sich jedoch immer mehr Bestandteile seines Zweirades selbständig und forderten ihn zum Handeln auf. An diesem Morgen war er früher unterwegs als sonst. In der Nacht war er unerwartet aufgewacht, hatte mehrere Geistesblitze gehabt, war zum Schreibtisch geeilt und hatte sie schlaftrunken zu Papier gebracht, wenn auch nur flüchtig und assoziativ. Er war dann wieder eingeschlafen, eine Stunde früher als üblich aufgestanden und hatte sich nach dem Morgenkaffee direkt aufs Fahrrad geschwungen. Die ansonsten obligatorische Zeitungslektüre konnte warten. Seine täglichen Fahrten durch die Straßen der Osnabrücker Weststadt waren für ihn zumeist mehr als das simple Bewältigen einer Route von A nach B. Er genoss die sich ihm bietenden Impressionen, das Spiel des Lichts an den renovierten Fassaden der Altbauten und dem dichten Blätterwerk der Kastanienreihe an der Katharinenstraße. Die Weststadt und insbesondere das zugehörige Katharinenviertel mit seinen Gründerzeithäusern, Kneipen und Cafés hatten sich in den letzten 15 Jahren zu einem der beliebtesten Stadtteile Osnabrücks entwickelt, was sich leider auch bei den Mieten bemerkbar machte.

Ein entfernter trompetenartiger Ruf zog plötzlich seine Aufmerksamkeit auf sich. Weit oben über den Dächern der Stadt erblickte er mehrere lang gezogene, ineinander übergehende Keilformationen. Es mussten Hunderte von Kranichen sein, die, wie jedes Jahr, auf ihrer gewohnten

Flugroute über Osnabrück hinweg gen Süden zogen. Er wusste, dass es nur die ersten Vorboten waren. Bis weit in den November hinein würde dieses Naturschauspiel noch zu beobachten sein.

Von hinten näherte sich ihm ein Auto, und er wendete seinen Blick wieder der Straße zu. Er freute sich darauf, gleich mit der Arbeit beginnen zu können. Jonathan war ein leidenschaftlicher Forscher. Von einigen seiner Kollegen grenzte sich der 30-Jährige, zumindest was die Arbeitsauffassung anging, allerdings in letzter Zeit stark ab. Zwar ließ sich mit ihnen zumeist ganz gut plaudern, aber bei der Arbeit selbst verhielten sie sich ihm oft zu angepasst. Der innere Antrieb, diese Lust am Entdecken, all das, was für ihn das Forschen so interessant machte, schien sich bei vielen von ihnen durch die immense Arbeitsbelastung abgenutzt zu haben. Dabei bot die Universität Osnabrück ihren Beschäftigten einen vergleichsweise angenehmen Arbeitsplatz. Im Gegensatz zu der vorherrschenden Anonymität vieler Großuniversitäten hatte sich diese Uni eine familiäre Atmosphäre bewahrt, die er sehr schätzte. Sein in letzter Zeit gewachsener Hang zu Pauschalisierungen, auch die Kollegen und ihre Arbeitsmoral betreffend, schob er, wenn er sich gelegentlich dabei ertappte, auf die Frustrationen bei seinem Forschungsprojekt. Eine lärmende Schülergruppe querte vor ihm plötzlich die Straße. Er bremste abrupt ab. Bei ihrem Anblick ging ihm spontan durch den Kopf, wie früh sich Schüler am Morgen auf den Weg machen mussten. Zu dieser Jahreszeit erschien es ihm noch zulässig zu sein, anders war es jedoch im nahenden Winter, wenn sich die kleinen Gestalten in Kälte und Dunkelheit die Bürgersteige entlang quälten. Er konnte sich nur zu gut an seine eigene Schulzeit erinnern. Das frühe Aufstehen war ihm damals zwar zur Gewohnheit geworden, aber an das Unbehagen, das ihn dabei insbesondere in der dunklen Jahreszeit begleitete, erinnerte er sich noch sehr lebendig.

Wenige Minuten später erreichte er die Seminarstraße, parkte sein Fahrrad im Hinterhof des schlichten Gebäudekomplexes und betrat über den Hintereingang das Domizil des Sozialwissenschaftlichen Fachbereichs. Die Flure waren noch menschenleer. Er eilte die Treppe in den zweiten Stock hinauf, schloss sein Büro auf und setzte sich an den Rechner. Abgestandene Büroluft kroch ihm in die Nase. Er stand auf, öffnete ein Fenster, das sich dabei gefährlich aus den Angeln hob, und blinzelte dann eine Weile gedankenverloren in den Morgenhimmel. Das plötzliche intervallartige Brummen des Computers erinnerte ihn an den Grund seines ungewöhnlich frühen Arbeitsbeginns.

Nachdem er sein Passwort eingegeben hatte, kramte er seine nächtlichen Notizen aus dem Rucksack und öffnete dann eine Datei. Der Bildschirm wurde von einem in Fettdruck gesetzten Arbeitstitel gefüllt: ›Regionalgeschichtliche Aspekte der Heimerziehung 1950–1970 und ihre biografieanalytischen Dimensionen am Beispiel des Landkreises Osnabrück‹. Die angebliche inhaltliche Sperrigkeit des Titels war ihm bereits von mehreren Freunden gelegentlich vorgehalten worden. Das hatte ihn jedoch nicht dazu bewogen, etwas daran zu verändern. Er hatte Monate nur mit der Entwicklung des Themas verbracht. Zwei Jahre waren seither vergangen, und aus dem damals von ihm erstellten Forschungsexposé, welches das Projekt nur grob umriss, hatte sich eine bis zu diesem Zeitpunkt 180 Seiten umfassende Doktorarbeit entwickelt.

Gewiss, sie war noch nicht abgabereif, aber die intensive Forschungstätigkeit hatte Ergebnisse geliefert, die Jonathan sorgfältig und gewissenhaft zu Papier brachte. Dabei hatte er gelegentlich seinen Arbeitsplan umstrukturieren müssen, weil sich Forschungshypothesen als nicht haltbar erwiesen hatten oder einfach nicht mehr in das sich weiter entwickelnde Konzept der Arbeit passten. Insgesamt war er jedoch mit dem derzeitigen Stand zufrieden.

Es klopfte leise an der Tür. »Ja?« Jonathan hob neugierig den Kopf. Ein stämmiger Mann in den 30ern betrat den Raum und blickte sofort suchend um sich. Sein schwarzes Haar war zu einem losen Pferdeschwanz zusammengebunden. An seinem linken Ohr baumelte ein auffälliger Federohrring.

»Sag mal, habe ich meine Tasche gestern hier vergessen?«

»Guten Morgen erst mal«, entfuhr es Jonathan, der sich in seinem Stuhl aufrichtete und die Arme verschränkte. Ein Lächeln lag in seinem Gesicht.

»Ja, Moin. Wenn ich die Tasche hier nicht finde, habe ich echt ein Problem.«

Ulf Reinders war für Jonathan ein wandelnder Widerspruch. Behäbig, versponnen und phlegmatisch pflegten jene Kollegen ihn zu charakterisieren, die ihn nur flüchtig kannten. Er selbst sah sich meistens als Ruhepol in einer aufgescheuchten Meute von Hochstaplern, wie er zu sagen pflegte. Für Jonathan kam dies einer gnadenlosen Selbstüberschätzung gleich, wurde er doch gelegentlich Zeuge, wie eine unerwartete und dem jeweiligen Anlass eigentlich unangemessene Emotionalität von ihm Besitz ergriff. Er mochte diesen kauzigen Typen, der seine Finanzen gelegentlich damit aufbesserte, als mittelalterlich gekleideter Nachtwächter Touristen durch die Osnabrücker Altstadt zu führen. Es war offensichtlich ein Job, der seinem Kollegen viel Spaß machte, wenn man die vielen Gelegenheiten, bei denen er ungefragt von seinen Führungen berichtete, dafür zum Maßstab nahm. Dass es bei ihm mit der Ruhe nicht weit her war, stellte er für Jonathan in diesem Moment wieder eindrucksvoll unter Beweis. Mühsam kniete er sich auf den Teppichboden, um unter Jonathans Schreibtisch und den beiden gut gefüllten Bücherregalen nach seiner abgenutzten Ledertasche zu suchen, deren Verlust, da war sich Jonathan sicher, tatsächlich einer mittleren Katastrophe gleichkäme. Er wusste, dass Ulf darin nicht nur seine täglichen Arbeitsutensilien aufbewahrte, sondern stets auch eine Menge elektronischer Kleinteile mit sich führte, deren Bedeutung sich Jonathan beim besten Willen nicht erschloss. Mehrere Male hatte er Ulf durch unbedachtes Nachfragen zu endlosen Monologen über Hardwarekomponenten und Hackeraccessoires animiert. Seither vermied er es, ihn auf den Inhalt seiner Tasche anzusprechen. Am PC war Ulf zweifellos ein Genie, und bei entsprechenden Problemen nahm Jonathan seine offensiv angebotene Hilfe gerne in Anspruch. Sein einmal getätigter provokativ gemeinter Ausspruch »Ulf, Dialog statt Monolog«, hatte auf dessen Gesicht jedoch nur ein großes Fragezeichen hinterlassen.

»Ach übrigens«, Ulf zog sich am Schreibtisch wieder hoch, »ehe ich es vergesse, da war gestern noch ein anscheinend wichtiger Anruf für dich.«

»Von wem?«

»Hab es mir notiert, auch die Nummer. Ich schau im Büro nach und reiche es dir dann gleich rein. Ich glaube, es war eine Frau von dieser Stiftung. Als ich ihr sagte, dass du nicht da bist, meinte sie, sie würde sich noch mal melden.«

»Oh, das war wahrscheinlich wirklich wichtig. Hat sie sonst noch was gesagt?« Der Jungforscher war plötzlich voll bei der Sache.

»Nein, nichts weiter. Wo ist nur diese verdammte Tasche? Bin dann mal wieder weg, bis später.«

Bevor Jonathan eine weitere Frage stellen konnte, hatte Reinders den Raum verlassen. Krachend flog die Tür ins Schloss.

»Dieser Grobmotoriker«, entfuhr es Jonathan zischend. Er wendete seinen Bürostuhl wieder in Richtung des Bildschirms und legte dabei verärgert die Stirn in Falten. Nebenbei warf er einen Blick auf seinen Terminkalender, der neben einem umsturzgefährdeten Stapel von Textkopien lag. Insbesondere das anstehende Forschungskolloquium bereitete ihm Kopfschmerzen. Alle zwei bis drei Monate trafen sich Nachwuchsforscher des Sozialwissenschaftlichen Fachbereichs, um den aktuellen Stand ihrer Arbeit den anderen Kollegen zu präsentieren und um über offene Fragen in ihren Projekten zu diskutieren. »Wissenschaftliches Schaulaufen«, nannte dies einmal ein Teilnehmer, und Jonathan hatte die Bemerkung mit einem zustimmenden Lachen honoriert. Beim letzten Kolloquium hatte Jonathan mit seiner Darstellung des unmenschlichen Alltags in kirchlichen Kinderheimen der 1950er und 60er Jahre jedoch für Betroffenheit in der Runde gesorgt. Worüber er staunen musste, war das Ausmaß an Unkenntnis unter den Doktoranden über sein Forschungsthema. Er hatte zwar nicht erwartet, auf detaillierte Kenntnisse bei seinen Kolleginnen und Kollegen zu stoßen, aber seine Annahme, dass sie von den schrecklichen Verhältnissen in den Kinderheimen und der schleppenden Aufarbeitung irgendwie schon etwas mitbekommen hatten, erwies sich als falsch. Das Thema, zumindest in seiner ganzen verhängnisvollen Tragweite, war ihnen nahezu unbekannt. Er hatte diese Erfahrung in anderen Zusammenhängen schon öfter machen müssen. Positiv dagegen war ihm die Reaktion einer Person ausgefallen, auf deren Meinung Jonathan viel Wert legte. Jonathan hatte Kriminalhauptkommissar Richard Fürst vor einigen Jahren in einer ungewöhnlichen Situation kennengelernt. Damals leitete der Polizist die Ermittlungen gegen eine Gruppe von Studentinnen und Studenten. Bei für Osnabrücker Verhältnisse ungewohnt heftigen Studentenprotesten, die sich gegen die Verschlechterung von Studienbedingungen richteten, hatten sie sich an der Besetzung eines Unigebäudes beteiligt. Man warf ihnen vor, Polizeibeamte mit Flaschen beworfen zu haben. Ein Beamter hatte sich dabei Gesichtsverletzungen zugezogen. Die Polizei war allerdings ebenfalls nicht zimperlich vorgegangen. Von einem unter Zugzwang stehenden Unipräsidenten hatte sie die Erlaubnis zur Räumung des besetzten Gebäudes erhalten und sich mit Hilfe eines Sondereinsatzkommandos und schwerem Gerät Zugang zum Gebäudeinneren verschafft. Jonathan war damals in einer unglücklichen Doppelposition mit der Sache beschäftigt. Zum einen war er selbst eine Zeit lang an der Besetzung des Gebäudes beteiligt, zum anderen hatte er in seiner Funktion als freier Mitarbeiter für mehrere Osnabrücker Medien darüber berichtet. Da die Polizei ihn als Zeugen der Vorgänge zu einer Vernehmung eingeladen hatte, wollte er die Gelegenheit nutzen, um den ihn vernehmenden Polizisten in eine Diskussion zu verwickeln. Der ihm gegenübersitzende Beamte des Bereichs Staatsschutz entsprach jedoch in keinster Weise dem Klischeebild des unzugänglichen und autoritären Behördenvertreters. Er ließ sogar Sympathien für die Anliegen der Studenten durchblicken und machte deutlich, dass er die Leitung dieser Ermittlung nicht gerne übernommen hatte. Die ganze Angelegenheit endete letztlich nach monatelangem Hin und Her mit der Einstellung der Verfahren. Niemandem der beteiligten Studentinnen und Studenten war konkret etwas nachzuweisen gewesen.

Nach dieser Geschichte war Jonathan dem Kriminalhauptkommissar bei einigen von der Polizei einberufenen Pressekonferenzen noch mehrfach begegnet, zu denen er als freier journalistischer Mitarbeiter gelegentlich geschickt wurde. Ein zufälliges Treffen in einer Kneipe der Osnabrücker Altstadt mündete in einen langen Abend, an dessen Ende keiner von beiden nüchtern nach Hause gegangen war. Seither hielten er und Richard regelmäßig Kontakt und trafen sich auch privat. Der Polizist entpuppte sich mehr und mehr als vielseitig interessierter Mensch, dessen herzliche Art Jonathan gefiel. Nur in familiären Bereichen konnte Fürst sich manchmal kaum beherrschen, wenn er Jonathan davon erzählte, zu groß war offensichtlich die Enttäuschung über den Verlauf seiner Ehe und den nach der Scheidung einsetzenden Sorgerechtsstreitigkeiten um seine Tochter Lilly.

Mit der Zeit hatte sich tatsächlich eine Freundschaft zwischen ihnen entwickelt. Ihr großer Altersunterschied erwies sich dabei nicht als Hindernis. Jonathan notierte sich auf einem Zettel, Richard in Kürze anzurufen. Seit ihrem letzten Gespräch waren bereits wieder einige Wochen vergangen. Eine Zeit lang arbeitete er noch an seiner Doktorarbeit, dann fuhr er den Rechner herunter, nahm zwei Bücher aus einem Regal und verließ das Büro. In Gedanken ging er dabei seinen anstehenden Vortrag für das Forschungskolloquium durch.

3. KAPITEL

Wann immer Robert Dahlmann diese besondere Form innerer Unruhe spürte, wusste er, dass etwas Gravierendes nicht stimmte. Die Meldung, die der Lokalrundfunk um kurz nach zwölf über den Äther schickte, war an diesem Mittag der Auslöser. Es hatte sich eine Gasexplosion ereignet, ein Mann war dabei ums Leben gekommen. Gewiss ein dramatischer Vorfall, aber keiner, der ihn persönlich anging. Als jedoch der Sprecher den Namen des Osnabrücker Stadtteils nannte, in dem sich die Explosion ereignet hatte, änderte sich dies für ihn schlagartig. Seit zwei Stunden strich er nun bereits durch seine dunkle Wohnung, immer wieder kurz davor stehend, den Telefonhörer zu ergreifen und die Polizei anzurufen, um sich nach den genaueren Umständen des Unglücks zu erkundigen. Er hatte in dieser Zeit Argumente abgewägt, Schlüsse gezogen und wieder verworfen und sich der Einsicht angenähert, dass ihm nur der Anruf bei der Polizei Gewissheit verschaffen konnte. Armin hatte sich am Vorabend nicht gemeldet, das allein war für ihn schon ein Grund zur

Besorgnis. Armin hatte sich immer pünktlich gemeldet. Dann schallte plötzlich und unerwartet diese Nachricht aus den Radioboxen. Er hatte am gestrigen Abend mehrfach versucht, Armin telefonisch zu erreichen, nachdem der vereinbarte Zeitpunkt, an dem sich sein Freund melden wollte, verstrichen war. Am anderen Ende der Leitung nahm niemand ab, egal, wie oft er es versuchte. Das in der Leere verhallende Schellen hatte er wie geräuschgewordene Fragezeichen empfunden, auf die es keine plausiblen Antworten zu geben schien. In ihm reifte ein Entschluss. Er würde den nächsten Zug nach Osnabrück nehmen und Armin einen spontanen Besuch abstatten. Sie hatten sich ohnehin schon länger nicht mehr gesehen. Er spürte, dass er eine telefonische Bestätigung seiner Befürchtungen durch die Polizei nicht verkraften würde. Nicht so plötzlich und allein in seiner Wohnung. Er hatte Armin nie gesagt, was er ihm wirklich bedeutete, weil er fürchtete, dass es ihn überfordern würde. Armins positive und lebensbejahende Haltung hatte ihm schon damals, nach ihrem ersten Treffen, imponiert. Er hatte sich davon anstecken lassen und erlebte, wie sich bei ihm neue Lebensgeister den Weg an die Oberfläche gebahnt hatten. Die Artikel, die er für Armin sammelte und ihm zusandte, wählte er sorgfältig aus. Er besuchte mehrere Male in der Woche die im Herzen der Quakenbrücker Altstadt gelegene Stadtbücherei, las die dort ausliegenden Zeitungen und machte, wenn er fündig wurde, Kopien der Artikel. Er ging bei seiner Recherche systematisch und sorgfältig vor. Bei ihren Treffen verblüffte ihn Armin immer wieder mit den Erkenntnissen, die er aus dem erhaltenen Material gewonnen hatte. Auch er las die Artikel, die er kopierte, sorgfältig durch, aber es war Armin, der sie analysierte und in einen größeren Zusammenhang stellte. Robert empfand bei diesen Situationen eine große Befriedigung. Seine Recherchen trugen dazu bei, neue Erkenntnisse zu gewinnen. Erst kürzlich hatte Armin ihm mitgeteilt, dass er plane, ein Buch zu veröffentlichen. Darin würde er die vielen Informationen zu einer großen Botschaft verdichten. Er, Robert Dahlmann, wollte dazu seinen Beitrag leisten.

Für den Fall, dass die heutige Radiomeldung und seine Sorge nur ein großes Missverständnis sein sollten, beschloss er, Armin heute fest zu umarmen und ihm ganz offen zu sagen, wie wichtig ihm ihre Freundschaft war. Er spürte, wie das Gefühl der Bedrohung mit seinem Wunsch nach Normalität im Wettstreit lag. Er schloss die Haustür hinter sich ab und machte sich auf den Weg zum Bahnhof.

*

Es war bereits 13.15 Uhr, als Richard Fürst die Osnabrücker Polizeiinspektion am Kollegienwall erreichte. Die letzten zwei Stunden hatte er ungeduldig wartend in einer Autowerkstatt verbracht und dadurch wichtige Zeit vergeudet. Zumindest war es ihm aber möglich gewesen, von dort aus einige Anrufe zu tätigen und in Ruhe die Tageszeitung lesen.

Er parkte seinen Wagen im Innenhof, schaltete den Motor ab und blieb dann noch einen Moment gedankenverloren in seinem Fahrzeug sitzen. Wie in einem Zeitraffer zogen die morgendlichen Eindrücke an seinem inneren Auge vorbei. Die Befragungen der Anwohner hatten sich unerwartet in die Länge gezogen. Besonders bemerkenswert war dabei der Umstand gewesen, dass niemand

Armin Sommer näher gekannt zu haben schien. Alle Befragten beschrieben ihn als zwar freundlichen, aber sehr zurückgezogen lebenden Mann, von dem es nichts Auffälliges zu berichten gab. An nachbarschaftlichen Aktivitäten hatte er offensichtlich kein Interesse gehabt und gelegentliche Einladungen zu Treffen und einem jährlich stattfindenden Straßenfest bis auf wenige Ausnahmen abgelehnt. Besuch hatte er anscheinend nur sehr selten empfangen, zumindest war den anscheinend überaus aufmerksamen Nachbarn nichts Näheres aufgefallen.

Fürst musste bei derartigen Befragungen immer wieder staunen, wie detailliert Nachbarn sich einzelne Vorgänge und Gegebenheiten in ihrer unmittelbaren Umgebung merkten. Für die polizeiliche Ermittlungsarbeit erwies sich dieser Umstand in der Regel als Glücksfall. Davon abgesehen beinhaltete dies für Fürst aber auch ein Ausmaß an sozialer Kontrolle, das ihm zuweilen sehr bedenklich erschien. Den Gedanken, dass auch seine Nachbarn ihn derart beobachten konnten, empfand er als nicht besonders angenehm.

Eine Beobachtung stach jedoch aus der Summe der ansonsten wenig ergiebigen Aussagen hervor. Eine ältere Dame, deren Haus soweit vom Explosionsort entfernt lag, dass Fürst sie für eine Befragung gar nicht einbezogen hatte, war auf der Straße auf ihn zugekommen. Sie hatte beunruhigt und neugierig zugleich gewirkt. Fürst glaubte zunächst, dass sie lediglich ein paar beschwichtigende Worte von ihm hören wollte. Er wurde dann allerdings von ihr in ein Gespräch verwickelt. Dabei stellte sie sich als Irma Rabe, pensionierte Grundschullehrerin und engagiertes Kirchenvorstandsmitglied, vor, um sich schließlich über die Zahl wachsender Einbrüche in der Gegend zu beklagen, über deren lokale Häufung, das wusste der Kriminalhauptkommissar, auch das die lokale Presse schon mehrfach berichtet hatte. Höflich versuchte er, sich von ihr zu verabschieden, als sie noch zu einer abschließenden Bemerkung ansetzte. Auf ihren täglichen Spaziergängen im nahen Waldstück sei ihr in den vergangenen Tagen mehrfach ein unheimlich wirkender unbekannter Mann begegnet. Fürst wurde aufmerksam und forderte die Dame zu weiteren Angaben auf. Der Mann hätte sich, so sagte sie, auffällig benommen. Er habe sich nicht auf dem Waldweg bewegt, sondern sei fast schleichend durchs Unterholz gelaufen. Ihren weiteren Schilderungen zufolge wirkte er ausgesprochen verschlossen. Bei jeder ihrer drei Begegnungen hätte er einen grünen Regenponcho getragen. Er sei von kräftiger Statur gewesen und hätte seine Haare sehr kurz getragen. Besonders auffällig sei jedoch eine deutlich sichtbare Narbe am Kinn gewesen. Fürst hatte die Angaben sorgfältig protokolliert, sich den Namen und die Telefonnummer der Dame für eventuelle Rückfragen notiert und sich dann neuen Aufgaben gewidmet. Er maß der Beobachtung fürs Erste keine besondere Bedeutung bei. Überall und zu jeder Tages- und Nachtzeit ließen sich auffällige Personen beobachten, wobei die Bewertung ›auffällig‹ seiner Erfahrung nach immer auch eine Frage des Standpunkts des Beobachters war. Pilzsammler, Hobbyornithologen oder auch Waldarbeiter konnten für Spaziergänger zuweilen skurril wirken, insbesondere wenn sie mit seltsamem Outfit plötzlich aus dem Unterholz brachen und auf den Spazierweg traten. Vor einiger Zeit war er an einer Mordermittlung beteiligt gewesen, bei der die bis dahin unentdeckte Leiche zufällig von einem Pilzsammler gefunden worden war. Die großräumige Suche der Polizei mithilfe mehrerer Einsatzhundertschaften war vorher ergebnislos abgebrochen worden. Es konnte demnach aus Sicht der Polizei auch von Vorteil sein, wenn Menschen die Spazierwege verließen.

Er spürte, wie sein Magen knurrte. Außer mehreren Bechern Kaffee und einem trockenen Springbrötchen hatte er heute noch nichts zu sich genommen. Er schloss den Wagen ab und ging in die nahe Polizeikantine. Die Tische waren voll besetzt. Eine Gruppe junger Kollegen in Uniform machte lautstark auf sich aufmerksam. Anscheinend hatte jemand Geburtstag und spendierte eine Runde. Mit dem obligatorischen »Mahlzeit« auf den Lippen suchte er sich, ein Tablett mit Hühnersuppe in den Händen balancierend, einen Sitzplatz.

»Na, heute mal wieder Schmalkost?«

»Ah der Kollege Adler, lass mich raten, den Schweinebraten hast du dir nicht entgehen lassen.« Fürst kostete es keine Mühe, auf die polizeitypischen Alltagsfrotzeleien einzugehen. Über 30 Jahre Polizeidienst hatten ihre Spuren hinterlassen, und er wusste die Sarkasmen und harmlosen Sticheleien unter den Kollegen durchaus zu schätzen, solange es nicht unter die Gürtellinie ging. Jürgen Adler war jedoch genau dafür bekannt und verrufen. Der freie Platz neben ihm war allerdings der einzige weit und breit. Fürst setzte sich notgedrungen und versetzte sich zugleich in eine innerliche Habachtstellung. Adler wendete ihm interessiert sein rosiges Gesicht zu. Seine Kiefer kauten lustvoll das deftige Kantinenessen, während ein zynisches Lächeln um seine Mundwinkel spielte.

»Ja, ein Essen ohne Fleisch ist doch kein Essen.«

»Sagst du.« Fürst schlürfte an seinem Süppchen. »Deine Gesundheit sagt dir aber sicher was anderes.«

»Ach, ein gutes Steak hat noch niemandem geschadet.«

»Stimmt, so einmal die Woche.« Er blinzelte dem Kollegen vielsagend zu.

Jürgen Adler schüttelte ablehnend den Kopf, lehnte sich grinsend zurück und faltete die Hände über seinen sich abzeichnenden Bauchansatz. Fürst war von ihm gelegentlich zu Feiern mit einigen Kollegen eingeladen worden, bei denen es Adler sich nicht nehmen ließ, stets den Grill anzuwerfen, und das unabhängig von der Jahreszeit.

»Sag mal, warst du heute mit dieser Explosion beschäftigt? Sie haben es ja auch im Radio gebracht.«

Fürst hob den Kopf. »Ja«, er tupfte sich den Mund mit einer Serviette ab. »Der Mann ist aber nicht durch die Explosion gestorben, sondern hatte wohl einen Herzinfarkt, das sagt zumindest der Notarzt. Den Bericht vom Sachverständigen habe ich aber noch nicht, das dauert ja immer etwas. Insgesamt keine schöne Geschichte.«

»Kär, kär, na ja, so ist das halt im Leben. Ich dachte, es wäre mal wieder jemand von dieser Fraktion, die mit einem lauten Knall aus dem Leben scheiden wollen, aber man kann sich ja auch täuschen.« Adler kratzte sich an seinem Dreitagebart.

»Vermutlich ein einsamer älterer Mann mit Herzbeschwerden.« Fürst hatte kein Interesse, ein längeres Gespräch über das Thema aufkommen zu lassen. Die kurze Zeit der Mittagspause wollte er nicht mit den Gedanken an die Arbeit verschwenden, auch wenn der heutige Vorfall ihm ungewöhnlich nahe gegangen war. Die vielen Dokumente, die er im Haus vorgefunden hatte, verschwieg er.

Adler erhob sich. »Na dann mal wieder ran an die Arbeit.« Fürst rang sich ein Höflichkeitslächeln ab und nickte ihm zum Abschied zu. Nach dem Essen traf er einen gut gelaunten Helmut Krüger am Kaffeeautomaten.

»Und, wie ist der Stand der Dinge?« Fürsts Frage klang aufrichtig interessiert.

»Ich wollte gerade zu dir ins Büro. Alles klar soweit. Der Brandsachverständige will sich heute im Lauf des Nachmittags bei dir melden. Ein ziemlich unfreundlicher Typ, aber so sind sie halt. Ich habe mir einen Stapel von Sommers Unterlagen mitgenommen. Bisher war noch nichts über mögliche Angehörige dabei, werde das gleich aber noch genauer durcharbeiten. Der Mann war anscheinend Schriftsteller oder so was.«

Fürst legte die Stirn in Falten. »Du meinst wegen der ganzen Dokumente im Haus?«

»Ganze Aktenordner voll Zeitungsartikel habe ich gefunden, dazu vollgeschriebene Notizhefte und eine Menge handbeschriebener loser Zettel«, führte Krüger aus.

»Ich habe es mir heute Morgen auch schon angeschaut, anscheinend aber eher ein Forscher als ein Schriftsteller«, sagte Fürst.

»Was soll denn nun mit dem ganzen Kram passieren – das Übliche?« Krüger blickte Fürst fragend an.

»Das Übliche, die Angehörigen finden, oder der Entrümpelungsservice bekommt leider mal wieder einen neuen Auftrag. Lass uns später noch mal zusammensetzen und besprechen, wie es in der Sache weitergeht. Ich muss noch ein paar Telefonate erledigen, und auf meinem Tisch stapeln sich momentan die Papiere.«

Fürst beschloss, Jonathan noch am frühen Nachmittag anzurufen, bevor er es in der Flut der Arbeit vergessen würde. Sollten im Fall Sommer tatsächlich keine Angehörigen ermittelt werden können, würde er dem jungen Forscher in jedem Fall eine Auswertung der gefundenen Unterlagen ermöglichen. Vielleicht war ja etwas Brauchbares für seine Doktorarbeit dabei. Er zog sich aus dem ausnahmsweise funktionstüchtigen Automaten einen Kaffee und machte sich auf den Weg zu seinem Schreibtisch.

4. KAPITEL

Bereits aus großer Distanz konnte Robert Dahlmann die roten im Wind flatternden Absperrbänder der Polizei erkennen. Schlagartig wurde ihm schwindlig. Für einen Moment musste er sich an einer Gartenmauer festhalten. Seine Intuition hatte ihn nicht getäuscht, eine soeben noch groteske Vorstellung war Wirklichkeit geworden. Mit jedem weiteren Schritt, mit dem er sich nun dem Haus näherte, schnürte es ihm mehr und mehr die Kehle zu. Noch im Zug hatte er sich gefragt, warum ihn eine derartig allgemeine Radiomeldung beunruhigen konnte. Nun kämpfte er plötzlich mit den Tränen. Langsam setzte er seinen Weg fort. Als er das Gartentor erreichte, blieb er stehen und blickte um sich. Niemand war zu sehen. Nur eine Katze huschte in einiger Entfernung über die Straße. Er öffnete vorsichtig das Tor und schritt langsam durch den verwilderten Garten um das Gebäude herum, wo er erschrak. Erst hier offenbarte sich ihm das ganze Ausmaß der Zerstörung. Nach einigen Minuten, in denen er regungslos und mit abwesend wirkendem Blick das Szenario betrachtete, trat er weiter vor. Am Haus angekommen, drückte er vorsichtig das Absperrband mit der Polizeiaufschrift hoch, um sich Zugang zur Küche zu verschaffen. Der Schutt war an die Seite geräumt worden. Im Inneren blieb er stehen und lauschte seinen flachen Atemzügen. Nur das Zwitschern einer Amsel und das leise Rauschen der Bäume waren zu hören.

Er fragte sich, ob Armin hier gestorben war, in der Küche, wo die Explosion ganz offensichtlich den größten Schaden angerichtet hatte. Bedächtig tastete er sich voran in das Zwielicht eines ehemals vertrauten und nun so fremden Hauses. Er durchschritt das Wohnzimmer, in dem er und Armin an vielen Abenden zusammengesessen und diskutiert hatten. Eiseskälte schien ihm aus jeder Fuge entgegen zu kriechen. Er hob ein abgerissenes Stück Papier vom Boden auf. Offensichtlich ein Einkaufszettel. Weißer körniger Staub hatte sich darauf gelegt. Er ließ ihn wieder zu Boden fallen. Im zweiten Stock trat er ins Arbeitszimmer, wo sein Blick zunächst auf das geborstene Fenster fiel und an der unberührt wirkenden Bücherwand zu seiner Linken hängen blieb.

In den nächsten eineinhalb Stunden studierte er die Ordner und fühlte sich losgelöst von Zeit und Raum. Aus einer Kladde rutschte ein Foto mit ihm und Armin, mit Selbstauslöser aufgenommen im Sommer 2011 auf der kleinen Gartenterrasse. Sie steckten ihre Köpfe zusammen, lachten. Im Abendlicht leuchteten Wildblumen im Beet, dort, wo jetzt der versprengte Schutt lag. Armin sah glücklich aus, gelöst, mit sich im Reinen. Augenblicklich kämpfte er wieder mit den Tränen. Er schob die Aufnahme vorsichtig in die Innentasche seiner Jacke. Was sollte nun mit all den Dokumenten hier geschehen? Armin hatte keine Angehörigen, das hatte er ihm mehrfach mit einem melancholischen Unterton erzählt. Er sah keinen Grund, an dieser Angabe zu zweifeln. Das musste er auch der Polizei mitteilen. Der Kontakt zur Polizei war also der erste und unvermeidbare Schritt. Die Frage, die ihn am meisten beschäftigte, war jedoch, wie es überhaupt zur Explosion hatte kommen können. Er hielt es für ausgeschlossen, dass Armin sie absichtlich herbeigeführt haben könnte. Nicht Armin. Welchen Grund sollte er gehabt haben? Gerade in der letzten Zeit hatte er einen überaus aktiven und motivierten Eindruck gemacht. Nichts hatte auf Schwierigkeiten oder Verstimmungen hingedeutet. Er wusste, dass Armin finanzielle Probleme hatte. Er erinnerte sich, dass sie auch einmal über die Möglichkeit gesprochen hatten, das Haus zu verkaufen. Vor zwölf Jahren konnte Armin es mit Geldern aus einer lange zurückliegenden Erbschaft günstig erstehen. Danach hatte er in mühevoller Kleinarbeit die notwendigen Renovierungsarbeiten durchgeführt. Er war mit diesem Haus gewachsen. Der Gedanke an die Möglichkeit, dass er auf diesem Wege aus dem Leben scheiden wollte, war nichts anderes als surreal. Es hatte in der Vergangenheit immer wieder Probleme mit der Gasheizung gegeben, und Armin hatte sich des Öfteren über den damit verbundenen Ärger und die entstandenen Kosten durch die Reparaturen beschwert. Nach seiner Einschätzung war er jedoch ein umsichtiger Mensch, sodass Fahrlässigkeit als Grund für die Explosion kaum wahrscheinlich war. Es musste ein tragischer Unfall gewesen sein, etwas anderes erschien gar nicht möglich.

Wie sollte er nur das ganze Material transportieren und wo sollte er es lagern? Ich muss mir einen Transporter leihen, ging es ihm durch den Kopf. Er verspürte eine aufsteigende Übelkeit bei den Gedanken an all das, was ihn in Kürze erwartete. Er musste erfahren, was genau passiert war. Am Anfang der Straße stand eine Telefonzelle. Von dort aus würde er gleich mit der Polizei Kontakt aufnehmen.

Die Ordnung in Armins Archiv war vorbildlich. Robert konnte nahezu jeden der von ihm an Armin gesandten Zeitungsartikel auf Anhieb finden. Skizzen, Textfragmente und kürzere Notizen belegten zudem, wie systematisch sich Armin die Quellen erschlossen und seine Schlüsse daraus gezogen hatte.

Sein Blick fiel gedankenverloren an die Zimmerdecke und wanderte weiter zum Fenster. Plötzlich wurde er stutzig. Oberhalb des Fensters wölbte sich die Tapete etwas nach außen. Durch die Explosion war ein kleines Loch entstanden, aus dem nun, für einen unaufmerksamen Beobachter kaum sichtbar, Papier ragte. In seiner Magengegend breitete sich mit einem Mal ein flaues Gefühl aus. Er griff sich einen Stuhl, stellte ihn neben den Schreibtisch und erreichte so, auf Zehenspitzen stehend, die Öffnung. Vorsichtig betastete er diese, stieg wieder herunter, nahm sich einige großformatige Bücher und legte sie auf die Sitzfläche. Er hatte nun einen einigermaßen sicheren Stand und konnte die Stelle bequem erreichen. Mit geringer Kraftanstrengung gelang es ihm, die Öffnung so weit zu vergrößern, dass er in den dahinter liegenden Hohlraum greifen konnte. Ein dünner Papierstapel kam zum Vorschein. Nachdem er sich vergewissert hatte, dass sich dort keine weiteren Unterlagen befanden, setzte er sich an den Schreibtisch und begann, sich den Fund näher anzuschauen. Er wusste, dass er eine bedeutsame Entdeckung gemacht haben musste. Armin hatte die Papiere sicher nicht ohne Grund so sorgfältig versteckt.

Mit einem lauten Knall fiel plötzlich die Abdeckung, die den Hohlraum zuvor umschlossen hatte, herunter. Vermutlich hatte es einen Mechanismus gegeben, mit dem sich Armin mit wenigen Handgriffen Zugang zu dem Versteck verschaffen konnte, um bei Bedarf an die Dokumente zu gelangen. Er säuberte den Schreibtisch von den herabgefallenen Bruchstücken. Seine Hände zitterten, als er die Papiere zu lesen begann. Ganz offensichtlich handelte es sich um Kopien aus Personalakten. Sein Blick fiel auf das Schwarz-Weiß-Foto eines ihm unbekannten Mannes. Der dazugehörige Text war mit Schreibmaschine abgefasst worden. Am oberen Rand befanden sich Name und Sitz des Arbeitgebers: Franziskusheim zum Guten Hirten, Ankum. Der Mann auf dem Foto blickte mit strengem Blick in die Kamera. Er hatte diese Person noch nie zuvor gesehen. Die Gesichtszüge wirkten grob. Die Haare waren akkurat zu einem Seitenscheitel gekämmt. Irgendetwas an diesem Foto behagte ihm ganz und gar nicht, er konnte es in diesem Moment jedoch nicht genauer benennen. Es war etwas, das über die reine Physiognomie hinaus ging. Er zählte die Anzahl der Personalbögen durch und stellte fest, dass sie drei Personen betrafen. Es gab keinen Zweifel, dies waren Kopien von Personalakten aus kirchlichen Kinderheimen, die der Öffentlichkeit eigentlich nicht zugänglich waren. Von jedem der Fotos ging für ihn eine Aura der Bedrohung aus. Erst jetzt bemerkte er die mit Bleistift geschriebenen spärlichen Notizen auf der ersten Rückseite jedes Personalbogens. Sie trugen eindeutig Armins Handschrift. Auf den Rückseiten befand sich ein von der Vorderseite abweichender Name, versehen mit Geburtsdatum und einem Dienstrang. Die vorangestellte Buchstabenkombination ließ keinen Zweifel, es handelte sich um Dienstränge der SS. In ihm stieg die Ahnung auf, dass diese Männer nicht nur einfache Täter sein konnten, die sich an ihren ›Schutzbefohlenen‹ in den Heimen vergangen hatten. Armin hatte eine Auswahl getroffen. Hinter jeder dieser Personen auf den Fotos stand vermutlich eine bewusste Entscheidung, die diese Männer aus der Masse des Heimpersonals heraushob. Jede Akte stammte aus einem anderen Kinderheim, eine aus der Stadt, eine aus dem Landkreis Osnabrück sowie eine aus dem Landkreis Vechta. Die Papiere datierten aus einem Zeitraum von 1955 bis 1966. Warum nur hatte Armin ihm nie etwas davon erzählt? Hatte er ihre Freundschaft völlig falsch eingeschätzt? Fragen kreisten in seinem Kopf. Für einen Moment war ihm plötzlich, als hätte sich etwas an der Türschwelle bewegt. Ruckartig drehte er sich um. Eine Maus huschte über den Flur.

Von einer Sekunde auf die andere realisierte er, dass er nicht länger bleiben konnte. Vom Haus schien ihm nun eine fast greifbar bedrückende Atmosphäre auszugehen. Er wurde sich bewusst, dass er ganz alleine hier war. Armins Tod war unfassbar.

Ein Windstoß wehte einige der Papiere auf den schmutzigen Boden. Rasch sammelte er sie auf, nahm dann den schmalen Stapel in seine Arme, rückte ihn zurecht und eilte die knarrende Treppe hinunter ins Erdgeschoss. Er musste hier raus, so schnell wie möglich. Er wusste nicht, was es war, das ihn in diesem Moment antrieb. Er fühlte eine dunkle Ahnung, die wie eine riesige Welle anrollte, eine Wand aus Wasser, schwer und finster. Im Vorbeigehen griff er sich eine fleckige Stofftasche, die irgendwo auf dem Boden lag, schob die Papiere hinein und eilte ins Freie. Das Rauschen der Bäume kam ihm nun viel lauter vor als bei seiner Ankunft. Der Wind hatte aufgefrischt. Erleichtert blieb er auf dem Rasen stehen und drehte sich zum Haus hin um. Die Welle war verebbt. Er verstand sich plötzlich selbst nicht mehr, was war bloß in ihn gefahren? Vielleicht war alles zu viel für ihn. Das, was sicher zu sein schien und ihm gerade in der letzten Zeit viel Halt gegeben hatte, existierte nicht mehr. Seine Intuition hatte ihn heute spüren lassen, dass etwas Gravierendes nicht stimmte. Etwas war hier völlig aus dem Ruder gelaufen. Er musste bald mit jemandem sprechen, jemandem, dem er vertrauen konnte. Der Inhalt der Papiere erschien ihm zu wichtig und ihre Bedeutung zu groß zu sein, als dass er damit alleine zurechtkommen konnte. Ihm fiel die Interviewanfrage des jungen Forschers ein. Bereits vor einigen Wochen hatte er dessen Brief mit der Interviewanfrage erhalten und erst gestern, nach längerer Überlegung, seine Zusage abgeschickt. Dies schien eine geeignete Möglichkeit zu sein.

Er spürte, wie ihn in diesem Moment die Frage nicht losließ, was genau an diesem Ort geschehen war. Er wusste, dass ihm darauf nur die Polizei eine Antwort geben konnte. So schnell wie möglich musste er telefonieren. Er setzte an, wieder in Richtung Straße zu gehen, als ihm einfiel, dass ihn bei seinem Kommen vielleicht jemand gesehen haben könnte. Dass er niemanden auf der Straße erblickt hatte, bedeutete ja keinesfalls, dass nicht ein Nachbar, hinter einer Gardine stehend, sein Kommen aufmerksam beobachtet hatte. Wenn er jetzt mit einer

Tasche in der Hand das Haus verließ, machte er sich in jedem Fall verdächtig. Womöglich würde man ihm unterstellen, er habe etwas gestohlen. Wenn die Polizei in der Situation dann hinzugezogen würde, müsste er sicherlich den Inhalt seiner Tasche vorzeigen, und das wollte er auf jeden Fall vermeiden. Armin hätte das sicher auch nicht gewollt.

Der Wald am Haus verlief parallel zur Straße. Er brauchte sich also nur ein Stück weit durchs Unterholz schlagen, um den nahen Waldweg zu erreichen, und würde dann ziemlich genau an der Telefonzelle herauskommen.

Dort, wo der Rasen endete und Gebüsche eine grüne Trennlinie zwischen Garten und Wald zogen, hob er schützend die Arme vor den Kopf und tastete sich bückend voran. Äste schlugen ihm ins Gesicht. Der Boden war durchnässt, das Wasser sickerte in seine Schuhe. Kurz darauf hatte er festeren Laubboden unter den Füßen und den offenen Wald vor sich. Der würzige, schwere Duft dunkler Erde und feuchten Laubes drang in seine Nase. Er richtete sich auf und wischte Pflanzenreste von seiner Jacke. Eine Elster hüpfte in einigen Metern Entfernung auf einer einzelnen Birke von Ast zu Ast und stieß dabei krächzende Rufe aus. Kein Mensch war zu sehen. Er konnte den mit Pfützen durchsetzten Waldweg bereits erkennen. Plötzlich fühlte er sich beobachtet. Er verlangsamte seine Schritte und blickte um sich, konnte aber nichts Auffälliges entdecken. Schließlich blieb er stehen und horchte. Das gleiche Gefühl, das ihn veranlasst hatte, aus dem Haus zu fliehen, schien nun auch hier von ihm Besitz zu ergreifen. Zögernd ging er weiter und erreichte wenige Augenblicke später den Weg. Flüchtig blickte er nach rechts, tiefer in den Wald hinein. Für einen Moment glaubte er, dort eine Bewegung ausmachen zu können. Nichts wie weg!, hämmerte es in ihm. Er konnte seinen Herzschlag spüren, das Blut rauschte in seinen Bahnen. Er sah, wie 50 Meter hinter ihm zwei Jogger von einem schmalen Nebenpfad auf den Waldweg liefen. Schlagartig entspannte er sich, verlangsamte seine Schritte und ließ die plaudernden Sportler ihn überholen. Er registrierte, wie ihre Blicke ihn neugierig musterten. Mit einigem Abstand versuchte er, möglichst unbemerkt mit ihnen Schritt zu halten. Ihre Anwesenheit gab ihm ein Gefühl von Sicherheit. Zwei Minuten später sah er die Hauptstraße vor sich. Als er die Telefonzelle erreichte, blieb er keuchend stehen, beugte sich vornüber und stützte seine Hände auf die Knie. Er spürte, wie der Druck von ihm abfiel. Erleichtert trat er ein, wählte 110, schilderte in wenigen Worten den Grund seines Anrufs und ließ sich weiterverbinden. Am anderen Ende der Leitung meldete sich eine warme, freundlich klingende Stimme. »Ja, hier Kriminalhauptkommissar Richard Fürst?«

5. KAPITEL

Die Katharinenstraße lag friedlich im dunstigen Licht des ausgehenden Tages. Schwalben vollführten weit über den Dächern tollkühne Flugmanöver. Die Dämmerung, die sich von Osten langsam herantastete, warf erste dunkle

Schatten in die Hauseingänge und schmalen Seitengässchen. In einiger Entfernung spielte eine Gruppe Kinder unbeschwert Fußball.

Auf dem Nachhauseweg hatte Jonathan kurzfristig beschlossen, sich für die Mühen des bisherigen Arbeitstages noch irgendwie zu belohnen, auch wenn er mit seinem Arbeitsergebnis alles andere als zufrieden war. Er beschloss, sich die spärlichen Sonnenstrahlen an diesem Nachmittag noch mit einem Cappuccino zu versüßen. Seine spontane Wahl fiel auf ein Straßencafé im Katharinenviertel, für dessen Besuch er seine Fahrtroute nicht abändern musste. Er hatte Glück und ergatterte ein sonnenbeschienenes Plätzchen, von dem aus er einen guten Überblick auf die vielgenutzte Fahrradstraße hatte. Er gab seine Bestellung auf, zückte sein Smartphone und gab die Festnetznummer Richards ein. Nach fünfmaligem Klingeln sprang der Anrufbeantworter an. »Hallo, ich bin gerade nicht zu Hause. Vielen Dank für Ihren Anruf. Nachrichten bitte nach dem Piepton.« Richard setzte in diesen Dingen auf Schlichtheit. Jonathan hinterließ eine kurze Nachricht und steckte das Gerät wieder ein.

Der Kriminalhauptkommissar hatte von Anfang an ein starkes Interesse an Jonathans Forschungsprojekt gezeigt und dessen Entwicklung wohlwollend begleitet. Seine erste Reaktion, als er von Jonathans damals nur grob umrissener Forschungsidee hörte, war jedoch zunächst distanziert ausgefallen. Jonathan hatte dies als Desinteresse interpretiert, dann aber im Gesprächsverlauf erfahren, dass Fürst im Rahmen seiner Diensttätigkeit gelegentlich mit dem Kinderheimthema in Berührung gekommen war. Der junge Forscher wusste nur, dass es dabei um zwei Suizide gegangen war, über die Fürst keinen besonders ausgeprägten Gesprächsbedarf zu haben schien. Jonathan hatte nicht weiter nachgefragt, denn er konnte sich auch so die Antworten über die möglichen Hintergründe zusammenreimen. Aus Fürst bekundetem, jedoch humorvoll unterlegtem Neid über die Freiheit, die das Forschen mit sich brächte, sprach für Jonathan die Sehnsucht eines von den Berufsroutinen seines Beamtenalltags geplagten Mannes, der unbürokratischen und kreativen Lösungen starren Regeln und Hierarchien vorzog. Fürst machte aber auch selbst keinen Hehl aus seinen für manche Polizisten vermutlich subversiv wirkenden Ansichten. Das alles änderte jedoch nichts an der Leidenschaftlichkeit, mit der er seinen Beruf ausübte. Es schien vielmehr sogar eine Bedingung dafür zu sein. Insgeheim liebäugelte Jonathan mit einem baldigen Treffen. In den vergangenen zwei Wochen war für seine Verhältnisse viel passiert, und sein Mitteilungsbedürfnis war immens. Dies betraf nicht nur den Umstand, dass sich die Anzeichen für eine erfolgreiche Annahme seines noch einzureichenden Förderantrags bei der Stiftung zu verdichten schienen, zumindest glaubte er den Einschätzungen einiger in dieser Beziehung kompetenten Arbeitskollegen. Es hatte sich auch im Verhältnis zu Valerie eine gewisse Entspannung ergeben. Sie waren beide seit drei Jahren ein Paar, hatten Höhen und Tiefen erlebt, doch aus dem jetzigen Tal der Tränen schien es keinen Ausweg zu geben. Vor einer Woche hatten sie beschlossen, eine längere Beziehungspause einzulegen. Es erschien ihm in dieser Situation das Beste zu sein, um Zeit und Abstand zu gewinnen und das Geschehene aus einer neuen Perspektive betrachten zu können. Wenn er sich fragte, wann es mit der Entfremdung zwischen ihnen begonnen hatte, konnte er keinen genauen Zeitpunkt benennen. Dieser

Prozess hatte schleichend eingesetzt. Ein ›weiter wie bisher‹ in ihrer Beziehung konnte es nicht geben, so viel war klar. In dieser Zustandsbeschreibung waren sie sich ausnahmsweise einmal einig.

Er lehnte sich zurück, schloss für einen Moment die Augen und genoss die abendlichen Sonnenstrahlen. In solchen Situationen verfügte er über das Talent, sich spontan entspannende Bilder vor seinem inneren Auge vorzustellen, die sogleich eine Aura der Behaglichkeit in ihm erzeugten. In diesem Fall war es ein sonnenbeschienener See mit ein paar Bergen in der Ferne. Schilfhalme an dessen Ufer raschelten und rauschten im warmen Wind. Sommerfantasien.

Nachdem er den Cappuccino ausgetrunken und bezahlt hatte, schob er sein röchelndes Fahrrad über den Gehsteig. Die Aussicht, sich jetzt zu Hause noch mal an den Rechner setzen zu müssen, um sein anvisiertes Arbeitspensum auch tatsächlich erledigen zu können, ließ in ihm sogleich schlechte Stimmung aufkommen. Was ihm über so manches Motivationstief bei seinen Forschungen hinweg geholfen hatte, war eine tiefe Wut, die er empfand über das, was er bei seinen Forschungen in Erfahrung gebracht hatte.

Hunderttausende Kinder waren in den von kirchlichen Orden geleiteten Heimen über Jahre schwersten Misshandlungen ausgesetzt gewesen. Die dortigen Verhältnisse überstiegen das menschliche Vorstellungsvermögen. Jene Verantwortlichen in den kirchlichen Heimen, die vorgaben, ein unverzichtbarer Faktor für die Ordnung der Gesellschaft zu sein, hatten die kirchlichen Prinzipien, welche die Amtskirche zumeist wie eine Monstranz vor sich her trug, gegenüber jenen wehrlosen Kindern über Bord geworfen. Schlimmer noch, sie hatten sie in ihr Gegenteil verkehrt. Die Gründe für eine Einweisung in ein kirchlich geführtes Heim waren in den 50er und 60er Jahren des letzten Jahrhunderts so vielfältig wie nichtssagend. Unehelichkeit, angebliche Verwahrlosung, lange Haare, Herumtreiberei und ›sexuelle Promiskuität‹ waren in diesem Zusammenhang die unheilvollen Stichworte, die ein Kartell aus Jugendbehörden und Gerichten verwendete, um ihren Vorstellungen von ›Ordnung‹ Geltung zu verschaffen. Die für die einzelnen Heimkinder angefertigten Gutachten waren, das konnte Jonathan mit Sicherheit sagen, nichts anderes als sozialdiskriminierende Pseudodiagnosen, deren Jargon jenem der Eugenik nicht unähnlich war. Die angegebenen Gründe für eine Einweisung ins Heim entpuppten sich bei näherer Betrachtung als eine willkürliche Gemengelage. Diese betraf zumeist nur jene Kinder, die ohnehin benachteiligt waren, da sie, nach damaligen Wertmaßstäben, aus Familien mit niedrigem sozialen Status stammten.

Jonathan wusste, dass er als Sozialwissenschaftler über Möglichkeiten verfügte, um zwischen sich und seinem Forschungsthema eine gewisse Grenze zu ziehen. Dadurch war er in der Lage, die notwendige Distanz herzustellen. Für jene Kinder, die in den Heimen Unvorstellbares erlitten hatten, war die Vergangenheit nicht mehr änderbar, nur der nachträgliche Umgang damit. Es konnte im Hier und Jetzt aus seiner Sicht nur noch darum gehen, ihnen Gehör zu verschaffen und jene anzuprangern, die für diese schrecklichen Verhältnisse verantwortlich waren.

Er schob die Haustür auf, entnahm dem Briefkasten die Post und stieg langsam die Treppe in den zweiten Stock hinauf, während er sich gleichzeitig die beiden heute angekommenen Briefe näher besah. Den an ihn adressierten Werbebrief eines Telekommunikationsdienstleisters ignorierte er nach einem flüchtigen Blick. Der zweite Brief erweckte jedoch sofort seine Aufmerksamkeit. Er hatte vor längerer Zeit einen älteren Mann angeschrieben. Dessen Adresse war ihm von einem seiner Interviewpartner gegeben worden, mit dem Hinweis, dass es sich bei dem Mann ebenfalls um einen ehemaligen Heimzögling handeln würde, der sicher nichts gegen ein Interview einzuwenden hätte. Jonathan hatte zunächst versucht, ihn telefonisch zu erreichen, blieb damit jedoch erfolglos und verschickte deshalb eine schriftliche Anfrage mit einer kurzen Erläuterung seines Forschungsprojekts. Bei dem Brief in seiner Hand handelte es sich ganz offensichtlich um die Antwort. Die Handschrift war jedoch schwer lesbar. Er konnte den Namen *Robert Dahlmann* entziffern. Der Mann hatte sich mit der Antwort viel Zeit gelassen. Er unterdrückte den Impuls, den Brief bereits im Treppenhaus zu öffnen. Mit gesenktem Kopf setzte er dazu an, seine Wohnungstür aufzuschließen. Als der Schlüssel das Schloss berührte, gab die Tür nach und öffnete sich einen Spaltbreit. Jonathan war verblüfft. Hatte er heute früh tatsächlich vor lauter Arbeitseifer vergessen, sie hinter sich abzuschließen? Er war sich eigentlich sicher, die Tür am Morgen fest zugezogen zu haben. Sogleich meldeten sich Zweifel. Es war an diesem Morgen für seine Verhältnisse etwas hektischer zugegangen als üblich, daran konnte er sich erinnern. Vielleicht war aber auch etwas mit der Tür nicht in Ordnung? Er besah sich das Schloss genauer, konnte jedoch nichts Ungewöhnliches feststellen. Die einzigen Personen, die Schlüssel zu seiner Wohnung besaßen, waren der Hausmeister und Valerie. Zumindest bei ihr konnte er ausschließen, dass sie, ohne ihn zu informieren, die Wohnung betreten hatte. Falls etwas Ungewöhnliches geschehen war, dass in ihrem Fall einen solchen Eingriff in seine Privatsphäre rechtfertigen würde, hätte sie ihm sicherlich eine SMS geschickt. In der jetzigen schwierigen Beziehungssituation ohnehin. Er zog sein Smartphone hervor, um sich nachträglich Gewissheit darüber zu verschaffen. Vieleicht hatte er eine Nachricht übersehen? Das blinkende Symbol auf seinem Display wäre ihm eigentlich kaum entgangen. Er hatte im Tagesverlauf vergleichsweise viel telefoniert. Der Blick auf das Display bestätigte seine Annahme, er hatte keine Nachricht erhalten.

Vorsichtig trat er in den Eingangsbereich seines Apartments. Ihn überkam ein seltsames Gefühl von Nacktheit angesichts der Tatsache, dass jeder in dem ihm unbekannten Zeitraum, in welchem die Tür offen stand, in seine Wohnung hätte eindringen können. Im Haus wohnten zwar überwiegend vertrauenserweckend wirkende Studentinnen und Studenten sowie einige ältere Leute, aber das Wissen darum änderte nichts an dem ungewohnten und unangenehmen Gefühl.

Die Wohnung lag im Halbdunkel, er hatte die Vorhänge am Morgen nicht zurückgezogen. Ansonsten erschien ihm auf den ersten Blick alles so wie immer. Er atmete tief durch. Mit jeder nun verstreichenden Sekunde kehrte das Gefühl von Normalität in ihm zurück.

Er stellte seine Tasche auf den Laminatfußboden, ging ins Bad, öffnete dort das Fenster, wusch sich die Hände und begann sich dann in der Küche ein Brot zu schmieren. Auf dem Weg zu dem kleinen schlichten Schlafsofa, das er erst vor wenigen Tagen erworben und sofort aufgebaut hatte, fiel sein Blick auf ein schmales Buch, das aufgeblättert vor einem Bücherregal lag. Offensichtlich war es heruntergefallen. Einige Seiten waren sichtbar verknickt. Er stellte den Teller ab, hob es auf und wollte es in die erkennbare Lücke in einer Buchreihe stecken, als er stutzig wurde. Er war sich plötzlich sicher, dass dieses Buch nicht in dieser Lücke gestanden hatte. Es war ein eher schmaler Reiseführer über Kroatien, den er vor einigen Tagen bei einer Umräumaktion in das andere Buchregal einsortiert hatte. Das Umräumen zielte darauf ab, bei der zukünftigen Suche nach Texten für seine Arbeit schneller fündig zu werden. Die Reiseführer, die vorher in den Regalen verstreut standen, waren von ihm dabei in einer Regalreihe zusammengestellt worden. Er erspähte im Buchregal zwei weitere Titel, die dort nicht hingehörten. Spielte seine Erinnerung ihm einen Streich? Waren die Belastungen in den letzten Wochen einfach zu viel für ihn gewesen? So viel, dass er sich nicht daran erinnern konnte, diese Bücher an einen anderen Platz gestellt zu haben? Es musste so sein, eine andere Erklärung schien es nicht zu geben. Wer sollte ein Interesse daran haben, in seine Wohnung zu schleichen, um einige Bücher umzustellen? Er kam für sich zu dem Fazit, dass ihm der reale Erschöpfungszustand, in dem er sich zeitweise zu befinden schien, anscheinend etwas den Kopf vernebelte. In Zukunft würde er stärker darauf achten und seine derzeitige schnelllebige Lebenssituation stärker hinterfragen müssen. Er beschloss, früh ins Bett zu gehen. Dann schaltete er den Fernseher ein. Dass dieser Tag für ihn noch lange nicht zu Ende sein sollte, ahnte er nicht.

6. KAPITEL

Als Richard Fürst den Hörer auflegte, wurde ihm bewusst, dass die Ereignisse des heutigen Tages eine bedeutende Wendung genommen hatten. Noch vor wenigen Stunden hatte Helmut Krüger ihm bei der nachmittäglichen Besprechung berichtet, dass seine bisherige Suche nach Namen und Adressen von Angehörigen von Armin Sommer erfolglos verlaufen war. In Sommers Haus ließ sich kein Adressen- oder Telefonverzeichnis finden, und die Auswertung der gefundenen Unterlagen würde noch länger andauern. Mit dem letzten Telefonat hatte sich die Situation geändert. Der Anrufer, ein gewisser Robert Dahlmann – Fürst hatte sich während des Telefonats den Namen auf einem Zettel notiert – hatte sich als sehr guter Freund Armin Sommers vorgestellt. Er wollte von Fürst sofort wissen, was es mit der Explosion auf sich hatte, und unter welchen Umständen Sommer zu Tode gekommen war. Fürst hatte Schwierigkeiten gehabt, dem Mann am Telefon überhaupt nur ein paar Fragen zu stellen, konnte aber herausfinden, dass dieser trotz der polizeilichen Versiegelung in das Haus eingedrungen war. Ein klarer Rechtsverstoß. Dahlmann hatte um ein sofortiges Gespräch gebeten und Fürst ihm darauf hin angeboten, ihn abholen zu lassen, um in seinem Büro über die Situation zu sprechen. Das Telefonat hatte Fürst irritiert. Dahlmann gab an, erst vor Ort, am Haus seines Freundes, realisiert zu haben, dass sich die Explosion tatsächlich dort ereignet hatte. Dies erklärte allerdings wohl auch die Aufregung in seiner Stimme, die Fürst dazu bewog, das unrechtmäßige Eindringen in das Haus nicht unmittelbar anzusprechen. Er musste gleich sicherlich viel Sensibilität aufbringen, wenn er auf den Mann treffen würde. Krüger war losgefahren, um Dahlmann von der Telefonzelle abzuholen.

Es war zwar eigentlich schon lange Dienstschluss, aber Fürst hatte sich daran gewöhnt, flexibel auf die jeweilige Arbeitssituation zu reagieren. Heute allerdings war der Arbeitstag wegen des frühen Dienstbeginns wirklich ungewöhnlich lang.

Sein Blick blieb an dem kleinen gelben Notizzettel auf seinem Schreibtisch hängen. Er las die kurze Botschaft: *Jonathan anrufen*. Da er sich für dieses Telefonat etwas mehr Zeit nehmen wollte und der arbeitsreiche Nachmittag ein längeres Telefonat nicht ermöglicht hatte, war es vorerst bei der Absicht geblieben. Der Brandsachverständige hatte sich um 17 Uhr telefonisch bei ihm gemeldet. Der Mann konnte zu der Ursache der Explosion zu diesem Zeitpunkt noch keine genaueren Angaben machen.

Er blätterte noch eine Weile in den vor ihm liegenden Akten. Die bisherige Sichtung der Unterlagen aus dem Haus hatte zweifelsfrei ergeben, dass Armin Sommer zwischen 1953 und 1965 in verschiedenen kirchlich geleiteten Heimen untergebracht war. Es stand jetzt also fest, dass seine intensive Beschäftigung mit dem Thema einen persönlichen Hintergrund hatte. Es klopfte an der Tür.

»Herein.«

Helmut Krüger betrat den Raum, ihm folgte ein älterer Herr mit leichtem Bauchansatz. Seine schwarze Windjacke stand offen, darunter war er mit einem groben grauen Wollpullover bekleidet. Der untere Bereich seiner Jeans war mit deutlich sichtbaren Schmutzspritzern befleckt.

Krüger nickte Fürst kurz zu. Fürst schätzte Dahlmann auf etwa Mitte 60. Er war mittelgroß und trug eine Stirnglatze. Sein Blick wirkte neugierig, drückte aber zugleich auch Niedergeschlagenheit aus. Sie sahen einander an und gaben sich die Hand.

»Schön, dass Sie da sind, nehmen Sie Platz.« Fürst deutete auf den Stuhl vor seinem Schreibtisch.

Helmut Krüger verließ den Raum. Er wusste, dass seine Anwesenheit in dieser Situation den Besucher verunsichern konnte. Fürst und er würden sich nach dem Gespräch ohnehin noch genauer über die Sachlage austauschen.

Dahlmann setzte sich nach kurzem Zögern, ergriff das Wort und bedankte sich bei Fürst für die Möglichkeit zu dem kurzfristigen Treffen. Nachdem er die notwendigen Angaben zu seiner Person gemacht hatte, bat der Kriminalhauptkommissar ihn, das Verhältnis zwischen ihm und Armin Sommer zu beschreiben. Dahlmann wirkte für einen Moment unschlüssig und schilderte dann in wenigen Worten die von ihm empfundene große Bedeutung ihrer Freundschaft. Er hob dabei hervor, dass sie sich bereits seit Jahren gekannt hatten und Sommer die wichtigste Person in seinem jetzigen Lebensabschnitt gewesen sei. Fürst spürte Trauer und Melancholie in jedem der Worte seines Gegenübers.

»Wissen Sie, ob Herr Sommer Angehörige hat?«

»Soweit ich weiß, nein, ich kenne zumindest niemanden.« Dahlmann konnte sich nicht dazu durchringen, ihre Erfahrungen als ehemalige Heimzöglinge an dieser Stelle zu äußern. Etwas blockierte ihn. Er versuchte, diesen Zustand aufzulösen, indem er selbst die Initiative ergriff.

»Ich wäre Ihnen sehr dankbar, wenn Sie mir Genaueres darüber sagen könnten, wie und wodurch Armin gestorben ist.«

Fürst berichtete ihm vom aktuellen Stand der Ermittlungen.

»Herr Sommer wurde tot in seinem Schlafzimmer aufgefunden. Wir können zum jetzigen Zeitpunkt nicht ausschließen, dass es durch einen Schock infolge der Explosion zu einem Herzinfarkt gekommen ist. Die Druckwelle der Explosion war aber nicht die Todesursache. Solange wir nichts Genaueres über die Ursachen des Unglücks wissen, bleiben uns nur Spekulationen. Bei unklaren Todesursachen ist eine gerichtsmedizinische Obduktion Vorschrift. Die Obduktion wird durch die zuständige Staatsanwaltschaft angeordnet. Ich habe mit der Staatsanwältin telefoniert, und sie wird alles Nötige veranlassen. Ich hoffe deshalb, dass wir in dieser Sache schon bald schlauer sind.«

Der Kriminalhauptkommissar machte ein aufmunterndes Gesicht. Die Tatsache, dass Sommer nicht durch die unmittelbare Explosionswirkung zu Tode gekommen war, schien für Dahlmann eine Erleichterung zu sein. Er stieß einen tiefen Seufzer aus.

»Das Einzige, was ich dazu sagen kann, ist, dass es häufiger Probleme mit der Gasheizung gab. Armin hat sich öfter darüber beklagt, aber ich weiß darüber nichts Genaues. Er meinte, es läge wohl am Alter der Anlage.«

Der Kriminalhauptkommissar notierte die spärlichen Informationen, um dem Brandsachverständigen die Angaben zu übermitteln. Dann brachte er das Gespräch auf die Frage, wie mit dem Hausrat und den zahlreichen Unterlagen verfahren werden sollte. Fürst verwunderte es, dass Dahlmann bis zu diesem Zeitpunkt mit keinem Wort auf das Heimthema zu sprechen gekommen war. Angesichts der Bedeutung, die dieser der Freundschaft zu Sommer gab, müsste er von dessen Recherchen zu dem Thema doch eigentlich wissen.

»Ich würde gerne den Nachlass von Armin regeln. Im Moment ist das aber alles etwas viel für mich. Ehrlich gesagt möchte ich heute Abend nicht gerne alleine zurück nach Quakenbrück fahren. Ich werde mir hier in Osnabrück ein Hotelzimmer nehmen.«

»Wenn Sie möchten, bin ich Ihnen dabei gerne behilflich. Ich muss Ihnen jetzt allerdings noch eine schwierige, aber für unsere Ermittlungen sehr wichtige Frage stellen. Wussten Sie, dass Herr Sommer einen Großteil seine Kindheit und fast die gesamte Jugendzeit in Kinderheimen zubringen musste?«

Fürst sprach langsam und bedächtig.

Dahlmann zögerte und wirkte plötzlich ausgesprochen nachdenklich.

»Ja, wir haben oft darüber gesprochen. Er hat sich damit sehr intensiv beschäftigt. Ich habe Ihnen das bisher noch nicht erzählt, weil ich dachte, dass es vielleicht nicht so wichtig ist.«

Dahlmann hatte ein mulmiges Gefühl. Seine Gedanken kreisten um die gefundenen Dokumente aus Armins Versteck.

»Es ist sogar sehr wichtig«, entgegnete Fürst. »Wir haben zahlreiche Unterlagen gefunden, die genau das belegen. Herr Sommer hat sich mit seiner Zeit in den Heimen anscheinend sehr intensiv auseinander gesetzt. Wir können nicht ausschließen, dass es für die Frage nach der Ursache der Explosion von Bedeutung ist.«

Dahlmann blickte Fürst erstaunt an.

»Wie meinen Sie das?«

»Nun, aus den Aufzeichnungen von Herrn Sommer geht hervor, dass diese Phase seines Lebens überaus belastend war. Es ist ja auch bekannt, was sich in den Heimen zu dieser Zeit abgespielt hat. In zahlreichen Fällen sind ehemalige Heimkinder mit dem Erlebten nicht fertig geworden und haben im Leben keinen Sinn mehr gesehen.«

Fürst war sich im gleichen Moment bewusst, dass seine Aussage für Dahlmann vermutlich provozierend klang und angesichts der derzeitigen Kenntnisse der Polizei zudem rein spekulativer Natur war. Überraschenderweise blieb jedoch der erwartete Protest aus.

»Ich muss Ihnen recht geben, nicht jeder konnte mit diesen Erlebnissen umgehen und sie verarbeiten. Armin war da anders. Er liebte das Leben und versuchte herauszufinden, wer für die Verhältnisse in den Heimen verantwortlich war. Mir fehlte dazu lange Zeit die Kraft, aber durch Armin habe ich einen Weg gefunden, auch mit meinen Erlebnissen besser umgehen zu können.«

Fürst zog erstaunt die Augenbrauen hoch.

»Sie waren also auch ein Heimkind?«

Dahlmann blickte Fürst nun direkt in die Augen. Sein Kopf verfiel in ein sanftes Nicken. In seinem Gesicht meinte der Hauptkommissar plötzlich einen seltsam verlorenen Ausdruck ausmachen zu können, wie der eines kleinen hilflosen Jungen. In den folgenden Minuten berichtete Dahlmann seinem aufmerksamen Zuhörer von Sommers intensiver Beschäftigung mit dem Kinderheimthema. Er ließ auch seine Zuarbeit nicht aus. Fürst hatte dennoch das Gefühl, dass Dahlmann ihm, trotz der für ihn unerwarteten Offenheit, etwas Wichtiges verschwieg. Er versuchte, ihn nun mit eigener Offenheit aus der Reserve zu locken.

»Ich bin Ihnen überaus dankbar für Ihre Ehrlichkeit und Ihr Vertrauen in der Sache. Mir ist das Thema keinesfalls fremd. Ich selbst habe auch Kontakt zu einem jungen Forscher, der das Thema an der Universität Osnabrück bearbeitet.«

»Das ist ja interessant«, antwortete Dahlmann. »Der junge Forscher heißt nicht zufällig Jonathan Bach?«

Fürst war völlig perplex. »Doch, Sie kennen ihn?«

Dahlmanns Miene hellte sich sichtbar auf.

»Das ist ja wirklich ein Zufall. Kennen wäre zu viel gesagt. Er hat mich vor Kurzem angeschrieben und für seine Forschungen um ein Interview mit mir gebeten. Ich habe ihm dann erst gestern einen Brief geschickt und ihm zugesagt.«

Fürst war verblüfft, wie sich hier, für ihn völlig unerwartet, ein erster Kreis zu schließen begann. In der Regel war bei den Ermittlungen in diesem Stadium eher das Gegenteil der Fall.

»Ich muss gestehen, ich bin erstaunt. Das hätte ich nicht erwartet. Andererseits ist es auch wieder gar nicht so unwahrscheinlich, wie es sich anhört, denn soweit ich weiß ist Jonathan, ich meine Herr Bach, an der Universität Osnabrück der einzige Forscher, der das Thema bearbeitet. Sie haben von ihm also noch keine Antwort erhalten. Ich selbst wollte ihn heute eigentlich anrufen, bin aber nicht dazu gekommen. Herr Bach ist ein sehr engagierter und gewissenhafter Forscher.«

»Also ich hätte überhaupt nichts dagegen einzuwenden, Herrn Bach so schnell wie möglich zu treffen. Ich weiß, es klingt für Sie vielleicht seltsam, aber ich würde mich gerne noch intensiver mit jemandem austauschen und von meiner Seite aus auch gerne heute Abend noch.«

Fürst blickte Dahlmann für einen kurzen Moment fragend an und antwortete dann in einem ruhigen Tonfall: »Das kann ich gut verstehen. Vielleicht ist das gar keine schlechte Idee. Ich kann gerne versuchen, Herrn Bach telefonisch zu erreichen. So wie ich ihn kenne, hat er sicher nichts dagegen.«

»Ich möchte ihm natürlich keine Umstände machen,« schob Dahlmann augenblicklich nach.

»Nein, nein, machen Sie sich darüber keine Gedanken. Ich schlage vor, ich versuche ihn jetzt einfach mal telefonisch zu erreichen.«

Fürst griff zum Telefon und wählte Jonathans Nummer. Nach dreimaligem Schellen erklang die Stimme des jungen Forschers.

7. KAPITEL

Irgendetwas stimmte für ihn an der ganzen Sache nicht. Warum war plötzlich dieser ältere Mann im Garten aufgetaucht, kurze Zeit, nachdem die letzten Einsatzkräfte am frühen Abend abgerückt waren? Stunde um Stunde hatte er in seinem Versteck ausgeharrt, sich dann auf seinen Beobachtungsposten begeben und auf den günstigsten Augenblick gewartet. Plötzlich war dieser Kerl wie aus dem Nichts aufgetaucht, hatte eine Weile im hinteren Teil des Gartens gestanden, dann das Haus betreten und darin für zwei Stunden verschwunden geblieben. Als er wieder herausgekommen war, baumelte eine gefüllte Tasche an seinem Handgelenk. Dieser Mann hatte ganz und gar nicht nach einem Polizisten ausgesehen, aber er war sich nicht sicher und ihm deshalb nicht ins Haus gefolgt. Ohnehin hatte er eine klare Order: Keine weiteren Toten, es sei denn, die Umstände würden ihm keine andere Wahl lassen, und eine Wahl hatte er in dem Moment durchaus gehabt. Als der Unbekannte sich dann jedoch durch den Wald vom Haus entfernte, anstatt die Straße zu nutzen, ging ihm auf, das hier anscheinend ein ganz anderes, ihm noch unbekanntes Spiel gespielt wurde. Sein Entschluss stand fest, er musste die Tasche in seinen Besitz bringen. Eine Entführung kam für ihn jedoch nicht infrage. Er hatte ja selbst in den letzten Tagen erlebt, wie viele Menschen in diesem Waldstück unterwegs waren. Zu viele Leute hatten ihn bereits gesehen. Unnötigerweise hatte er einige grundlegende Sicherungsmaßnahmen nur halbherzig eingehalten, da er sich hier sicher wähnte. Eine alte neugierige Dame hatte ihm regelrecht hinterher spioniert. Es erschien ihm deshalb kurzzeitig sogar ratsam zu sein, die gesamte Aktion abzubrechen. Er hatte dann die Idee jedoch wieder verworfen, da ihm für einen späteren Versuch die Zeit fehlte. Ein Diebstahl war in dieser Situation, unter Sicherheitsaspekten betrachtet, seiner Ansicht nach vertretbar. Ehe der Unbekannte auch nur seinen Schatten wahrgenommen haben würde, wäre er durch seinen gezielten Schlag für kurze Zeit außer Gefecht gesetzt worden. Wenn die Tasche tatsächlich das enthielt, worauf er spekulierte, war es das kalkulierbare Risiko mehr als wert. Was ihn verwunderte, war das seltsame Verhalten des Unbekannten, der sich unerwartet zu allen Seiten umgedreht und misstrauisch den Wald beobachtet hatte. Wie aus dem Nichts waren dann plötzlich diese beiden Jogger aufgetaucht. Ihm war es im letzten Moment gelungen, sich unsichtbar zu machen. Ebenso unerklärlich war für ihn dann das weitere Verhalten des Mannes gewesen, der in geringem Abstand mit den Joggern Schritt hielt. Er schloss aus, dass der scheinbar Flüchtende ihn bemerkt haben könnte. Er wusste, dass er sein Handwerk beherrschte. Bereits in seiner Ausbildung hatte er sich die Fähigkeit angeeignet, sich lautlos im Wald zu bewegen und nahezu perfekt zu tarnen. Hier war er in seinem Element. Wenn es darauf ankam, konnte er im Wald ganze Wochen überleben, völlig autark und auf sich allein gestellt. Bei seinen späteren Einsätzen hatte er diese Fähigkeiten weiter ausgebaut. Gewiss, er war etwas in die Jahre gekommen und auch ein wenig aus dem Training, aber auf seine nach wie vor sehr gefragten Kompetenzen glaubte er sich immer noch verlassen zu können. Aus sicherer Distanz war er dem Unbekannten dann weiter gefolgt. Er hatte beobachtet, wie dieser in der Telefonzelle ein kurzes Telefonat führte und sich dann mit der Tasche in der rechten Hand in Warteposition an den Straßenrand begab. Wenn in unmittelbarer Nähe nicht ein schwatzendes Rentnerpärchen gestanden hätte, wäre diese Situation eine weitere Gelegenheit für den Zugriff gewesen. Völlig unerwartet war dann der dunkle BMW mit dem Blaulicht auf dem Dach aufgetaucht. Also doch ein Polizist. Wie er den Sachverhalt auch drehte und wendete, er verstand nicht, was hier vor sich gegangen war. Hatte der Unbekannte den Weg durch den Wald gewählt, um nach Spuren zu suchen oder eine spontane Polizistenhypothese zu testen? Er hatte im Moment keine plausible Antwort darauf. Ihm blieb jetzt nur die Möglichkeit, weiter in seinem nassen Versteck in der Tannenschonung zu warten. In das Haus würde er erst wieder in einigen Stunden eindringen. Das Nachtsichtgerät würde ihm dabei wertvolle Dienste leisten. Es schien in dieser Sache mehrere Baustellen zu geben, die zwar miteinander zusammenhängen mussten, über deren konkrete Verbindungen er aber nichts Genaueres wusste. Es interessierte ihn eigentlich auch nicht. Es reichte, dass sein Auftraggeber dieser Sache höchste Priorität gegeben hatte. Für ihn war nur wichtig, seinen Auftrag zu erfüllen. Er igelte sich in seinen Militärschlafsack ein. Eine Spinne seilte sich vor ihm an ihrem Faden in Richtung Boden. Eine Weile beobachtete er sie. Dann ergriff er sein abhörsicheres Mobiltelefon. Die jetzige Situation verlangte nach einem Informationsaustausch und neuen Instruktionen.

8. KAPITEL

Im Lauf seiner bisherigen Forschungen hatte sich Jonathan schon mehrfach auf ganz neue Situationen einstellen müssen. Einige zugesagte Interviews waren kurzfristig verschoben oder ohne ersichtlichen Grund ganz abgesagt worden. Auch bei den Interviews selbst traten nicht selten schwierige Situationen auf, die ihm viel Feingefühl abverlangten. Er gab den ehemaligen Heimzöglingen stets die Zeit, die sie brauchten, um Worte für das Erlittene zu finden und den aufkommenden Schmerz und die Emotionen zulassen zu können. Hier zeigte sich, wie wichtig es war, sich über die ethischen Aspekte des Forschens im Klaren zu sein. Es war bei den Interviews nicht möglich, einfach nur ein paar schlichte Fragen zu stellen, sondern er musste sich dabei auch wirklich ernsthaft auf sein Gegenüber einlassen. Wenn er bilanzierte, kam er zu dem Fazit, dass ihm dies bisher gut gelungen war. Die aufgezeichneten Interviews belegten, dass die Interviewten ihm Vertrauen geschenkt und sich ihm geöffnet hatten.

Jonathan hatte nicht lange gezögert, als Fürst ihn mit seinem Anruf aus dem Halbschlaf vor dem Fernseher gerissen hatte, und ihm zugesagt, Dahlmann an diesem Abend bei sich aufzunehmen. In aller Kürze hatte Fürst ihm die Umstände von Dahlmanns Anwesenheit mitgeteilt. Dahlmanns Wunsch, mit ihm in der jetzigen Situation zu sprechen, empfand er als einen bemerkenswerten Vertrauensvorschuss. Vermutlich hatte der Mann großen Gesprächsbedarf. Es war für Jonathan schon ein seltsamer Zufall, dass es genau an dem Tag, wo er den Antwortbrief des Mannes erhalten hatte, zu diesem Treffen kommen sollte. Als er ihm nun im Treppenhaus zum ersten Mal begegnete, fand Jonathan ihn auf Anhieb sympathisch. Jonathan glaubte, in Dahlmanns Gesichtsausdruck eine gewisse Erleichterung beobachten zu können, wobei die Müdigkeit und Erschöpfung des Mannes ebenfalls unübersehbar waren, als dieser langsam die letzten Stufen nahm. Sie begrüßten sich.

Dahlmann atmete schwer. Sein Blick verriet, dass in diesem Moment eine Last von ihm abzufallen schien und einer freudigen Erleichterung wich. Über seinen Mund huschte ein Lächeln.

Sie traten in die Wohnung, und Dahlmann nahm auf dem Sofa Platz. Jonathan bot ihm zunächst etwas zu trinken an. Sie einigten sich auf einen trockenen Rotwein.

»Vielen Dank, dass Sie so kurzfristig zugesagt haben. Schließlich kennen wir uns ja noch gar nicht, also ist das wirklich nicht selbstverständlich.«

»Kein Problem«, sagte Jonathan, »ich freue mich, dass Sie hier sind. Ihren Brief habe ich übrigens heute erhalten, vielen Dank für Ihre Interviewzusage.«

»Nichts zu danken. Sie haben sicherlich nicht damit gerechnet, mich so schnell zu treffen, nicht wahr?«

Jonathan nickte. »Das ist richtig. Ich hatte Herrn Fürst heute zu erreichen versucht. Sein Anruf war für mich eine Überraschung. Haben Sie mit Herrn Fürst länger gesprochen?« Jonathan mühte sich nebenbei, die Weinflasche zu entkorken.

»Ja, habe ich. Ich wollte unbedingt noch heute mit der Polizei sprechen. Wissen Sie, das war alles etwas viel für mich. Der Mann, der heute bei der Gasexplosion ums Leben gekommen ist, war ein sehr, sehr guter Freund von mir.« Dahlmann sprach ausgesprochen bedächtig. Sein Blick wanderte durch die offene Fensterfront in den dunklen Abendhimmel.

»Das habe ich nicht gewusst. Das tut mir sehr leid.«

Dahlmann griff in seine Jacke, die er neben sich auf das Sofa gelegt hatte, zog das Foto aus Armins Unterlagen hervor und reichte es dem jungen Forscher herüber.

»Letztes Jahr, auf der Terrasse bei Armin.«

Jonathan nickte und nahm das Bild in die Hand. Er sah zwei Freunde, scheinbar sorglos lachend, an einem warmen Sommerabend. Einige Sekunden betrachtete er schweigend das Bild, dann legte er es vor sich auf den Tisch und blickte Dahlmann nachdenklich an. Eine längere Gesprächspause trat ein. Sein Gegenüber schien sich innerlich sammeln zu müssen. Jonathan unterbrach schließlich die Stille.

»Weiß man denn schon Genaueres, wie es zu dem Unglück kommen konnte?«

»Nein, noch nicht. Ein Brandsachverständiger ist zwar eingeschaltet, aber er hat noch keine Ergebnisse. Für mich ist das alles unbegreiflich. Ich bin heute direkt zum Haus meines Freundes gefahren. Ich hatte die Nachricht im Radio gehört und sofort ein schlechtes Gefühl.«

»Das heißt, Sie wussten zunächst gar nicht, dass sich die Explosion tatsächlich bei Ihrem Freund ereignet hat?«, fragte Jonathan erstaunt.

»Nein, ich habe es erst gesehen, als ich an seinem Haus angekommen war. Es ist alles immer noch wie ein böser Traum. Ich habe Herrn Fürst schon gesagt, dass ich mir nicht vorstellen kann, dass Armin irgendwie unvorsichtig war, aber natürlich kann ich nicht ausschließen, dass es trotzdem zu einem technischen Defekt gekommen ist. Die Gasanlage war alt und nicht im allerbesten Zustand. Armin ist aber wohl nicht durch die direkte Explosionswirkung verstorben, sondern möglicherweise an einem Herzinfarkt.«

Dahlmann ballte seinen Hände zu Fäusten. Erst jetzt registrierte Jonathan die enorme Spannung, unter der sein Gast zu stehen schien. Plötzlich wechselte sein Gegenüber das Thema.

»Ich finde es sehr interessant, dass Sie zu den Heimen forschen. Wissen Sie, es ist sehr wichtig, dass die Dinge, die sich dort abgespielt haben, ans Licht kommen. Es gibt sicherlich nicht viele Forscher, die dazu arbeiten.«

»Nein, da haben Sie recht, zumindest nicht so viele, wie es das Thema verdient hätte.«

Sie hoben beide fast zeitgleich ihr Weinglas und nippten daran.

»Armin und mich verband genau die gleiche Frage, wie kann man das, was sich in den Heimen ereignet hat, an die Öffentlichkeit bringen und die Schuldigen zur Rechenschaft ziehen? Es ist zwar schon ein paar Jahre her, dass die Missstände einer breiteren Öffentlichkeit bekannt wurden, aber getan hat sich seither immer noch nicht viel.«

»Da stimme ich Ihnen voll und ganz zu. Ich glaube, ein wichtiger Auslöser für die öffentliche Debatte war der irische Film ›Die unbarmherzigen Schwestern‹. Er hat ja mehrere Preise bekommen und stieß erst die Aufdeckung in Irland an, und das übertrug sich dann auch auf Deutschland.«

»Ich habe den Film auch gesehen. In Armins Haus befindet sich sehr viel Material zum Thema, unter anderem auch zu den Verhältnissen in irischen Heimen. Ich habe ihn bei seinen Recherchen soweit ich konnte unterstützt, und mir hat diese Arbeit sehr gut getan. Es ist zwar seither schon viel Zeit vergangen, aber für die meisten von uns ehemaligen Heiminsassen ist diese ferne Vergangenheit noch sehr lebendig. Man kann davor nicht weglaufen, es holt einen immer wieder ein. Man muss sich dem stellen und sich zu fragen trauen, wie so etwas möglich sein konnte, und wer dafür die Verantwortung trug, auch um damit fertig zu werden.«

Dahlmanns Worte strahlten eine Aufrichtigkeit aus, die Jonathan beeindruckte.

»Ja, das ist auch für mich manchmal schwer zu begreifen, und doch hat es sich ereignet. Viele Menschen, die von den Verhältnissen in den Heimen zum ersten Mal hören, können gar nicht glauben, dass sich das wirklich in der Bundesrepublik ereignet hat. Ich erlebe das auch immer wieder an der Universität.«

Ein leichter Glanz lag plötzlich auf Dahlmanns Gesicht.

»Ja, das ist es ja gerade, Sie sagen es, wer will das überhaupt wissen, und doch muss es gesagt werden, möglichst laut und deutlich. Für Armin und mich ging es dabei um eine neue Interpretation der jüngeren Geschichte der Bundesrepublik insgesamt. Im Idealfall werden die autoritären Schattenseiten jener Epoche, insbesondere in den kirchlichen Heimen, Eingang in die Schulbücher finden. Im Moment sieht es aber eher danach aus, als hätte die Politik das Thema mehr oder weniger abgehakt.«

Jonathan nickte zustimmend.

»Wenn Sie möchten, können Sie mir gerne mehr über den heutigen Tag erzählen.«

Dahlmann begann mit seinen Schilderungen bei der aufkommenden Beunruhigung durch die Radiomeldung und endete mit der Darstellung des Gesprächs mit Richard Fürst. Das Eindringen in das Haus streifte er nur am Rande, stellte aber aufmerksam fest, dass Jonathan sich dabei jeder Wertung enthielt.

»Eine wichtige Sache habe ich noch nicht erwähnt. Es fällt mir nicht leicht, darüber zu sprechen.«

Jonathan bemerkte, wie sein Gegenüber zögerte.

»Als ich im Haus war, habe ich eine Entdeckung gemacht. Ich glaube, Armin hatte mir bisher immer etwas sehr Wichtiges verschwiegen.«

Er beugte sich hinunter und kramte in der Stofftasche, die Jonathan bis zu diesem Augenblick noch gar nicht bewusst wahrgenommen hatte. Schließlich holte er einen schmalen Stapel Papiere hervor und legte ihn auf den kleinen Wohnzimmertisch.

»Ich möchte Ihnen jetzt gerne etwas zeigen. Diese Dokumente habe ich zufällig in Armins Arbeitszimmer gefunden. Sie sind dort von ihm oberhalb des Fensters versteckt worden. Durch die Wirkung der Explosion kamen sie zum Vorschein.«

Jonathan spürte intuitiv, dass diese Dokumente, die nun vor ihm lagen, von Bedeutung waren, auch wenn er ihren genauen Inhalt noch nicht kannte. Sein Forscherinstinkt war geweckt.

»Haben Sie Herrn Fürst auch schon davon erzählt?«

»Ehrlich gesagt, nein.« Dahlmann blickte ihn reumütig an. »Es fiel mir nicht leicht, aber ich wollte zunächst mit Ihnen darüber sprechen.«

Jonathan warf einen neugierigen Blick auf den Stapel.

»Erzählen Sie, was sind das für Dokumente, die Sie da gefunden haben?«

»Das ist es ja gerade. Ich kann mir auch nicht wirklich einen Reim darauf machen. Sehen Sie, ich war für Armin immer auch ein wichtiger Materialbeschaffer. Zumindest hat er das stets behauptet. Ich dachte auch, dass es in der Sache keine Geheimnisse zwischen uns gab. Jetzt sieht das plötzlich völlig anders aus. Diese Dokumente …«, er stockte und wies mit seinem rechten Zeigefinger eindringlich auf den Stapel vor ihm, »… es sind Kopien von Personalakten, von denen mir Armin nie etwas erzählt hat. Die Akten betreffen Personen, die zum Beispiel als Hausmeister oder Aufseher in den Kinderheimen Unterschlupf gefunden haben.«

»Was meinen sie mit dem Begriff Unterschlupf?«

»Nun, so wie ich es einschätze, handelt es sich bei den Personen wohl um ...«, er zögerte einen Moment, »... um gesuchte Nazi-Kriegsverbrecher.«

Jonathan glaubte zunächst, er hätte Dahlmann nicht richtig verstanden. Es dauerte einen Moment, bis die Bedeutung der Worte wirklich zu ihm durchdrang.

»Wie kommen Sie zu dieser Vermutung?«

»Sehen Sie sich die Dokumente selbst an. Es sind insgesamt vier Auszüge aus den Personalakten von verschiedenen Heimen. Weiß der Teufel, wie Armin an das Material gelangt ist. Es ist ja für ehemalige Heimkinder meistens schon sehr schwierig, überhaupt an ihre eigenen Akten zu kommen, und Personalakten sind vermutlich noch schwerer zu beschaffen. Sowas ist ja nicht allgemein zugänglich. Er muss dafür einiges angestellt haben.«

»Oder er hatte eine gute Quelle.«

Jonathan musste selbst über seine Wortwahl staunen, stellte er doch damit in den Raum, dass Armin Sommer neben Robert auch noch weitere Kontaktleute hatte, die ihm bei den Recherchen zu dem Thema halfen.

»Das ist es ja gerade, was mich so beunruhigt. In was hat er sich da hinein begeben? Wir beide wollten, dass das Thema mehr Beachtung findet. Wir waren damals in die Hände von grausamen Menschen geraten. In den Heimen herrschte das, was man heute mit dem Begriff Straflager und schlimmer bezeichnen würde. Sie wissen es ja sicherlich auch selbst, was dort ablief. Die Strafen waren barbarisch. Schon bei kleinsten Verstößen gab es Schläge und Essensentzug. Es herrschte völlige Willkür. Viele Kinder wurden oft zur Zwangsarbeit herangezogen, und die Verantwortlichen verdienten sich damit eine goldene Nase.«

»Ich weiß, das zieht sich wie ein roter Faden durch die damalige Heimgeschichte. Glauben Sie denn, dass Armin etwas herausgefunden haben könnte, das belegt, dass es mehr war als einfach nur eine ähnliche Mentalität?«

»Ich glaube ja, aber sehen Sie sich die Dokumente am besten selbst an.«

Zögernd ergriff Jonathan den oben auf dem Stapel liegenden Personalbogen, um ihn sich näher anzuschauen. Er blickte in das Gesicht eines ihm unbekannten Mannes. Ihm war sofort klar, dass es sich tatsächlich um einen Auszug aus einer Personalakte handelte. Den Angaben der Akte zufolge hieß der Mann Franz Stolzenberg, geboren am 22. Oktober 1921 in Breslau, Schlesien. Der Name des Heims prangte auf dem Briefkopf: Franziskusheim zum Guten Hirten, Ankum. Der Text war sauber mit Schreibmaschine getippt worden.

»Wie kommen Sie zu der Vermutung, dass es sich zum Beispiel bei diesem Mann um einen Kriegsverbrecher handelt?«

»Armin hat handschriftliche Notizen auf der Rückseite gemacht. Nur bei der Akte, die sie gerade in Händen halten, gehen seine Notizen über den Namen, den Geburtstag und den Dienstrang hinaus, und nur bei diesem Bogen lag die Kopie eines Dienstausweises bei. Schauen Sie sich den mal genau an.«

»Was für ein Dienstausweis?« Jonathan wendete das Blatt und erblickte die mit Bleistift geschriebenen Notizen, dahinter befand sich das Blatt mit der Ausweiskopie. Dahlmann wirkte sichtlich aufgeregt. Er schien auf eine Reaktion seines Gegenübers zu warten. Jonathan hatte einen Moment lang Mühe, die Buchstaben auf der Kopie zu entziffern, das altdeutsche Schriftbild irritierte ihn. Schutzstaffel der NSDAP, SS-Ausweis- und Parteimitgliedsnummer, darunter in Schreibmaschinenschrift der Name Franz Spinnenberger, das Geburtsdatum und die Rangbezeichnung ›Oberscharführer‹. Jonathan begriff den Zusammenhang sofort. Die Kopie belegte unzweifelhaft, dass es sich bei Franz Stolzenberg, so lautete der Name auf dem Personalbogen des Heims, in Wirklichkeit um Franz Spinnenberger handelte, einen ehemaligen SS-Mann. Der Fotovergleich ließ keinen Zweifel. Die Ausweiskopie sagte nichts Geringeres aus, als dass dieser Mann mit einer falschen Identität ausgestattet worden sein musste und nach dem Krieg als politisch unbelasteter Franz Stolzenberg Anstellung in dem Heim gefunden hatte. Die von Sommer gemachten Notizen auf der Rückseite des Personalbogens endeten im Falle Stolzenbergs jedoch nicht, wie bei den anderen drei Bögen, mit den biografischen Angaben. Sommer hatte darunter eine zusätzliche Notiz geschrieben:

Spinnenberger erledigte seine Aufgaben sehr genau. Er hatte eine Schlüsselstellung bei der Verteilung der Gelder. Wer stand mit ihm in Kontakt? Wer waren seine Verbindungsleute?

Im Schnelllauf ging Jonathan nun die anderen Namen durch. Die Vornamen waren Sommers handschriftlichen Notizen zufolge durchwegs unverändert geblieben. Alfred Förster hieß ursprünglich Roggenkamp, SS-Scharführer, Rudolf Ernsting hieß Geiger, SS-Hauptscharführer.

Jonathan empfand die Informationen plötzlich wie einen makabrer Scherz. Sollte auch nur etwas davon der Wahrheit entsprechen, hatte er hier schwarz auf weiß einen Beleg für das, worüber in der Heimforschung vereinzelt zwar spekuliert wurde, für das es aber bisher keine

Beweise gab. Es war bekannt, dass ehemalige Nazis auch in solchen Heimen Unterschlupf gefunden hatten. Bislang war jedoch unklar, in welcher Größenordnung diese Personen im damaligen Heimsystem eingesickert waren. Die Tatsache an sich war bereits zweifellos skandalös, aber dass ehemalige Nazis in zahlreichen Bereichen der bundesrepublikanischen Wirtschaft und Verwaltung tätig werden konnten, war mehr als ein offenes Geheimnis. Die Notizen Sommers schienen jedoch auf eine Form von strategisch motivierter Unterbringung von Nazitätern hinzuweisen, doch wer hatte die Möglichkeiten, so etwas zu veranlassen? So spärlich die Notizen auch waren, deuteten sie zweifellos an, dass sich dahinter mehr zu verbergen schien, als das zur damaligen Zeit nicht ungewöhnliche Unterkommen ehemaliger Nationalsozialisten in angesehenen Berufen. Die Position eines Hausmeisters in einem kirchlichen Kinderheim rangierte dabei in der Rangfolge prestigeträchtiger Tätigkeiten zweifellos am unteren Rand.

Jonathan wusste, dass sie es hier mit einem Fund zu tun hatten, der glaubwürdig nahelegte, dass alle diese Männer wichtige Funktionen in einem größeren organisatorischen Zusammenhang hatten, der über die einzelnen Heime hinaus zu gehen schien. Er verspürte ein ungutes Gefühl. Wenn das zutraf, was er vermutete und sich hier vor ihm ausbreitete, dann ergaben sich Antworten auf zahlreiche Fragen, die sich ihm in den letzten zwei Jahren Forschungstätigkeit häufiger gestellt hatten. Mangels plausibler Antworten war er ihnen zumeist ausgewichen. Das würde sich nun anscheinend ändern.

9. KAPITEL

Das Haus wirkte von außen pompös, aber elegant. Es fiel in der Reihe der zumeist im wilhelminischen Stil gehaltenen Anwesen kaum auf, die in diesem Bereich des Osnabrücker Stadtteils Westerberg die Szenerie dominierten. Eine mannshohe Mauer aus grobem Stein und einige sich dahinter aufrichtende Tannen verstellten den Blick auf die volle Ausdehnung des Gebäudes. Die Wipfel der Bäume wiegten sich in einem kühlen Ostwind und säuselten in die Stille der menschenleeren Straße. Die Hanglage ließ erahnen, dass sich dem Betrachter tagsüber aus den großen Fenstern der oberen Stockwerke ein bemerkenswerter Panoramablick auf den Südwesten der Stadt und die Bergkette des Teutoburger Waldes bot. Im fahlen Licht des Mondes, vor dem an diesem Abend windgepeitschte dünne Wolkenbänder entlang zogen, wirkten sie jedoch eher wie aneinandergereihte schwarze Löcher, die den Blick des Beobachters aufsogen und in ein tiefes, unergründliches Dunkel im Inneren des Gebäudes leiteten. Nur einer sehr aufmerksamen Person wären die drei Kameras aufgefallen, die diskret den Bürgersteig und die Eingangspforte beobachteten.

Ein schwarzer BMW bog in 200 Metern Entfernung in die kopfsteingepflasterte Straße ein, rollte bedächtig heran und blieb vor den beiden weiß lackierten Metalltoren des Anwesens stehen, bis diese wenige Sekunden später fast geräuschlos aufschwenkten und dem Fahrzeug die Durchfahrt ermöglichten. Der Mann, der das Auto verließ und mit ruhigen und festen Schritten dem Hauseingang entgegen lief, trug einen dunkelblauen Maßanzug, der sich den kräftigen Formen seines Körpers und seiner beeindruckenden Größe anschmiegte und zugleich Eleganz und Dynamik ausstrahlte. Das eisgraue Haar, an den Seiten auffällig kurz geschnitten, wehte in den Böen und fiel ihm dabei in Strähnen in die Stirn. Energisch strich er sie zurück. Sein Gesicht war hager und sonnengebräunt. Die drei Narben auf den Wangen fielen nur bei näherem Hinsehen auf, verliehen dem Ausdruck aber noch eine zusätzliche Härte, die befremdlich und kalt wirkte. Er schloss die Tür auf und trat ins Innere des Gebäudes. Ein Weimaraner kam ihm schwanzwedelnd entgegen, er wehrte das Tier jedoch ab und schickte es mit einem knappen Kommando in die Küche. Der Hund folgte der Anweisung ohne Zögern. Er bestieg die breite mit rotem Teppich ausgelegte Treppe und trat im ersten Stock des Hauses in einen salonartigen Raum. Die Wände waren mit Ölgemälden behangen, die allesamt christliche Motive abbildeten. Er trat an einen kleinen Tisch, auf dem in edlen Glaskaraffen Spirituosen bereitstanden, und füllte einen ausgewählten schottischen Single Malt Whisky in ein handgeschliffenes Gläschen. Ein feiner torfiger und zugleich rauchiger Duft stieg auf. Er trank selten Alkohol und so gut wie nie tagsüber, doch das spielte an einem Tag wie diesem keine Rolle. Der Einsatz ihres Mannes hatte nicht den erhofften Erfolg gebracht. Sie wussten nicht, wie groß der Schaden schon war, deshalb empfahl es sich, auf mehreren Ebenen gleichzeitig anzusetzen. Er hatte alles Notwendige dazu veranlasst. Die aktuelle Entwicklung war jedoch für ihn nicht zufriedenstellend. Was er brauchte, waren klare und belastbare Informationen, wie sollte er sonst adäquate Entscheidungen treffen? Ohne dieses Wissen liefen sie Gefahr, in der Reaktion zu überziehen und dadurch weitere unliebsame Nachforschungen zu begünstigen. Sie waren in jeder Hinsicht gut aufgestellt, darüber machte er sich keine Sorgen, aber bestimmte Entwicklungen konnten erfahrungsgemäß ein Eigenleben entfalten, das nicht unterschätzt werden durfte. Ihr Mann war ein Spezialist, ganz zweifellos. Er war loyal und zuverlässig, aber die Sache mit dem Haus war er ganz offensichtlich falsch angegangen. Es lag nun an ihm, die richtigen Instruktionen auszugeben und die richtigen Schlussfolgerungen aus dem bisherigen Verlauf der Operation zu ziehen. Es kam darauf an, die Hinweise erneut zu prüfen und auf der Grundlage dieser Bewertung die Lage neu zu betrachten. Falls nötig würde er nicht zögern, weitere Sicherungsmechanismen zu aktivieren. In einer halben Stunde begann die kurzfristig vereinbarte Telefonkonferenz. In Gedanken formulierte er bereits seinen Einleitungsvortrag.

MITTWOCH, 10. OKTOBER

10. KAPITEL

Als Jonathan erwachte, wusste er zunächst nicht, wo er sich befand. Es dauerte einen Moment, bis er realisierte, dass er es in der Nacht noch zu seinem Bett geschafft hatte. Aus der Ferne vernahm er den dumpfen Hall eines Martinshorns. Benommen blinzelte er in Richtung des in der Nacht kurzfristig umgebauten Schlafsofas, auf dem Robert Dahlmann in einer seltsam gekrümmten Haltung und anscheinend noch fest schlafend lag. Sein zerzaustes Haar verstärkte den abgeschlagenen Eindruck, den er auf Jonathan machte. Das pfeifende Schnarchen, das aus seinem halb geöffneten Mund drang, war nicht besonders laut, aber beständig. Jonathans Blick wanderte zum Wohnzimmertisch, auf dem zwei geöffnete Weinflaschen standen. In einer befand sich noch ein sichtbarer Rest. Er erinnerte sich, dass er um halb eins das letzte Mal auf die Uhr geschaut hatte, etwa eine halbe Stunde waren sie danach noch gebannt vor den Dokumenten gesessen und hatten diskutiert, bis ihm fast die Augen zugefallen waren. Der Rotwein hatte seine Wirkung ebenfalls nicht verfehlt. Im Gespräch hatte sich erst spät herausgestellt, dass Dahlmann für die Nacht keine Bleibe organisiert hatte. Für eine Rückfahrt mit dem Zug war es deutlich zu spät geworden, und so hatte der Gast das spontan ausgesprochene Übernachtungsangebot dankend angenommen. Jonathan erinnerte sich daran, dass in ihrem Gespräch vor allem die Frage im Mittelpunkt gestanden hatte, was die Männer in den Personalakten, neben ihrer einschlägigen NS-Vergangenheit, miteinander verband, und wie Armin Sommer an die

Dokumente gekommen war. Seine Anmerkungen ließen den Schluss zu, dass die Tätigkeit der abgebildeten Personen in den jeweiligen Heimen nicht zufällig erfolgt war. Ganz offensichtlich unterhielten sie sehr enge Kontakte zu den jeweiligen Heimleitungen. Bei diesen Kontakten schienen vor allem finanzielle Aspekte eine wichtige Rolle zu spielen. Sommers Angaben ermöglichten aber noch keine eindeutige Bewertung der Zusammenhänge, dazu bedurfte es einer vertiefenden Beschäftigung mit dem Material, die an diesem Abend jedoch nicht zu leisten gewesen war. Jonathan versprach sich von der anstehenden weiteren Auswertung wichtige Antworten auf zahlreiche offene Fragen. Sie waren sich in der Nacht einig in der Bewertung gewesen, dass es sich bei den Männern um Kriegsverbrecher handeln musste, anders waren die Identitätswechsel kaum zu erklären. Jonathan wusste, dass es in den ersten Nachkriegsjahre nicht allzu schwer war, eine neue Identität anzunehmen, zu viele Dokumente waren in den Kriegswirren abhandengekommen. Das Rote Kreuz hatte damals vorläufige Ausweise vor allem für Ausreisewillige ausgestellt. Die Möglichkeiten zur Überprüfung der jeweils vorgetragenen Lebensgeschichten waren zu jener Zeit begrenzt.

Der Radiowecker zeigte in rot leuchtenden Ziffern 8:20 Uhr an. Jonathan stand langsam auf, stützte sich kurz an der Wand ab und schlich dann in die Küche, um den Morgenkaffee zu machen. In Gedanken überlegte, während er das Pulver in den Filter löffelte, das weitere Vorgehen. Er musste sich Zeit zum Recherchieren nehmen, so viel stand fest. Dass gesuchte Kriegsverbrecher in den Heimen Unterschlupf gefunden hatten, zudem offensichtlich auch in Osnabrück, war für ihn eine neue Erkenntnis, auch wenn es alles andere als unwahrscheinlich erschien. Was ihm jedoch für die Recherche fehlte, waren jene Spezialkenntnisse und Kontakte, um die er einen seiner Freunde immer beneidet hatte. Wolfgang Eschenburg, ein investigativ arbeitender freier Journalist in Hannover, den Jonathan bei einem Forschungskongress zur Heimthematik vor zwei Jahren kennengelernt hatte, war jener Freund, und für Jonathan schien er der zuverlässigste Ansprechpartner bei der voraussichtlich schwierigen Recherche zu sein. Er war sich sicher, dass Wolfgang ihn mit Enthusiasmus unterstützen würde, und er beschloss, ihn so bald wie möglich zu kontaktieren.

Die Maschine begann zögernd zu gluckern, und er trat zurück ins Wohnzimmer, wo ihn Dahlmann, auf seinem linken Ellbogen abgestützt, aus halb geöffneten Augen anblickte. Er sah mitgenommen aus.

»Guten Morgen.«

»Morgen. Konnten Sie auf dem Sofa einigermaßen gut schlafen?«

»Ach, es ging schon.«

»Der Kaffee ist gleich fertig, ich gehe mal eben schnell ins Bad.« Jonathan wollte dem älteren Herren ausreichend Zeit geben, um sich in der ungewohnten Umgebung zu orientieren. Nachdem er sich geduscht hatte deckte er den Frühstückstisch, während Dahlmann seine Morgentoilette erledigte.

Es dauerte eine Weile, bis sich zwischen ihnen beim Frühstück ein Gespräch ergab. Jeder schien noch ein wenig seinen Gedanken nachzuhängen, zu mächtig und bedeutungsschwer war das in der Nacht Besprochene, als dass es möglich war, nun einfach daran anzuknüpfen. Jonathan machte schließlich den Anfang.

»Wie würden Sie am liebsten mit den Dokumenten verfahren?«

»Das ist eine gute Frage. Ich glaube, sie sind bei Ihnen in guten Händen, ich wüsste niemand Besseren, der sie untersuchen könnte.«

»Vielen Dank, ja, das würde ich sehr gerne tun, wir müssen allerdings auch Herrn Fürst davon erzählen. Ich befürchte zwar, dass die Dokumente dann sehr schnell an eine andere Dienststelle gehen, an welche kann ich nicht genau sagen, vermutlich wird sogar sofort das LKA in Hannover eingeschaltet, aber das werden wir ja sehen. Ich würde mir vorher auf jeden Fall gerne Kopien davon anfertigen.«

»Selbstverständlich.« Dahlmann nickte zustimmend und nippte dann an seinem Kaffee.

»Haben Sie denn überhaupt die Zeit, um sich darum zu kümmern?«

»Die werde ich mir nehmen. Das ist ja der Vorteil des Forschens. Wenn neue Erkenntnisse auftauchen, verändert das die Perspektive und ermöglicht einen neuen Blick auf das gesamte Thema. Ich werde das natürlich auch mit meinem Doktorvater besprechen müssen, aber ich sehe keinen Grund, warum er sich dem verschließen sollte, ganz im Gegenteil. Bezüge zur Nazi-Ideologie tauchten in den Interviews, die ich bisher geführt habe, ja immer wieder auf, wenn die Betroffenen auf das Verhalten des Heimpersonals zu sprechen kamen.«

»Das kann ich mir gut vorstellen«. Dahlmanns Miene verfinsterte sich. »Ich habe Ähnliches zu erzählen.«

»Wenn Sie möchten, werden wir unser geplantes Interview auch in Kürze führen.« Jonathan bemerkte erst in diesem Moment, dass der Grund ihres brieflichen Kontaktes, das Interview, seit ihrem Aufeinandertreffen nicht mehr zur Sprache gekommen war.

»Sehr gerne. Sie können sich sicher sein, dass ich sehr offen zu Ihnen sein werde. Ich empfand es als sehr entgegenkommend von Ihnen, dass Sie mich so spontan empfangen haben, das rechne ich Ihnen hoch an.«

»Keine Ursache. Wie wollen Sie denn nun weiter vorgehen?«

»Ich werde mich wieder auf den Weg nach Quakenbrück machen, was bleibt mir auch anderes übrig. Unklar ist noch, wie mit dem ganzen Hausrat von Armin umgegangen werden soll. Ich werde die Sachen wohl irgendwo zwischenlagern müssen und dann weiterschauen. Auch was die Beerdigung angeht, habe ich noch gar keine Ahnung, wie das organisiert werden soll.« Dahlmann seufzte.

»Ich bin Ihnen dabei gerne behilflich, aber wir müssen zunächst abwarten, ob ein Testament vorliegt, dass diese Fragen verbindlich regelt.«

Dahlmann nickte zustimmend.

In die kurzzeitige Stille der Gesprächspause drang überraschend das leise Surren von Jonathans Smartphone.

»Sie entschuldigen mich für einen Moment.« Er ergriff das Gerät und nahm das Gespräch entgegen.

*

Richard Fürst war an diesem Morgen später zum Dienst erschienen als üblich. Er hatte aber bereits von seiner Wohnung aus den Brandsachverständigen angerufen und ihm die Angaben Dahlmanns über die Heizungsanlage in Sommers Haus mitgeteilt. In den vergangenen Tagen waren zu den vielen Überstunden, die sich in den letzten Monaten angesammelt hatten, noch zahlreiche hinzugekommen. Er wusste, dass sich daran in der nächsten Zeit wenig ändern würde. Diese Tatsache hatte er als Bestandteil seines Polizistenlebens zu akzeptieren gelernt, auch wenn das nicht bedeutete, dass er sich mit der strukturellen Überbelastung zufrieden gab. Wo es möglich war, versuchte er diesem Schicksal ein Schnippchen zu schlagen. Ein späterer Dienstbeginn war eine der wenigen Möglichkeiten, die sich ihm bot, um sich selbst gegenüber zumindest den Anschein einer gewissen Freiheit zu wahren. Er wusste nur zu gut, dass die Arbeit dadurch nicht weniger wurde, nur den Zeitpunkt ihrer Erledigung konnte er, wenn auch nur geringfügig, beeinflussen. Für die nervige Tatsache, dass seine Vorgesetzten und einige seiner Kollegen ihm gegenüber eine Erwartungshaltung hegten, die von überbordendem Arbeitseifer geprägt war, übernahm er die Verantwortung. Vor allem durch seine Flucht in den Beruf während der nervenaufreibenden Monate des Scheidungsverfahrens hatte er diese Erwartungen begünstigt. Die großen Belastungen durch die berufliche Tätigkeit war immer wieder ein Thema zwischen ihm und seinen Kollegen. Sie waren sich meistens einig in der Bewertung, dass die dafür verantwortlichen Akteure in Politik und Verwaltung die Folgen ihrer Sparpolitik nicht realistisch einschätzten. Die Auswirkungen dieser als Verschlankung der Bürokratie dargestellten Sparmaßnahmen führten aus der Perspektive der betroffenen Polizisten zu einem unverantwortlichen Abbau von Sicherheit, den letztlich die Bürger auszubaden hatten. Fürst spürte, wie die Wut ihn erfasste, wenn er an diese Unverantwortlichkeit dachte. Während er in Arbeit förmlich unterzugehen drohte, prahlten die Herren in Hannover mit ihren Sparerfolgen und warfen in anderen Bereichen zugleich das Geld mit offenen Händen zum Fenster hinaus. Er hatte sich vor nicht allzu langer Zeit mit den durch die Finanzkrise stark gestiegenen kommunalen Lasten beschäftigt. Während für die Schulden der Banken die Allgemeinheit haften musste, konnten diese mit ihren dubiosen Geschäften weitermachen wie bisher. Für ihn waren das politisch abgesegnete Verbrechen im großen Stil, die letztlich, durch Mittelknappheit, auch die Polizei auszubaden hatte.

Er hatte kaum sein Dienstzimmer betreten, als das Telefon klingelte. Der Brandsachverständige war zu einem abschließenden Ergebnis gekommen.

»Und Sie sind sich also sicher, dass sich die Ursache des Lecks und die der Explosion nicht aufklären lassen?« In Fürsts Frage lag ungläubiges Staunen und eine Spur Entrüstung.

Der Sachverständige machte eine Kunstpause.

»Wie ich schon sagte, es kommen mehrere Ursachen infrage, zum Beispiel ein Abreißfunken durch die Betätigung eines Lichtschalters. Die Gasanlage war defekt, so viel steht fest. Ein Gasaustritt, wie er dann geschehen ist mit dieser hohen Konzentrationsintensität des Gasgemischs, lässt sich aber allein daraus nicht erklären. Ich kann nur das sagen, was sich tatsächlich feststellen lässt. Den Endbericht kann ich Ihnen gerne zukommen lassen.«

»Ich bitte darum, auf Wiederhören.«

Fürst konnte sich seine Ungehaltenheit selbst nicht ganz erklären. Vielleicht war es dieser näselnde arrogante Unterton, den der Sachverständige an den Tag gelegt hatte, mit dem er in der jetzigen Situation nicht umgehen konnte. Er hätte sich gewünscht, in der Sache Sommer zu einem abschließenden Ergebnis zu kommen. Leider liefen die Dinge nun mal nicht so, wie es auf dem imaginären persönlichen Wunschzettel stand. Gedankenverloren trat er an das Fenster und blickte in den Innenhof der Osnabrücker Polizeiinspektion, über dem sich ein stahlgraues Wolkenband auftürmte. Bald schon würde es merklich kühler werden, und auch wenn der Winter offiziell erst in der zweiten Dezemberhälfte begann, zählte er den nahenden November schon zu der kalten Jahreszeit. Die Aussicht auf die morgendliche Fahrt zur Arbeit im Dunkeln, der Anblick der vom Herbstwind entkleideten Bäume, die Mischung aus Nässe, Kälte und einem bleigrauen Himmel, auf all das konnte er getrost verzichten. Es machte seine Arbeit jedenfalls nicht leichter.

Er versuchte, sich die Zeit in Sommers Haus kurz vor der Explosion vorzustellen, aber es gelang ihm nicht, seine Gedanken zu einem stimmigen Bild zu formen. Schließlich griff er zum Hörer und wählte Jonathans Nummer.

»Hier Jonathan Bach.«

»Guten Morgen Jonathan, Richard hier, ich hoffe, du hast gut geschlafen?«

»Hallo, Richard, danke ja, alles bestens. Wir sitzen gerade beim Frühstück.«

»Oh sorry, du hast Besuch?«

»Herr Dahlmann hat bei mir übernachtet, das hat sich ziemlich spontan ergeben.«

»Ach so, dann ist es bei euch wohl spät geworden. Ich will nicht lange stören. Erst mal vielen Dank für deine Unterstützung. Ich habe gerade mit dem Brandsachverständigen telefoniert.«

»Und was sagt er?«

»Nun«, Fürst räusperte sich kurz, »alles offen, dass heißt, es gibt kein klares abschließendes Ergebnis, da sich offenbar keine eindeutige Ursache feststellen ließ. Letztlich wird es wohl einfach auf einen nicht zu klärenden Defekt der Gasanlage hinauslaufen, aber Genaues weiß man nicht.«

»Das klingt nicht gut. Kann ich das so weitergeben?«

»Kannst du. Wie soll es denn nun weitergehen? Will Herr Dahlmann noch in Osnabrück bleiben?«

»Nein, er wird sich gleich auf den Rückweg nach Quakenbrück machen.«

»Sag ihm, dass das in Ordnung ist. Ich möchte heute oder morgen nur noch gerne mit ihm telefonieren. Frag ihn bitte, wann es ihm recht ist, und sage ihm, er kann mich ansonsten auch selbst jederzeit auf meinem Handy anrufen.«

Fürst hörte im Hintergrund, wie Jonathan Dahlmann gegenüber die Frage wiederholte.

»Er ist da flexibel und den ganzen Nachmittag heute und morgen erreichbar.«

»Alles klar, ich werde mich dann bei ihm melden. Du und ich sollten uns in Kürze auch treffen. Wenn du heute Mittag noch Zeit hast, lade ich dich gerne zum Essen ein.«

»Sehr gerne, dasselbe wollte ich dir auch vorschlagen. Ich habe etwas sehr Wichtiges mit dir zu besprechen, das eigentlich keinen Aufschub duldet.«

»Um was geht es denn?«

»Das möchte ich am Telefon ehrlich gesagt noch nicht verraten, lieber von Angesicht zu Angesicht. Es geht um einen ziemlich brisanten Dokumentenfund.«

»Du machst mich wirklich neugierig. In Ordnung, dann um zwölf beim Italiener, abgemacht?«

»Abgemacht.«

11. KAPITEL

Es hatte wieder zu regnen begonnen, zwar nur ganz leicht, aber der Blick in den Himmel verhieß keine Aussicht auf baldige Besserung. Robert Dahlmann schlug den Kragen seiner schwarzen Windjacke hoch, zog grummelnd die Stirn in Falten und beschleunigte sein Lauftempo. Er hatte mit Jonathan vereinbart, am morgigen Vormittag mit ihm zu telefonieren und das weitere Vorgehen abzusprechen. Beim Abschied hatte ihm der junge Forscher angeboten, ein Taxi für den Weg zum Hauptbahnhof zu rufen. Er hatte dankend abgelehnt und sich nach dem angenehmsten Fußweg zum Altstadtbahnhof erkundigt. Jonathan hatte ihm daraufhin einen Weg durchs Katharinenviertel und die Altstadt beschrieben. Gedankenverloren schlenderte er nun durch die Straßen und wäre beinahe gegen einen Laternenmast geprallt, den er während der beiläufigen Betrachtung der altehrwürdigen Stadtvillen zunächst gar nicht wahrgenommen hatte. Er wusste, dass ihn spätestens im Zug die Überlegungen und Gedankenschleifen nicht mehr loslassen würden, die seit dem gestrigen Ereignis in ihm kreisten. Es war die richtige Entscheidung gewesen, Jonathan aufzusuchen, so viel stand für ihn fest. Dieser junge Mann hatte es vermocht, ihm das Gefühl zu geben, dass diese Situation bewältigbar war, dass es ein ›danach‹ gibt, welches aus dem derzeitigen Wirrwarr an Emotionen eine lebbare Perspektive formen konnte. Er hatte mit Jonathan besprochen, dass der junge Forscher die Aufgabe übernahm, den Dokumentenfund und die Zusammenhänge Fürst gegenüber zu vermitteln. Die Tatsache, dass er den Fund gegenüber dem Kriminalhauptkommissar nicht erwähnt hatte, ließ sich ganz plausibel mit seinem gestrigen Gesamtzustand erklären. Jonathan hatte die Aufgabe gerne übernommen.

Er bog in den Rabbiner-Stern-Weg ein, der von der Alten-Synagogen-Straße abzweigt, bis hinter das Felix-Nussbaum-Haus führt und dort in die Lotter Straße mündet. Ein Passant hatte ihm diesen auf Nachfrage hin als Abkürzung zur Altstadt vorgeschlagen. Nach 150 Metern öffnete sich der Weg zur Rechten. Er trat auf das Gelände zwischen der Villa Schlikker, einem 1900 im neoklassizistischen Stil erbauten Gebäude, das heute ein Museum für die Alltagskultur des 20. Jahrhunderts barg, und dem Nussbaum-Haus. Die markante Architektur dieses, von dem Architekten Daniel Liebeskind entworfenen Gebäudes, dem ersten fertiggestellten Museumsbau des Architekten in Deutschland, zog seine Aufmerksamkeit auf sich. Nach einigen Momenten neugierigen Betrachtens wandte er sich weiter in Richtung Wall, betätigte den Knopf an einer Ampel und wartete auf das grüne Lichtsignal. Der Lärm des starken Straßenverkehrs kontrastierte mit der Ruhe, die ihn auf dem bisherigen Teilstück seines Weges umgeben hatte. Er trat einen Schritt von der Straße zurück, als ein dröhnender Lkw vor ihm den Wall entlang brauste. Öliger Abgasgeruch lag in der Luft, er hielt kurz den Atem an und wandte seinen Kopf von der Straße weg. Zwei Minuten später betrat er auf der anderen Straßenseite die Gassen der Osnabrücker Altstadt. Als er den Kiosk unterhalb des Heger-Tores erblickte, kam ihm der Gedanke, dass über die gestrige Explosion heute sicherlich etwas in der *Neuen Osnabrücker Zeitung* stand. Er beschloss, ein Exemplar zu kaufen. Kaum hatte er das Geschäft verlassen, begann er neugierig den Lokalteil aufzublättern. Bereits auf der ersten Seite wurde er fündig. Der Artikel war kurz und bestand eigentlich nur aus einem Zusatzkommentar zu dem vergleichsweise großen Foto von Armin Sommers Haus. Das Foto war von der Rückseite des Hauses aus gemacht worden, aus einer Position, von der, zumindest von außen, die Schadenswirkung der Explosion am besten zu erkennen war. Darunter stand als einleitende Überschrift ›Gasexplosion erschüttert Stadtteil Sutthausen, ein Toter.‹

Er las den kurzen Text: *»In den frühen Morgenstunden des 9.10. kam es in einem Einfamilienhaus am Ernst-Stahmer-Weg in Sutthausen zu einer schweren Gasexplosion, in deren Folge der Hausbesitzer verstarb. Über die näheren Umstände des Unglücks konnten Polizei und Feuerwehr noch keine genauen Angaben machen. Vermutet wird ein Defekt der Gasanlage. Die Ermittlungen dauern an. Die Feuerwehr hatte schon nach kurzer Zeit die Lage unter Kontrolle gebracht. Eine Gefahr für die Anwohner bestand nicht.«*

Dahlmann blickte noch einige Sekunden auf das Foto, dann senkte er die Zeitung und starrte nachdenklich auf das feuchte Pflaster. Er wusste nicht, was er erwartet hatte, aber der Beitrag enttäuschte ihn, und das in zweierlei Hinsicht. Zum einen war es die Banalität der Darstellung, welche die mit Armins Tod einsetzende Zäsur in seinem Leben zu einer Art Fußnote des Lokalgeschehens degradierte. Darüber konnte auch das große Foto nicht hinweg täuschen. Zum anderen hatte er sich, das wurde ihm nun klar, von der Meldung erhofft, dass sie vielleicht für ihn einen Ansatzpunkt zu einer neuen Betrachtung auf das Geschehen liefern könnte, so unwahrscheinlich diese

Erwartung letztlich auch war. Was sollte eine Tageszeitung auch anderes berichten, als das, was es eben zu berichten gab, wenn weiterführende Hinweise noch nicht zur Verfügung standen? Er kam zu dem Fazit, dass er sich den Kauf hätte sparen sollen. Ernüchtert setzte er seinen Weg fort. Die Zeitung warf er in den nächsten Abfalleimer. Die idyllische Altstadtumgebung passte ganz und gar nicht zu seiner Gefühlswelt im Hier und Jetzt.

Zwei offensichtlich gut situierte Frauen mit großen gefüllten Einkaufstaschen kamen ihm entgegen. Sie waren so sehr in ein lautstarkes Gespräch vertieft, dass sie ihn angerempelt hätten, wäre er nicht höflich zur Seite getreten. Ihr plötzlich schallendes Lachen hallte durch die Gasse, er konnte hören, wie sie sich über Reiseerlebnisse amüsierten. Er glaubte, die geballte Ignoranz einer arroganten Sorglosigkeit und Stumpfheit an sich vorbei ziehen zu sehen. Wut schoss in ihm hoch. Er wäre am liebsten hinter ihnen her gerannt und hätte sie in Grund und Boden gebrüllt. Er hatte es satt, den Mund zu halten und diese kleinen Alltagsfrustrationen einfach hinzunehmen. ›Wachrütteln, aufschrecken, nicht höflich sein‹, ging es ihm durch den Kopf. Er war sein Leben lang zu höflich gewesen, und diese verdammte Höflichkeit war das Produkt jener dunklen Jahre, die von ihm nur Unterordnung und Konformität verlangt hatten. Aber selbst, wenn er dies zu leisten versucht hatte, um sich vor den Strafen zu schützen, war er damals in die Fallen der Willkür getappt, die das Heimpersonal für jeden Zögling bereitgehalten hatte. Einfach nicht mehr höflich sein. Das hatte er auch von Armin gelernt. Ihm war es gelungen, die richtigen Schlüsse aus den Erfahrungen zu ziehen und sie mit dem Leben und Verhalten im Hier und Jetzt in Verbindung zu setzen. Widerstehen, Widerstand leisten, sich nichts mehr bieten lassen … Er tastete in seiner Jackentasche. Für einen Moment umfasste er das harte Plastik, als wolle er sich versichern, dass er sich nicht eingebildet hatte, sie bei sich zu tragen. Er hatte die CD-ROM Jonathan gegenüber nicht erwähnt und er glaubte, gute Gründe dafür zu haben. Er hatte den Datenträger bei den Dokumenten gefunden, ihm zunächst aber keine große Beachtung geschenkt. Erst im Lauf der Unterhaltung mit Jonathan war ihm klar geworden, dass sie möglicherweise wichtige Hinweise enthielt. So sympathisch ihm Jonathan auch war, er wollte nicht riskieren, Material, das Armin vielleicht in irgendeiner Form belasten könnte, der Polizei zuzuspielen, zumindest jetzt noch nicht. Zunächst wollte er selbst wissen, was auf der CD-ROM gespeichert war. Er wusste, dass es aber noch einen anderen Grund für seine Vorsicht gegenüber Jonathan gab. Neben der Trauer nagte an ihm auch die Enttäuschung, dass Armin ihn nicht eingeweiht hatte. Warum waren ihm, als seinem besten Freund, die Nachforschungen zu den Nazis in den Heimen vorenthalten worden? Ihm, Robert, der sich so leidenschaftlich für die gemeinsame Sache engagiert hatte? Er erhoffte sich Antworten von dem Gegenstand in seiner Jackentasche.

Sein Blick fiel in das Schaufenster eines kleinen dunklen Geschäfts, das mit Kunstgegenständen von Naturvölkern ausstaffiert war. Es schien so gar nicht in die Reihe der gehoben wirkenden Galerien, Juweliergeschäfte und Altstadtboutiquen zu passen. Zwei archaische Masken mit Tiermotiven zogen seine Aufmerksamkeit auf sich. Ihre fratzenhafte Gestalt befremdete und faszinierte ihn zugleich. Im selben Augenblick nahm er den Mann zum ersten Mal bewusst wahr. Er hatte sich in rund 20 Metern

Entfernung vor das Schaufenster eines Immobilienmaklers gestellt und schien die dortigen Aushänge sorgfältig zu studieren. Der Mann wirkte unauffällig. Er trug eine Kurzhaarfrisur, Jeans, einen kurzen weißen Sommermantel und eine Brille. Robert wusste für einen Moment nicht, was ihn an dieser Person beunruhigte. Plötzlich fiel es ihm ein. Vorhin, von dem kleinen Weg aus, hatte er ihn kurz beobachten können, in genau jenem Moment, als er einem klingelnden Fahrradfahrer Platz machte. Der Radfahrer hatte sich lächelnd bei ihm bedankt, und genau zu diesem Zeitpunkt war der Mann für einen Augenblick in sein Blickfeld geraten. Die Alte-Synagogen-Straße entlang laufend hatte der Unbekannte flüchtig in seine Richtung geschaut und seinen Weg dann weiter in Richtung Wall fortgesetzt. Dahlmann spürte, wie er unruhig wurde und sich Druck in seiner Magengegend ausbreitete. Nicht höflich sein. Langsam schlenderte er auf den Mann zu und wollte sich neben ihn an das Schaufenster stellen. Er war nur noch wenige Schritte entfernt, als der Unbekannte sich abwendete und unbekümmert in Richtung Marktplatz schlenderte, ohne erkennbar von ihm Notiz zu nehmen. Alles Einbildung, ging es ihm durch den Kopf, es ist alles Einbildung, und ich muss nach Hause und mich ausruhen, ich bin einfach nur unendlich müde. Den Rest des Weges lief er zügig und schenkte der Umgebung dabei kaum Beachtung.

Der Mann in dem kurzen weißen Sommermantel überquerte den Marktplatz. An der Rathaustreppe hatte eine Hochzeitsgesellschaft für Erinnerungsfotos Aufstellung genommen. Als er den ruhigen Bereich hinter der Marienkirche erreichte, blieb er für einen kurzen Moment stehen. Mit einigen schnellen Bewegungen zog er den Mantel aus, faltete ihn gekonnt und verstaute ihn in einer Plastiktüte. Sein Oberteil bestand nun aus einer dünnen blauen Sportjacke, die er unter dem Mantel getragen hatte, und die ihm nun ein völlig neues Erscheinungsbild verlieh. Dann lief er weiter und nahm seine Brille erst ab, als er um die nächste Häuserecke gebogen war. Als er die Hasestraße erreichte, setzte er eine schwarze Baseballkappe auf und lief dann zielstrebig der Stelle entgegen, an der er vermutete, dass seine Zielperson ebenfalls in die Straße einbiegen würde. Bereits aus der Ferne konnte er sie erkennen. Sie war schneller gelaufen, als er angenommen hatte. Sie konnte ihm nicht entkommen.

12. KAPITEL

Richard Fürst verließ um 11.30 Uhr sein Büro und machte sich auf den Weg in die Innenstadt. Er genoss die frische Herbstluft und freute sich auf einen kurzen Spaziergang. Er wählte nicht den direkten Weg, sondern schlug am Gebäude der Osnabrücker Staatsanwaltschaft einen Bogen, um am Haseuferweg entlang zu laufen. Vor dem vereinbarten Treffen mit Jonathan wollte er noch bei einer großen Buchhandlung in der Fußgängerzone einen bestellten Bildband abholen und schon mal einen Blick hinein werfen, bevor er ihn sich am Abend in aller Ruhe anschauen würde. Es war ein Bildband über die Connemara, eine

Region im Westen Irlands, die er im Vorjahr bereist hatte und deren landschaftliche Schönheit und Wildheit ihm seither nicht mehr aus dem Kopf ging. Er hatte damals die Ruhe und den Abstand zu seiner Arbeit und seinen Lebensverhältnissen gebraucht. Die Uhren schienen dort, am Rande Europas, weitaus langsamer zu ticken als in seinem Osnabrücker Polizeialltag. Die Menschen hatten entspannt und ausgeglichen auf ihn gewirkt, und auch ihre Herzlichkeit hatte es ihm angetan. Er war sich nicht sicher, ob er mit diesen Eindrücken vor allem seiner eigenen Sehnsucht nach Entschleunigung entsprechen wollte, oder ob er tatsächlich mit der irischen Realität in Berührung gekommen war. Wahrscheinlich war es eine Mischung aus beidem. Seine siebenjährige Tochter Lilly hatte ihm in den zwei Wochen jedoch gefehlt. Eigentlich fehlte sie ihm an jedem Tag, an dem er sie nicht sah. Er konnte sich noch genau an ihre Worte erinnern, als er ihr nach seiner Rückkehr die Reisefotos zeigte. »Papa«, hatte sie gesagt, »ich möchte mit dir dorthin, nur wir zwei. Dann reiten wir mit Pferden am Strand entlang, das wünsche ich mir.« Er hatte sich fest vorgenommen, mit der Realisierung dieses Wunsches nicht lange zu warten.

Nachdem er den Bildband bezahlt hatte, verließ er die Buchhandlung, überquerte die zu dieser Zeit belebte Fußgängerzone und suchte sich oberhalb des Flussufers eine freie Bank mit Blick auf das Wasser der Hase. Der Regen der letzten Tage hatte den Pegel des Flusses merklich anschwellen lassen. Kleine Strudel drehten sich an der Oberfläche. Ein treibender Ast reckte seine Zweige, als würde er irgendwo nach Halt suchen.

Er nahm neben einer in einem dunkelblauen Hosenanzug gekleideten Frau Platz, die gedankenversunken an einem

Salatsandwich kaute und nur kurz hochblickte, als er sich setzte. Neugierig und fast bedächtig durchblätterte er die Seiten des Buches mit seinen großformatigen Landschaftsaufnahmen und versenkte sich jeweils für einige Momente in die Bilder. Er sah sich dabei selbst am Strand entlang laufen, glaubte, das Salz des Meeres riechen und den Wellenschlag hören zu können. Ein Sturmvogel stand hoch oben über ihm im Wind und ließ sich kurz darauf in steilem Flug davontragen wie ein rastloser Reisender, den es nach einer kurzen Stippvisite an Land wieder aufs offene Meer hinauszog in die unermessliche Weite des Atlantiks.

Dass er ein Naturliebhaber mit Vorliebe für Landschaftsfotografie war, wussten nicht nur seine Freunde, sondern diese Leidenschaft war auch unter seinen Kollegen nichts Unbekanntes. Oft hatte er ihnen geraten, einfach mal die Augen aufzumachen für die Schönheit des Osnabrücker Landes. »Macht euch mal bewusst, dass wir die einzige deutsche Großstadt sind, die in einem Naturpark liegt«, hatte er gesagt und oft nur ein Achselzucken oder müdes Lächeln geerntet. Ab und an war ein Kollege mit ihm wandern gegangen und anschließend wie ein Bekehrter wieder unter die Kollegen getreten. Leider hielt dieser Effekt meistens nicht lange vor, zumindest hatte sich unter seinen Kollegen noch niemand gefunden, der Lust hatte, regelmäßig mit ihm durch die ausgedehnten Wälder des Osnabrücker Hügellandes zu streifen. Er verspürte jedoch keinen Drang, jemanden zu motivieren und sich dabei dann wie ein Bittsteller zu fühlen. Auch deshalb hatte er seine Idee, beim Osnabrücker Polizeisportverein eine Wandergruppe ins Leben zu rufen, fürs Erste zurückgestellt.

Am Himmel verdichteten sich die Wolken. Er klappte das Buch zu, blickte auf die Uhr, erhob sich und lief entspannt die kurze verbleibende Strecke zum vereinbarten Treffpunkt. Jonathan wartete bereits auf der menschenleeren Terrasse des italienischen Lokals auf ihn. Sie lächelten sich an und umarmten sich freundschaftlich.

»Schön, dich zu sehen«, sagte Fürst.

»Ich freue mich auch«, antwortete Jonathan, »wurde ja langsam mal wieder Zeit.«

»Wie war dein Vormittag noch?«, fragte Fürst.

»Ach, wie das manchmal so ist, viel vorgenommen aber wenig geschafft. Dahlmann hat sich um zehn Uhr auf den Weg nach Hause gemacht. Wie war es bei dir?«

»Der übliche Kram, Berichte schreiben, Telefonate, habe nur im Büro gesessen. Du weißt ja, wie mir der Papierkram manchmal zum Hals raushängt.« Fürst machte eine abwinkende Handbewegung mit seiner Rechten. »Lass uns reingehen, ich habe Hunger.«

Sie traten in das Lokal und nahmen an einem gerade freigewordenen Tisch Platz.

»Was hast du denn da für ein Buch mitgebracht?«, fragte Jonathan. »Sieht aus wie was über Irland.«

»So ist es, eben abgeholt, eine lohnende Investition. Hineinschauen und entspannen, sehr, sehr wichtig.« Ein zufriedenes Lächeln lag auf dem Gesicht des Kriminalhauptkommissars.

Jonathan nickte seinem Freund wohlwollend zu und ergriff dann die Speisekarte. Fürst tat es ihm gleich. Im selben Moment grüßte der kahlköpfige Kellner die beiden mit einem freundlichen »Buongiorno, die Herren«, und begann das gebrauchte Geschirr abzuräumen. Wenige Minuten später gaben sie ihre Bestellung auf.

*

Im letzten Moment überlegte er es sich anders. Der Gedanke hatte in ihm gearbeitet, ohne dass er sich dessen zuvor bewusst geworden war.

Dahlmann drückte den Türknopf und stieg unter den neugierigen Blicken der Fahrgäste aus. Kaum hatte sich die Zugtür hinter ihm wieder geschlossen, setzte sich das Vehikel mit einem sanften Ruck in Bewegung und fuhr ab. Durch die immer schneller vorbeiziehenden Fensterscheiben sah er die zugestiegenen Passagiere freie Plätze suchen. Zugleich konnte er sein Spiegelbild betrachten. Er fühlte sich in diesem Moment genauso rastlos wie sein flackerndes Ebenbild auf dem Glas. Als der letzte Waggon vorüber gerauscht war, umgab ihn Stille. Er ließ seinen Blick schweifen. Niemand war mehr auf dem Bahnsteig des Altstadtbahnhofs zu sehen. Der Impuls, auszusteigen, war ganz plötzlich und vehement gekommen. Er wollte die CD-ROM nicht an seinem privaten Rechner öffnen, sondern in einem Internetcafé. In Quakenbrück war ihm keines bekannt, aber bei einem seiner letzten Besuche in Osnabrück war ihm ein Schild mit dem Hinweis ›Internet‹ an der Möserstraße in unmittelbarer Nähe des Hauptbahnhofs aufgefallen. Seiner Meinung nach schien dies der am besten geeignete Ort zu sein, unverfänglich und unauffällig. Er studierte den Abfahrtplan und sah, dass in sechs Minuten ein Zug aus der Gegenrichtung kommen würde, der weiter zum Hauptbahnhof fuhr. Die abgenutzte Holzbank unterhalb des Plans sah alles andere als einladend aus. Er setzte sich dennoch und wartete. Es ist der richtige Entschluss, noch eine Weile in der Stadt zu bleiben, ging es ihm durch den Kopf. Er ahnte nicht, dass zeitgleich in dem von ihm verlassenen stadtauswärts fahrenden Zug ein verzweifelter Verfolger seine Fäuste ballte und überlegte, wie seine Zielperson es geschafft hatte, ihn offensichtlich zu enttarnen und sich daraufhin wie ein Profi galant abzusetzen. Er war ihm ein weiteres Mal entkommen.

13. KAPITEL

»Wann musst du denn wieder im Büro sein?« Jonathans Frage traf auf einen entspannt wirkenden und die Beine ausstreckenden Kriminalhauptkommissar.

»Ach, so gegen zwei. Ich habe mir heute mal die Freiheit herausgenommen, später anzufangen und länger Mittag zu machen als üblich. Weißt du, es ist momentan so viel bei uns los, da ist es schon fast egal.«

»Die kleinen Fluchten des Alltags müssen auf jeden Fall genutzt werden, kann ich verstehen«, warf Jonathan verständnisvoll ein.

»Ganz genau so ist es. Kleine Fluchten klingt wirklich gut!«, Fürst lachte laut auf.

»Ich fand es übrigens wirklich klasse, dass du da gestern Abend gleich bereit warst, den Mann bei dir aufzunehmen, das habe ich dir ja schon gesagt. Ich hoffe, du hast es im Nachhinein nicht bereut?«

Jonathan schüttelte den Kopf. »Nicht im geringsten. Aber da gibt es einiges zu erzählen, wirklich wichtige Dinge. Ich habe es dir ja eben am Telefon schon angekündigt. Dahlmann war gestern Abend ziemlich durch den Wind.«

»Kann ich mir vorstellen.« Fürst nickte verständnisvoll. »Und weiter?«

Jonathan tat einen schweren Seufzer. »Er hat mich gebeten, für ihn die Übergabe von Dokumenten zu übernehmen. Ich glaube, er weiß selbst nicht so genau, warum er sie dir nicht bereits bei eurem Gespräch gezeigt hat.«

Fürst zog erstaunt die Augenbrauen hoch und richtete sich in seinem Stuhl auf. »Dokumente klingt ja sehr offiziell, ich bin gespannt.«

»Wo soll ich anfangen? Also: Dahlmann hat in Sommers Haus drei Kopien von Personalbögen aus Kinderheimen mit handschriftlichen Notizen seines Freundes gefunden. Der gesamte Fund ist sehr brisant. Die Notizen werden vor allem durch die Kopie eines Ausweises glaubwürdig, der einem der Personalbögen beilag – ein SS-Ausweis.«

»Das klingt in der Tat brisant.« Fürst standen plötzlich Sorgenfalten auf der Stirn.

»So wie Dahlmann es schilderte, hatte Sommer die Unterlagen in seinem Arbeitszimmer versteckt, und nur aufgrund der Wirkung der Explosion waren sie für ihn sichtbar. Schau sie dir einfach selbst an. Hier sind sie.«

Jonathan holte aus seinem Rucksack, der neben dem Stuhl lag, ein großformatiges offenes Briefkuvert hervor und reichte es dem Kriminalhauptkommissar. Fürst zog die Papiere heraus und legte sie vor sich auf den Tisch. Konzentriert las er die erste Seite und blätterte dann vorsichtig weiter. Währenddessen berichtete Jonathan ihm, was er bisher in Erfahrung gebracht hatte, und formulierte erste Hypothesen. Fürst schüttelte dabei mehrmals ungläubig den Kopf, als fiele es ihm schwer, das Gehörte zu akzeptieren. Er hörte aber ansonsten genau zu und stellte nur einige kurze Verständnisfragen. Als Jonathan seine Schilderung beendet hatte, saßen beide sich einen Moment lang schweigend und nachdenklich gegenüber. Schließlich nahm Fürst, seine Formulierungen abwägend, den Gesprächsfaden wieder auf.

»Dass ehemalige Nazis in den Heimen untergekommen sind, hattest du ja früher schon mal erwähnt, aber diese Sache hier riecht doch stark nach Strafvereitelung in sehr schweren Fällen. Sommers Notizen zu Stolzenberg alias Spinnenberger legen ja nahe, dass die Heimleitungen von den falschen Identitäten wusste. Das ist ein sehr wichtiger Punkt und ein sehr mysteriöser zugleich.« Jonathan nickte zustimmend, und Fürst fuhr mit seinen Ausführungen fort.

»Es scheint also wahrscheinlich zu sein, dass diese Männer eine wichtige Funktion in den Heimen eingenommen haben, die uns noch unbekannt ist. Da bleiben jetzt einige interessante Fragen offen. Damit meine ich gar nicht nur das, was die Dokumente als solche beinhalten, dass hast du ja alles schon schlüssig ausgeführt, und ich halte deine Bewertung für nachvollziehbar und logisch. Lass mich diese Fragen benennen, ich notiere sie mir auch mal direkt.«

Fürst holte einen Bleistift und einen kleinen Schreibblock aus seiner Jacke.

»Gibt es einen Zusammenhang zwischen Sommers Tod und den Dokumenten? Ich denke da eher in Richtung Suizid. Wie ist er an die Kopien gekommen? Warum hat er sie versteckt und die Informationen nicht einfach an die Ermittlungsbehörden weiter gegeben, wo doch die Nazis jederzeit aufgrund ihres hohen Alters hätten sterben können? Wer außer uns und Dahlmann weiß von den falschen Identitäten?«

Jonathan antwortete unmittelbar.

»Ich glaube, die Antworten darauf lassen sich nicht trennen von den Dokumenten selbst. Das Wichtigste scheint mir aber zunächst die Frage zu sein, wie damit umgegangen werden soll. Was ist aus deiner Sicht der richtige Weg, Richard?«

Der Kriminalhauptkommissar hielt für einen kurzen Moment inne, bevor er zur Antwort ansetzte.

»Wenn es wirklich so sein sollte, dass diese Männer in ihrer alten Identität gesuchte Kriegsverbrecher sind, dann ist das eine Bombe und auch die Medien werden sich darauf stürzen. Bis dahin wird das aber erst mal überprüft werden müssen, und zuständig sind dafür die Kollegen des LKA in Hannover. Die halten für diesen speziellen Fall die notwendigen Kapazitäten vor. Spezialkenntnisse, Datenbanken, Mittel zur operativen Informationsbeschaffung und so weiter, da habe ich dann eher wenig mit zu tun. Vermutlich werden das die Kollegen von der Abteilung 4, polizeilicher Staatsschutz, übernehmen und dabei mit anderen Abteilungen des LKA zusammenarbeiten.«

Jonathan nickte zustimmend.

»Ich habe auch angenommen, dass es so läuft. Die werden dann sicherlich auch Kontakt zur Zentralen Stelle zur Aufklärung von NS-Verbrechen in Ludwigsburg aufnehmen. Nachdem Dahlmann heute Morgen aus dem Haus war, habe ich die Namen der Personen aus den Dokumenten bei Google eingegeben. Bei den alten Identitäten gab es keine Treffer, bei den neuen eine, aber es ist zu klären, ob es tatsächlich die betreffende Person ist. Ich bin mir aber ziemlich sicher. Stolzenberg alias Spinnenberger lebt demnach in Bad Rothenfelde.«

»Tatsächlich? Unglaublich. Dass du in den anderen Fällen nichts gefunden hast, kann natürlich bedeuten, dass die Männer nicht mehr leben.«

»Da hast du recht. Es kann sich aber auch herausstellen, dass sich über die Taten der Männer in der Nazizeit wenig rausfinden lässt. Der Nachweis einer Beteiligung an Kriegsverbrechen ist ja sicherlich nicht so leicht zu führen. Außerdem muss auch der Identitätswechsel bewiesen werden, das ist wahrscheinlich schwierig beziehungsweise braucht einige Zeit. Die Frage ist aber auch, mit welcher Energie deine Hannoveraner Kollegen da rangehen.« Jonathan blickte Fürst skeptisch an, der ihm konzentriert zuhörte und dann antwortete.

»Das ist wirklich eine wichtige Frage, aber das werden dann die Kollegen zu verantworten haben. Ich kann nur hoffen, dass sie sich die Zeit und Mühe nehmen, die dafür notwendig ist. Sollten diese Männer wirklich gesuchte Kriegsverbrecher sein, wird es mit einem Abgleich der Namen vermutlich nicht lange dauern. Die LKA-Kollegen werden sich dabei, wie gesagt, sicherlich auch Unterstützung von anderen Landeskriminalämtern holen.«

»Ich würde mir sehr gerne Kopien von den Dokumenten machen«, sagte Jonathan. »Ich kenne da einen sehr vertrauensvollen Journalisten in Hannover. Er heißt Wolfgang Eschenburg, ich glaube, ich habe dir auch schon mal von ihm erzählt. Ich würde ihn gerne einweihen und ihn Nachforschungen anstellen lassen. Er arbeitet sehr akribisch und ist ein äußerst verlässlicher Typ. Zudem hat er Recherchemöglichkeiten, also Zugriff auf Datenbanken und Archive, die ich nicht habe.«

In Jonathans Blick lag plötzlich etwas Bittendes. Nun war es Fürst, der deutliche Skepsis erkennen ließ.

»Du bist dir über die Tragweite der Geschichte im Klaren, oder? Da darf vorher gar nichts an die Öffentlichkeit dringen. Mir ist schon bewusst, dass dich dieser Dokumentenfund nicht kalt lässt, wie könnte er auch, es passt ja inhaltlich genau zu deinem Thema, aber jetzt geht es hier aller Wahrscheinlichkeit nach um Kriegsverbrecher. Ich brauche dir ja nicht zu sagen, wie wichtig es ist, dass die nicht durch irgendwelche Unachtsamkeiten vorgewarnt werden und dann Beweismittel verschwinden lassen, bevor die Kollegen eine Hausdurchsuchung vornehmen.«

»Richard, das ist mir vollkommen klar«, antwortete Jonathan.

»Du kannst dich darauf verlassen, dass nichts an die Öffentlichkeit kommt. Wenn es wirklich so sein sollte, dass die Heimleitungen von der wahren Identität der Männer wussten, dann ergeben sich ganz neue Perspektiven, auch für meine Arbeit. Ich werde mich der Sache intensiv in den nächsten Tagen widmen, aber meine Möglichkeiten sind begrenzt, zumindest im Vergleich zu Wolfgangs Zugangsmöglichkeiten zu Datenbanken und Archiven.«

Fürst betrachtete Jonathan aufmerksam und schien zugleich mit seinen eigenen Gedanken beschäftigt zu sein.

»Dem LKA wird es begreiflicherweise gar nicht passen, dass da jemand zeitgleich an der Sache dran ist, zudem noch ein Journalist. Falls vorher etwas bekannt wird, würden die Kollegen sich sofort fragen, woher Eschenburg die Dokumente hat, und das könnte auch auf mich zurückfallen. Dann wäre ich ein Fall für die Abteilung interne Ermittlungen. Ich habe keine Lust auf Grundsatzdiskussionen mit den Kollegen, von disziplinarrechtlichen Konsequenzen ganz zu schweigen. Von mir aus kannst du dir Kopien machen, falls du es nicht sowieso schon getan hast. Ich weiß da von nichts.«

»Keine Sorge, Richard«, beruhigte ihn Jonathan, »ich habe am wenigsten Interesse daran, dass da irgendwas an die Öffentlichkeit kommt, bevor die Sache ordentlich aufgeklärt ist. Um aber noch mal auf deine Fragen von eben zurückzukommen, insbesondere die nach dem möglichen Suizid, also laut Dahlmanns Schilderungen war Sommer nicht der Typ, der freiwillig aus dem Leben scheidet, eher das genaue Gegenteil davon. Der Mann hatte eine Art Mission, und Dahlmann war Teil davon. Die haben da mit großer Energie an dem Heimthema gearbeitet. Sie wollten was bewegen, da passt ein Selbstmord ganz und gar nicht hinein. Ein Unfall, ja, das ist möglich, aber alles andere erscheint mir sehr unwahrscheinlich zu sein. Wie gesagt, Dahlmann kannte Sommer vermutlich so gut wie kein Zweiter.«

Fürst hob abwehrend die Hand.

»Na ja, das mag ja sein, aber Dahlmann hat selbst gesagt, dass Sommer ihn, was die Dokumente angeht, nicht eingeweiht hat, das ist doch schon seltsam, oder? Da arbeitet man akribisch an diesem Thema, und dann verbirgt Sommer etwas so Wichtiges vor seinem besten Freund?«

»Auch dafür gibt es sicher Erklärungen, die wir zum jetzigen Zeitpunkt einfach noch nicht kennen«, sagte Jonathan energisch.

»Ich werde mich da ran tasten müssen, wenn ich mit Dahlmann spreche«, schob Fürst ein.

»Mach das, und wenn du eine Möglichkeit siehst, Dahlmann zu unterstützen, dann biete sie ihm an. Ich weiß zwar um deine Arbeitslage, aber es sind ja oft Kleinigkeiten, die den Ausschlag geben.«

Der kahlköpfige Kellner balancierte ihre Bestellung an den Tisch, die aus Salat und Pasta bestand.

»Sommers Unterlagen werden wir wohl noch genauer unter die Lupe nehmen müssen«, überlegte Fürst, »vielleicht finden sich Hinweise auf die Dokumente und darauf, wie er an sie gekommen ist. Diese Identitätswechsel sind schon heftig genug, aber seine Aufzeichnungen dazu sind sicher ein ganz wichtiger Schlüssel zu dem gesamten Fund. Dahlmann wird um eine weitere Vernehmung in Anwesenheit von LKA-Beamten nicht herum kommen, und das Haus werden wir uns wohl auch mit seiner Hilfe noch genauer ansehen müssen.«

Fürst prostete Jonathan zu.

»Die Sache wird uns also noch eine ganze Zeit beschäftigen, so viel steht fest«, ergänzte der junge Forscher. Dann hob auch er sein Glas.

*

Zögernd betrat Dahlmann ein kleines Internetcafe. Die Luft roch abgestanden und muffig. An der rechten Seite des Eingangsbereiches befanden sich Telefonkabinen für Auslandsgespräche, im hinteren Teil des lang gezogenen Raumes konnte er die Internetplätze sehen. Auf einem auffallend großen Flachbildschirm an einem Wandvorsprung fuchtelten finster dreinblickende Gangstertypen mit ihren Händen zum Rhythmus eines mit wuchtigen Bässen unterlegten Sprechgesangs. Der junge Mann hinter dem Tresen blickte nur kurz auf, als Dahlmann ihm seinen Wunsch nannte, und sah dann desinteressiert auf seinen Bildschirm. »Platz zwölf«. Er wies mit seiner Hand beiläufig die Richtung. Dahlmann trat ins Halbdunkel des Internetbereichs. Die einzelnen Computer waren durch niedrige Sichtblenden aus Plastik voneinander abgegrenzt. Nur ein weiterer Platz war besetzt. Ein dort sitzender Jugendlicher spielte Karten im Internet, das konnte Dahlmann im Vorbeigehen erkennen. Er nahm von dem Neuankömmling keine Notiz. Es war, wie er vermutet hatte, er fühlte sich hier bei seinem Vorhaben sicher, auch wenn es das erste Mal war, dass er ein Internetcafé aufsuchte. Er legte die CD ein, klickte dann auf das Öffnen-Symbol, und wenige Sekunden später erschien ein Kästchen, das ihn aufforderte, ein Passwort einzugeben. Es ging nicht weiter. Enttäuscht betrachtete er den Bildschirm. Daran hatte er nicht gedacht. Er kam im Moment nicht an die Daten heran, so viel stand fest. In einem Anflug von aufwallendem Optimismus probierte er einige Wörter aus, aber jedes Mal wurde der Zugang verweigert. Nach einigen Minuten des Probierens gab er auf. Es war ein Fehler gewesen, Jonathan die CD vorzuenthalten. Er fühlte sich schuldig und gedemütigt zugleich. Er nahm die CD wieder an sich und verließ das Café.

14. KAPITEL

Als er den Hörer aufgelegt hatte, blickte Fürst gedankenverloren durchs Fenster. Ein Passagierjet zog hoch oben über der Stadt seine Bahn und malte einen lang gezogenen milchig weißen Kondensstreifen in den Himmel, dessen Ende langsam auseinanderdriftete. Nichts hatte sich in seinem Büro in den letzten Minuten verändert, und doch erschien ihm plötzlich alles in einem anderen Licht. Der Kollege der LKA-Abteilung 4, polizeilicher Staatsschutz, an den er weiterverbunden worden war, hatte seine Nachricht überaus interessiert aufgenommen. Der Ton war zwar das ganze Telefonat über sachlich geblieben, aber die anschwellende Aufregung am anderen Ende der Leitung war für ihn fast greifbar gewesen. Fürst wurde die volle Tragweite der Informationen, die er dem Hannoveraner Kollegen mitteilte, deutlich, noch viel deutlicher als in den Stunden zuvor. Der Fund, um den es hier ging, war nicht nur höchst selten und ungewöhnlich, sondern barg zudem auch erhebliche politische Brisanz. Wer mochte im Laufe der Jahre nicht alles seine schützende Hand über die Täter gehalten haben, von den damaligen Heimleitungen ganz abgesehen? Sollte sich tatsächlich das bewahrheiten, was die Dokumente besagten, und er selbst hatte daran nicht den geringsten Zweifel, dann kam dies einem mittleren politischen Erdbeben gleich. Viele Menschen würden von der nun kommenden Entwicklung betroffen sein, Nachbarn, Angehörige, die nun erfahren würden, dass beispielsweise der bisher so geschätzte Herr Stolzenberg ein gesuchter Kriegsverbrecher war. Als er sich bei diesem Gedanken ertappte, wirkte dieser auf ihn vernachlässigbar, ging es bei den nun anlaufenden Ermittlungen doch um viel mehr. Die Möglichkeit, eine, wenn auch nur begrenzte, späte Form der Gerechtigkeit üben zu können, stand im Mittelpunkt der nun zu leistenden Polizeiarbeit. Mit dem Ende des Telefonats hatte das LKA nun seine Maschinerie in Gang gesetzt, die Sache würde in Kürze Fahrt aufnehmen. Ihm fiel das Bild einer Lawine ein, die unweigerlich und tosend zu Tal stürzte und alles auf ihrem Weg mit sich riss. Jedoch war dieses Bild nicht ganz stimmig. Das, was nun weggerissen würde, waren jene Verkrustungen und Lügen, die sich erdrückend über die Wahrheit gelegt hatten. Morgen früh um neun würden zwei Beamte des polizeilichen Staatsschutzes des LKA bei ihm in seinem Büro sitzen, die Dokumente studieren und die weiteren Schritte mit ihm besprechen. Dahlmann würde vernommen werden, ebenso Jonathan. Er musste die beiden schnellstmöglich anrufen. Danach würden die LKA-Beamten und er das Haus Sommers erneut aufsuchen, die dort befindlichen Unterlagen sichern und mit der Suche nach weiteren Verstecken beginnen, akribisch und professionell. Der Bitte des LKA-Kollegen, das Haus Sommers in der kommenden Nacht mit einer Polizeistreife zu sichern, würde er gleich nachkommen und einen Streifenwagen los schicken. Die Namen der Verdächtigen hatte er bereits am Telefon durchgegeben, und der Datenabgleich lief sicherlich in Kürze an. Vor dem Telefonat hatte er sich vorzubereiten versucht. Er studierte die Homepage des LKA, googelte nach Vergleichsfällen und las einige Zeitungsberichte über die Verfolgung von Kriegsverbrechern. In den 40 Minuten, die er sich dafür Zeit nahm, war ihm klar geworden, dass seit einigen Jahren die Verfolgung von NS-Straftätern durch die dafür zuständigen Behörden der Bundesrepublik eine neue Qualität bekommen hatte. Junge motivierte Beamte saßen nun am Ruder, energisch auf der Suche nach den letzten Schergen der NS-Zeit. Die Fehler der Vergangenheit, die, wenn er zurückdachte, auch ihm lustlos und halbherzig anmutende Suche nach den Tätern, war einer Vorgehensweise gewichen, die Konsequenz und Hartnäckigkeit der Ermittlungsbehörden erkennen ließ. Der so oft entlastend ins Feld geführte ›Befehlsnotstand‹, auf den sich zahlreiche Täter in der Vergangenheit, zumeist erfolgreich, berufen hatten, galt nun nicht mehr. Die Geschichtswissenschaft hatte in den letzten Jahren unzweifelhaft ans Tagelicht befördert, dass es keine plausiblen Beispiele dafür gab. Niemand wurde, wenn er als deutscher Soldat die Teilnahme an Kriegsverbrechen verweigerte, ›an die Wand gestellt‹, wie es doch immer geheißen hatte. Keine Belege ließen sich dafür finden. Der Befehlsnotstand war als das entlarvt worden, was er immer schon gewesen war: eine Schutzbehauptung. Die Forschungsergebnisse gaben den Strafverfolgern neue Möglichkeiten an die Hand, um tätig zu werden. Doch die Zeit rannte ihnen davon, um Täter noch zur Verantwortung ziehen zu können. Sicher würde die ganze Sache für einen großen Wirbel in den Medien sorgen, aber die Enttarnung der Männer konnte als Zeichen hartnäckiger Ermittlungsarbeit gedeutet werden. Dies wäre dem ohnehin guten Ansehen der Osnabrücker Polizei sicherlich alles andere als abträglich, auch wenn es einige Menschen geben mochte, die, aus welchen Gründen auch immer, an dem Sinn der heutigen Strafverfolgung damaliger Täter zweifelten. Doch Mord verjährt nicht.

Er stand auf, trat auf den Flur und lief zum Kaffeeautomaten. Gerne wäre er dabei, wenn es zur Hausdurchsuchung bei den Verdächtigen käme. Er würde in ihre fragenden Gesichter blicken, ihre Verwunderung studieren, darüber, dass nun nach Jahrzehnten die Wahrheit an die Tür klopfte. Mit diesen Gedanken balancierte er den heißen Plastikbecher vor sich her und schlenderte langsam zurück in sein Büro. Die Tür zog er fest hinter sich zu.

*

Den Nachmittag über war Dahlmann ziellos durch die Osnabrücker Innenstadt gelaufen und hatte nach einer Lösung für sein Dilemma gesucht. Schließlich gelang es ihm, sich halbherzig zu der Entscheidung durchzuringen, den Kriminalhauptkommissar anzurufen und ihn über die Existenz der CD-ROM zu informieren. Die möglichen strafrechtlichen Folgen seiner mittlerweile zweiten Vorenthaltung von Beweismaterial müsste er akzeptieren. Er glaubte aber, dass es bei einer Belehrung durch den Polizisten bleiben würde. Zögernd betrat er mit Fürsts Visitenkarte in der Hand eine schmierige Telefonzelle, hielt einen kurzen Moment inne und wählte dann die aufgedruckte Mobilfunknummer. Nach zweimaligem Klingeln nahm der Kriminalhauptkommissar ab.

»Herr Dahlmann, schön, dass Sie sich melden. Sie sind mir nur um wenige Minuten zuvor gekommen.«

Fürsts freudiger Tonfall machte es Dahlmann noch schwerer, den Grund seines Anrufs zur Sprache zu bringen. Fürst berichtete ihm von der Unterhaltung mit Jonathan und gab ihm zu verstehen, dass er über die Dokumente und deren Inhalt informiert war. Er schilderte die Kontaktaufnahme zum LKA und betonte die Notwendigkeit der Vernehmung im Beisein der Beamten aus Hannover für die weiteren Ermittlungen. Dahlmann war davon nicht überrascht. Jonathan hatte ihm gegenüber bereits den möglichen Wechsel der Zuständigkeit bei diesen Ermittlungen angedeutet.

»Die Kollegen des LKA würden es auch begrüßen, wenn Sie mit ihnen gemeinsam am Nachmittag noch einmal zum Haus von Herrn Sommer fahren könnten, um ihnen bei der Suche nach möglichen weiteren Verstecken behilflich zu sein. Ich denke, das sollte in aller Ruhe besprochen werden, es ist ja für Sie sicherlich nicht leicht, noch mal dorthin zu fahren. Ich werde aber auch mitkommen.«

Fürst fühlte sich unwohl dabei, seinen Gesprächspartner mit mehreren Forderungen zugleich konfrontieren zu müssen. Einen Moment lang herrschte irritierendes Schweigen. Der Kriminalhauptkommissar setzte nach.

»Herr Dahlmann, alles in Ordnung bei Ihnen?«

Dahlmann räusperte sich.

»Ja, alles in Ordnung. Es ist zwar nicht leicht, da haben Sie recht, aber zusammen mit Ihnen und den anderen Polizisten werde ich das schon hinkriegen.«

Dahlmanns Stimmlage verriet einen gewissen Zweckoptimismus, aber der Kriminalhauptkommissar war dennoch erleichtert.

»Wann können Sie morgen früh wieder in Osnabrück sein?«

Fürst bemühte sich, möglichst undramatisch zu klingen.

»Ich bin noch in der Stadt und noch etwas unschlüssig darüber, ob ich heute Nacht hier in einem Hotel schlafen oder aber nach Hause fahren soll. Aber was die Zeit betrifft, da bin ich flexibel.«

»Das ist gut«, sagte Fürst, »dann kommen Sie doch um zehn in die Polizeiinspektion. Melden Sie sich bitte an der Anmeldung, ich hole Sie dann ab, einverstanden?«

»Einverstanden.«

Sie verabschiedeten sich. Dahlmann hängte langsam den Hörer ein. Er hatte das Gefühl, gerade einen Fehler gemacht zu haben. Gleichzeitig sagte er sich, dass es eigentlich egal war, ob er heute oder morgen den Datenträger übergab. Unangenehm würde es so oder so werden, und nun hatte er noch Bedenkzeit bekommen. Das LKA würde vermutlich schnell an die auf der CD-ROM gespeicherten Daten gelangen, es gab dort sicherlich Spezialisten für solche Fälle. Er spürte, wie er innerlich ruhiger und gefasster wurde. Die Zeit war nun reif, um nach Hause zurückzukehren. Der nächste Zug Richtung Norden würde schon bald fahren.

15. KAPITEL

Jonathan fühlte sich aufgewühlt. Der Fund der Dokumente hinderte ihn daran, einfach zur Tagesroutine überzugehen. Nach dem Treffen mit Richard war er beschwingt ins Büro im Sozialwissenschaftlichen Fachbereich gefahren, mit dem festen Vorsatz, sich den gesamten Nachmittag über mit dem Förderantrag und den Vorbereitungen auf das nahende Forschungskolloquium zu beschäftigen.

Bereits nach kurzer Zeit musste er sich jedoch eingestehen, dass er mit seinen Gedanken nicht bei der Sache war. Er beschloss, Wolfgang Eschenburg direkt anzurufen und mit ihm schnellstmöglich einen Termin zu vereinbaren. Das Gespräch verlief so, wie er es erwartet hatte. Eschenburg war überaus interessiert gewesen und hatte ihm bei seinen Ausführungen genau zugehört. Bereits für den morgigen Vormittag hatten sie ein Treffen in Osnabrück vereinbart.

Nach dem Telefonat recherchierte er in fiebriger Erwartung auf neue Informationen über die mutmaßlichen Kriegsverbrecher im Internet, jedoch ohne neue Ergebnisse. Eine Weile saß er noch gedankenverloren an seinem Schreibtisch, dann machte er sich auf den Weg zu seiner Wohnung.

An der Katharinenkirche kam ihm ein schlendernder Ulf Reinders entgegen. Als er Jonathan erblickte, hob er freudestrahlend seine Ledertasche und krakeelte mit enthusiastischem Blick ein »Wieder da!« quer über die Straße. Jonathan drehte den Kopf kurz nach links, um zu antworten: »Super, habe es eilig, man sieht sich.«

Dann wendete er sich wieder der Fahrbahn zu. Er hatte keine Lust auf eine längere Plauderei.

Vier Minuten später fuhr er langsam in den Hinterhof des Hauses, in dem sich seine Wohnung befand. Er setzte gerade dazu an, sein Fahrrad in den Keller zu tragen, als er hinter sich eine ihm bekannte Stimme vernahm, die ihn lautstark bei seinem Nachnamen rief. Es klang wie ein übersteuerter Lautsprecher. Verwundert drehte er sich um und blickte in das rundliche Gesicht seines Nachbarn Volker Großmann, einem alleinstehenden, früh verrenteten ehemaligen Busfahrer, mit dem Jonathan ein zwar freundliches aber oberflächliches Verhältnis verband. Großmann wohnte in einer der drei Wohnungen im Erdgeschoss und war bei den Mietern berüchtigt für seine Neugier. Zugleich hatte er die Funktion eines Hausmeisters inne, und nicht nur Jonathan hielt diese Kombination für äußerst ungünstig.

»Herr Bach, schön, dass ich Sie erwische, ich wollte Sie da noch mal was fragen wegen dem Handwerker.«

Großmann schnaubte und war offensichtlich außer Atem.

»Hallo, Herr Großmann, um welche Handwerker geht es denn?« Jonathans Frage klang irritiert.

»Na, da war doch gestern dieser Mann von dem Heizungsunternehmen bei Ihnen, ich habe mich etwas gewundert, dass der einfach so zu Ihnen in die Wohnung gegangen ist, ohne bei Ihnen geschellt zu haben, da dachte ich mir, ich frage mal nach, ob Sie da überhaupt Bescheid wussten.«

»In meiner Wohnung? Was denn für Handwerker? Ich hatte keine Handwerker bestellt und weiß davon gar nichts.«

Großmann zeigte einen triumphierenden Gesichtsausdruck.

»Das ist ja ein Ding«, sagte er selbstzufrieden und mit künstlicher Betroffenheit in der Stimme.

»Ich habe mir schon fast gedacht, dass da irgendwas nicht ganz stimmt, hat man ja selten, dass einfach so Handwerker ins Haus marschieren. Ich habe Sie ja auch am Morgen wegfahren sehen. Ich habe mir gleich gedacht, dass ich den einfach mal ansprechen und fragen müsste, was er da eigentlich macht.«

Jonathan wusste sofort, dass die Schilderung des Nachbarn mit seinem Verdacht am gestrigen Abend zusammenhing, an dem er die Wohnungstür offen vorgefunden hatte. Auch die verstellten Bücher erschienen ihm nun in einem ganz neuen, bedrohlichen Licht.

»Da ist also jemand in meiner Abwesenheit in meine Wohnung eingedrungen, das ist ja wie in einem schlechten Film, ich kann es nicht glauben. Das kann eigentlich nur ein Irrtum, eine Verwechslung sein.«

»Ist denn was bei Ihnen weggekommen?«, fragte Großmann.

»Weggekommen ist nichts, das ist es ja gerade. Ich hatte den Verdacht, dass jemand in meiner Wohnung war, denn als ich am Abend kam, stand die Wohnungstür offen. Ich dachte dann aber, ich hätte mir das nur eingebildet und selbst einfach vergessen, die Tür hinter mir zu schließen. Aber wer dringt in eine Wohnung ein und lässt dann die Tür offen hinter sich stehen?«

Großmann blickte Jonathan plötzlich reumütig an.

»Herr Bach, ich will ganz ehrlich zu Ihnen sein. Als der Mann wieder gegangen war, habe ich mir Vorwürfe gemacht, ihn nicht angesprochen zu haben. Ich bin dann hoch zu Ihrer Wohnung und habe mit dem Schlüssel – ich habe ja für jede Wohnung einen – aufgemacht und nachgeschaut, was bei Ihnen los ist. Ich hatte einfach das Gefühl, nach dem Rechten schauen zu müssen. Ich habe nur kurz im Flur gestanden, nach Ihnen gerufen und bin dann schnurstracks wieder raus. Es kann gut sein, dass ich die Wohnung dabei offen gelassen habe, denn plötzlich habe ich gehört, wie es bei mir geschellt hat. Ich dachte, es wäre wieder dieser Handwerker. Ich bin dann einfach schnell runter. War aber nur die Post mit einem Paket für mich. Also ich glaube, ich bin das mit der offenen Tür bei Ihnen gewesen.«

Jonathan stand noch einige Minuten mit dem Rentner am Treppenaufgang und versuchte, im Gespräch mit dem Mann weitere Informationen über den Eindringling zu bekommen. Der neugierige Hausmeister wusste jedoch nicht mehr als das, was er bereits gesagt hatte. Eine wirklich brauchbare Personenbeschreibung konnte Großmann nicht liefern, außer dass der Mann eine schwarze Baseballkappe und einen Blaumann mit der firmenneutralen Bezeichnung Gas- und Wasserinstallation auf dem Rücken getragen hatte.

»War eher ein sportlicher, ziemlich kräftiger Typ, mittelgroß würde ich sagen. Sein Gesicht hat der Kerl von den Wohnungstüren weg gedreht.«

Jonathan bedankte sich und wusste, dass er nicht umhin kam, diesen Vorfall sehr ernst zu nehmen.

*

Wolfgang Eschenburg hatte sich in den Jahren seiner bisherigen journalistischen Laufbahn einen Freiraum erarbeitet, mit dem nicht viele seiner Kollegen aufwarten konnten. Er hatte sich einen Namen als kritischer, investigativer Journalist gemacht und leistete sich den Luxus, nach einer Phase mehrwöchiger intensiver Arbeit eine fast ebenso lange Arbeitspause einzulegen. Mit seinen Einnahmen war er zufrieden. Das Geld strömte zwar unregelmäßig, aber in der Regel üppig auf sein Konto, und es reichte, um sich in der niedersächsischen Landeshauptstadt ein angenehmes Leben ermöglichen zu können. Dazu zählte für ihn der gelegentliche Besuch ausgesuchter Restaurants ebenso wie das Reisen. Bei Letzterem hatte er ab und an sogar eine gute Story aufgetan und sich im Nachhinein dadurch einen großen Teil der Reisekosten wieder zurückgeholt. Er war in seiner bisherigen beruflichen Laufbahn nie besonders planvoll vorgegangen, vielmehr hatte sich alles einfach so entwickelt, und er konnte mit dem Resultat gut leben. Er hatte längere Zeit als ›fester Freier‹ beim NDR gearbeitet, was ihm auf Dauer aber inhaltlich zu eng geworden war, da es seinen vielseitigen journalistischen Interessen nicht entsprach. Bei seiner Arbeit setzte er häufig auf ›Crossmedia-Strategien‹, was ihm ermöglichte, seine Texte so aufzubereiten, dass seine Auftraggeber sie sowohl für den Print-, Online-, TV- und Radiobereich einsetzen konnten. In Zeiten, in denen die Verlage und Rundfunkanstalten aus Effizienzgründen mehr und mehr dazu übergingen, Kosten zu reduzieren, die redaktionelle Arbeit zu bündeln und die Vertriebswege stärker zu vernetzen, erwies sich dies als eine sehr erfolgreiche Strategie für einen freien Journalisten. Das änderte jedoch nichts daran, dass er dieser Entwicklung kritisch gegenüberstand. Es hatte deshalb etwas gedauert, bis er sich zu einem solchen Pragmatismus durchgerungen hatte.

Der abendliche Anruf Jonathans war für ihn überraschend gekommen. Sein Tag war bis dahin vergleichsweise unspektakulär verlaufen. Er hatte einen längeren Spaziergang am Maschsee unternommen, mehrere Telefonate geführt und war endlich mal wieder dazu gekommen, Fachliteratur zu unterschiedlichen ihm wichtigen Themen zu lesen. Der Stapel an ungelesenen Büchern und Artikeln war in den letzten Monaten ganz erheblich angewachsen und thronte turmförmig an der Wand seines Arbeitszimmers. Er hatte es sich gerade mit einer Tasse Pfefferminztee und der *Hannoverschen Allgemeinen* in seinem Lieblingssessel bequem gemacht, als sein

Smartphone klingelte. Er erblickte Jonathans Namen und dessen Nummer auf seinem Display und nahm ab. Während des Telefonats mit seinem Freund wurde ihm schnell klar, dass sich seine Wochenplanung gravierend ändern würde. Was Jonathan erzählte, hatte ihn sofort aus seiner Entspannungsphase gerissen. Hellwach lauschte er den Ausführungen seines Freundes. Er musste Jonathan unbedingt persönlich treffen, und dies so schnell wie möglich. Bereits für den nächsten frühen Vormittag hatten sie ein Treffen vereinbart. Ohnehin musste er am morgigen Nachmittag zu einer Veranstaltung des Netzwerks *Recherche*, einem Zusammenschluss investigativ arbeitender Journalisten, nach Münster. Osnabrück lag quasi auf der Strecke. Ihm machte es nichts aus, dass die eingeplante arbeitsfreie Phase, die für ihn am Vortag mit der Abgabe einer Reportage über Agrarsubventionen und Lobbyismus in Niedersachsen begonnen hatte, sich nun zeitlich nach hinten verschob. Er war flexibel genug, um sich auf neue Entwicklungen einzustellen. Nach dem Telefonat ging er in die Küche und kam mit einem kalten Bier zurück. Stimmung und Getränk müssen zueinanderpassen, ging es ihm durch den Kopf, als er den ersten kräftigen Schluck nahm.

DONNERSTAG, 11. OKTOBER

16. KAPITEL

Jonathan hatte unruhig geschlafen. Er glaubte sich dunkel an einen wirren Traum erinnern zu können, konnte die dazugehörigen Bilder aber nicht mehr abrufen. Was blieb, war lediglich ein wirres, düsteres Gefühlsgemisch, von dem er hoffte, es mit einem starken Kaffee einfach wegspülen zu können.

Er war nach dem gestrigen Gespräch mit dem Hausmeister kaum in seiner Wohnung angekommen, als Richard ihn angerufen hatte. Dessen Bitte, bereits um neun Uhr in der Polizeiinspektion zu erscheinen, musste er mit dem Hinweis auf das bereits abgesprochene Treffen mit Eschenburg abschlagen. Sie hatten sich daraufhin auf elf Uhr geeinigt. Über den Vorfall in seiner Wohnung und dem Gespräch mit dem Hausmeister berichtete Jonathan nur kurz, und sie vereinbarten, beim Treffen ausführlicher darüber zu sprechen. Richard erwähnte mit kaum überhörbarer Genugtuung in der Stimme, dass das LKA dem Dokumentenfund ganz offensichtlich eine große Bedeutung gab. Erneut machte er kein Hehl daraus, dass er über das Treffen mit dem Journalisten nicht begeistert war.

»Pass auf, dass dir beim Gespräch mit den LKA-Kollegen nichts von dem Treffen mit Eschenburg herausrutscht.«

Richards Hinweis hatte wie eine abgedroschene und routinemäßig heruntergespulte Phrase geklungen, und Jonathan hatte sie mit einem ebenso phrasenhaften: »Richard, mache dir darüber mal keine Sorgen«, pariert. Er freute sich auf das Gespräch mit dem Journalisten, denn er schätzte nicht nur dessen von journalistischer Leidenschaft geprägten Spürsinn, sondern auch dessen feinen Humor.

Um halb neun stand Jonathan am Bahnsteig, um Wolfgang Eschenburg in Empfang zu nehmen. Er erkannte ihn bereits beim Ausstieg. Das halblange schwarze Haar fiel dem Journalisten in Strähnen ins Gesicht. Er trug einen dunkelbraunen Cordblazer, darunter ein edel wirkendes kariertes Hemd. Die wachen dunklen Augen scannten den Bahnsteig, bis sich ihre Blicke trafen. Sie begrüßten einander herzlich und schritten dann, ins Gespräch vertieft, langsam durch die Bahnhofshalle. Jonathan berichtete Eschenburg von dem anstehenden Vernehmungstermin.

»Na dann müssen wir uns halt ein bisschen ranhalten heute, aber das ist mir eigentlich auch ganz recht.« Der Journalist machte einen gut gelaunten Eindruck.

Am Rand des Bahnhofsvorplatzes wartete ein Linienbus mit offenen Türen und laufendem Motor noch auf Passagiere. Sie stiegen ein, fuhren bis zum Neumarkt und liefen von dort in die nur einige Hundert Meter entfernt liegende Cafeteria der Universitätsmensa. Jonathan war der Auffassung, dass sich dieser Ort ideal für ihr Gespräch eignete. Es gab W-LAN, günstigen Kaffee, ausreichend Platz zwischen den Tischen, und am frühen Vormittag herrschte kaum Betrieb.

Nachdem beide sich Kaffee geholt hatten, nahmen sie an einem kleinen Rundtisch in einer Ecke Platz, und Jonathan legte die Dokumente auf den Tisch. Gemeinsam gingen sie diese Blatt für Blatt durch. Der junge Forscher berichtete Eschenburg detailliert von den Vermutungen und den bisherigen und den noch zu erwartenden Ermittlungsschritten der Polizei. Er war überrascht, dass sein Freund die Arbeit des niedersächsischen LKA im Bereich der Verfolgung von NS-Kriegsverbrechen durchaus positiv beurteilte. Anscheinend schienen dort engagierte Ermittler ihren Job wirklich ernst zu nehmen und zusammen mit der zuständigen Staatsanwaltschaft Verfahren gegen noch lebende NS-Täter energisch voran zu treiben.

»Die Aufzeichnungen von Armin Sommer geben mir ehrlich gesagt Rätsel auf.« Eschenburg klang aufrichtig erstaunt. »Das wirkt auf mich alles sehr unsystematisch und ergibt auf den ersten Blick nur wenig Sinn, aber ich sage bewusst auf den ersten Blick. Wir müssen das genau analysieren und dabei müssen wir ganz systematisch vorgehen. Ich würde vorschlagen, dass wir Sommers Notizen auf wiederkehrende Begriffe hin untersuchen. Was ist der rote Faden, worauf läuft es unter dem Gesichtspunkt der Wahrscheinlichkeit am ehesten hinaus? Auf dieser Basis sollten wir Hypothesen entwerfen. Wenn dann die Ergebnisse zu den Personenanfragen kommen, wird das entweder passen, oder aber es werden sich neue Interpretationsmöglichkeiten ergeben.«

Jonathan stimmte ihm zu.

Eschenburg nippte an seinem mittlerweile lauwarmen Kaffee und verzog angewidert das Gesicht.

»Ich bin mir ziemlich sicher, dass die Personenanfragen bei den Datenbanken schon einiges Interessantes über die Personen und ihre alte Identität ergeben«, ergänzte er. »Aus der Forschung wissen wir ja, dass ein Identitätswechsel nach dem Kriegsende gar nicht so selten vorkam, aber nur jeweils dann vorgenommen wurde, wenn die Täter selbst von langjährigen Verurteilungen ausgingen, sollten sie auffliegen. Also muss es sich bei unseren Kandidaten um besonders schwere Fälle handeln. Vielleicht wird unter dem alten Namen auch heute noch nach ihnen gesucht, ich halte das sogar für sehr wahrscheinlich.«

»Das wäre ja schon ein Riesenerfolg, wenn wir das aufklären könnten.« Jonathans Stimme hatte einen fast euphorischen Unterton.

»Das wäre es auf jeden Fall, und es könnte eine ziemlich große Nummer werden, was die Berichterstattung angeht, zudem ja auch etwas Neues über die Heime ans Tageslicht kommen würde. Willentlich und wissentlich gesuchte Kriegsverbrecher zu beschäftigen, ist kein Kavaliersdelikt.« Jonathan nickte zustimmend.

»Wolfgang, das Ganze riecht mir nach alten Seilschaften, da steckt noch wesentlich mehr dahinter, als wir jetzt überblicken können. Kriegsverbrecher in den Heimen, von den Heimleitungen gedeckt, anscheinend mit Finanzgeschäften beauftragt, das sieht nach etwas noch Größerem aus.«

»Du hast recht, das sagen mir sowohl mein Instinkt als auch der gesunde Menschenverstand. Um was für Gelder kann es sich denn handeln, die verteilt oder verwaltet wurden? Du hast doch mal gesagt, dass den Heimen damals sehr niedrige Pflegesätze für die Kinder zur Verfügung gestellt wurden, also gab es kaum große Gelder zu verwalten.«

»Es wurden sehr niedrige Pflegesätze gezahlt, das ist richtig. Auf der Ebene waren die Heime sogar oft unterfinanziert. Es gab aber einen sehr lukrativen Geschäftszweig in vielen Heimen, der viel Geld brachte, und wo es keinerlei Kontrollen gab.«

»Welchen?«

Jonathan blickte Eschenburg durchdringend an. »Kinderarbeit.«

17. KAPITEL

Es lief so ab, wie er es erwartet hatte. Pünktlich um fünf Minuten vor neun bog eine schwere dunkelgrüne Limousine mit Hannoveraner Kennzeichen in den Innenhof der Osnabrücker Polizeiinspektion. Fürst befand sich zu diesem Zeitpunkt schon seit zwei Stunden in seinem Büro, um all die Arbeit zu erledigen, zu der er aufgrund der morgendlichen Vernehmungen später kaum noch Zeit finden würde. Als die Beamten aus der Landeshauptstadt wie vereinbart auf seinem Diensthandy anriefen, eilte er nach unten, um sie in Empfang zu nehmen. Ihr Besuch entsprach einem jener seltenen Fälle, derentwegen er sich ausnahmsweise gerne in seiner Arbeitsroutine stören ließ. Fünf Minuten später standen die beiden Männer in seinem Büro. Sie hatten sich als Ludger Voß und Thomas Liening vorgestellt, Mitarbeiter der Abteilung 4, polizeilicher Staatsschutz des niedersächsischen LKA, und dort im Dezernat 11, allgemeine Staatsschutzangelegenheiten und Koordinierung tätig. Fürst erwähnte daraufhin kurz seine zurückliegende Tätigkeit im Osnabrücker Staatsschutzkommissariat mit dem Hintergedanken, dadurch größeren Respekt entgegengebracht zu bekommen. Für ihre Zusammenarbeit konnte dies aus seiner Sicht nur förderlich sein.

»Na dann sind Sie jemand vom Fach, das ist ja wunderbar.« Die Antwort des Beamten Voß ging in die von Fürst gewünschte Richtung. Er schenkte den Männern zu Beginn mal eine Tasse dampfenden Kaffees ein und beantwortete währenddessen deren Fragen zu den Lehrgangsurkunden und Polizeiwappen an der linken Bürowand. Typische Kennlerngeplänkel unter Polizisten, ging es ihm durch den Kopf. Nach dem Austausch der Höflichkeitsfloskeln – Fürst hatte sich auch nicht wirklich für die morgendliche Verkehrsdichte in Bad Oeynhausen interessiert – nahmen alle Platz. Liening, der jüngere der beiden Beamten, ein bärtiger Mittdreißiger mit einem ausgesprochen kräftigen Körperbau, der sich unter seinem dunkelblauen Seidenhemd abzeichnete, und vollem glänzend schwarzem Haar hatte sich sogleich mit einem ganzen Häuflein Plätzchen eingedeckt. Eines nach dem anderen schlang er gierig hinunter. Anscheinend hatte er heute auf ein Frühstück verzichten müssen. Fürst war froh, am gestrigen vergleichsweise hektischen Nachmittag noch daran gedacht zu haben, diesen Imbiss in Auftrag zu geben. Beim Besuch von Kollegen anderer Dienststellen war dies der offizielle Standard im Haus und gehörte zum guten Ton.

Voß, der ältere von beiden, schien ganz offensichtlich auch der redseligere zu sein. Er trug ein schlichtes Holzfällerhemd, ausgeblichene Jeans und derbe Wanderschuhe. Für seine von Fürst geschätzten 55 Jahre wirkte er ausgesprochen drahtig und durchtrainiert. Unter seinen auffällig buschigen Augenbrauen leuchtete ein aufmerksames Augenpaar, dessen lebhafte und neugierige Blicke sicherlich mit einer ausgeprägten Beobachtungsgabe gepaart waren. Seinen fast unangenehm festen Händedruck glaubte der Kriminalhauptkommissar immer noch an seiner rechten Hand spüren zu können. Sie kamen nun auf den eigentlichen Grund des Besuchs zu sprechen. Zehn Minuten brauchte der Kriminalhauptkommissar, um die Kollegen über den Sachverhalt ins Bild zu setzen.

Die Dokumente lagen währenddessen vor ihm auf dem Schreibtisch. Er war erstaunt darüber, wie gut informiert die Beamten bereits waren. Anscheinend hatten sie sich ausführlich mit dem Vorgang beschäftigt und verfügten über ein beachtliches Vorwissen.

»Ich kann Ihnen ganz offen sagen, Kollege Fürst, solche Hinweise bekommen wir äußerst selten. Uns war sofort klar, dass das hier etwas wirklich Besonderes ist. Die Namen wurden uns ja quasi auf dem Silbertablett geliefert, purer Luxus, sage ich Ihnen.«

Der jüngere der beiden nickte zustimmend.

»Wir wollen mal sehen, was an der Sache genau dran ist, aber ich habe eigentlich kaum Zweifel daran, dass wir da zu einem Ermittlungserfolg kommen werden. Sie kennen das ja, man entwickelt von Anfang an so ein Gespür für einen Fall. Die Datenabfrage zu den Personen läuft, eine lebt in jedem Fall noch: Franz Stolzenberg in Bad Rothenfelde. Wir können mit einiger Wahrscheinlichkeit davon ausgehen, dass erste Ergebnisse bereits heute Nachmittag zur Verfügung stehen. Die Staatsanwaltschaft Hannover ist bereits informiert worden und wird sicherlich, sollte sich der Verdacht bestätigen, umgehend ein Vorermittlungsverfahren einleiten.« Der Blick des Beamten hatte etwas Feierliches an sich. Jetzt war es Fürst, der die Bemerkung mit einem zufriedenen Nicken honorierte.

In der nächsten halben Stunde tauschten sie sich über den weiteren Ablauf des Tages aus. Am Nachmittag würden, so führte Voß aus, zwei weitere Einsatzkräfte aus Hannover ankommen, um bei der Hausdurchsuchung zu helfen.

»Je nachdem, wie sich der Fall entwickelt, sollte entschieden werden, ob wir nicht noch Kollegen vom kriminaltechnischen Institut des LKA hinzuziehen, um das Ergebnis des Brandsachverständigen zu überprüfen bzw. um ein aussagekräftigeres Ergebnis zu erhalten. Wir besprechen die Option dann noch.«

Voß machte einen entschlossenen Gesichtsausdruck und schenkte sich Kaffee nach.

Um 9.50 Uhr verließ Richard Fürst das Büro, um den Kollegen eine angemessene Vorbereitungszeit für die Vernehmung von Robert Dahlmann zu geben. Er beschloss, bereits zur Anmeldung zu gehen, um Dahlmann dort wie vereinbart abzuholen. Im Treppenhaus traf er auf einen überarbeitet wirkenden, aber aus seiner Neugier über die Besucher keinen Hehl machenden Helmut Krüger. Richard kam um eine kurze Plauderei mit ihm nicht herum. Um 9.57 Uhr betrat er den Empfangsbereich. Von Dahlmann war noch nichts zu sehen. Er setzte sich auf einen abgenutzten Stuhl im Flur nebenan, von wo er den Empfang im Blick hatte und griff sich die aktuelle Zeitschrift der Polizeigewerkschaft. Eine junge Putzfrau feudelte um ihn herum den Boden, der Geruch des Reinigungsmittels stieg ihm unangenehm in die Nase. Die Zeit verging. Er grüßte vorbeigehende Kollegen und sorgte sich um die Auswirkungen der Zugluft auf seine Gesundheit. Um 10.17 Uhr versuchte er, Dahlmann auf seinem Handy zu erreichen, allerdings vergeblich. Seine Ungeduld wuchs von Minute zu Minute. War dem Mann, der die ganze Sache ins Rollen gebracht hatte, im letzten Moment die Courage abhandengekommen, oder scheute er einen derart offiziellen Vernehmungstermin, weil er ihm unangenehm war? Fürst musste zugeben, dass es ihm schwerfiel, Dahlmanns Verhalten realistisch einzuschätzen. Dass der unerwartete Tod seines Freundes den ehemaligen Heimzögling schwer traf, war offensichtlich. Während ihres ersten Treffens hatte er deshalb, trotz Dahlmanns illegalen Eindringens in das Haus seines Freundes, darauf geachtet, eine möglichst sachliche und dennoch vertrauenerweckende Atmosphäre aufzubauen. Dennoch hatte Dahlmann es ihm gegenüber für unnötig erachtet, den Dokumentenfund zu erwähnen. Er sah aber keinen Grund, ihm dies nachträglich übel zu nehmen. Dass die Wahl des ehemaligen Heimzöglings auf Jonathan als Vertrauensperson gefallen war, spielte keine Rolle. Es zählte allein der Umstand, dass er den Dokumentenfund gestanden hatte. Zudem musste er Dahlmann zugutehalten, dass er aus eigenem Antrieb mit der Polizei Kontakt aufgenommen und eigentlich keine Vorbehalte gegenüber den Sicherheitsbehörden erkennen lassen hatte, eher im Gegenteil. Wie auch immer, es musste einen triftigen Grund für sein Fernbleiben geben. Fürst fühlte keine Enttäuschung, sondern eher eine dumpfe Beunruhigung, als er um kurz vor halb elf wieder sein Büro betrat und in die fragenden Gesichter der beiden wartenden Beamten blickte. Sie setzten sich zusammen und berieten, was nun zu tun sei.

*

Nach dem Treffen mit Eschenburg radelte Jonathan von der Universitätsmensa direkt zur Polizeiinspektion. Er war spät dran. Während der Fahrt ärgerte er sich wieder einmal über den desolaten Zustand seines Fahrrads. Zugleich fühlte er sich unvorbereitet für die Vernehmung. Ihm fiel es schwer, die nun auf ihn zukommende Situation gedanklich vorwegnehmen zu können. Er konnte sich zwar eine vage Vorstellung über das Vorgehen der Beamten machen, fühlte sich aber unsicher, wie sie sich ihm gegenüber verhalten würden. Er wusste, dass eine Vernehmung eine sehr formale Angelegenheit war, die nach gewissen Spielregeln ablief. Andererseits gab es aus seiner Sicht keinen Grund, anzunehmen, dass die Beamten ihm in irgendeiner Form ablehnend begegnen würden, dafür würde auch Richard Sorge tragen.

Es war fünf nach elf, als er auf dem Hof der Polizeiinspektion ankam. Er traf dort auf einen bereits wartenden, sichtlich angespannten Kriminalhauptkommissar, der ihm unmittelbar von Dahlmanns Nichterscheinen berichtete. Auch Jonathan fiel auf Anhieb keine Erklärung dafür ein.

»Er wirkte auf mich ziemlich gefasst, als er gestern Morgen bei mir aus dem Haus ging. Ich hatte den Eindruck, dass ihm die Gespräche gut getan haben, dass er sich erleichtert gefühlt hat.«

Jonathan erstaunte es, von Fürst zu erfahren, dass Dahlmann zum Zeitpunkt ihres Telefonates noch in der Stadt gewesen war und mit dem Gedanken gespielt hatte, in einem Hotel zu übernachten.

»Er sagte zu mir, er wolle direkt zum Altstadtbahnhof gehen und nach Hause fahren. Er wirkte auf mich nicht verwirrt, sondern eher erschöpft.«

Fürst zuckte mit den Schultern.

»Welche Optionen haben wir?«, fragte Jonathan.

»Wir haben seine Adresse in Quakenbrück und werden, wenn er sich in den nächsten Stunden nicht melden sollte, dorthin fahren. Du solltest dann in jedem Fall mitkommen, denn du kennst ihn besser als ich. Er hat zu dir sicherlich mehr Vertrauen. Sollte er auch dort nicht sein, gäbe es die Möglichkeit, eine Personenbeschreibung an alle Streifenwagenbesatzungen herauszugeben. Zunächst sollten wir jedoch alle Hotels und Pensionen im Stadtgebiet anrufen, das wird der Kollege Krüger übernehmen. Lass uns jetzt erst mal hochgehen, wir besprechen das auch noch mit den LKAlern.«

Die folgende Vernehmung empfand Jonathan zunächst als angenehm. Die Beamten aus der Landeshauptstadt wirkten professionell, sie stellten ihre Fragen klar und präzise, und das Ganze glich eher einer lockeren Unterhaltung als einer bürokratischen Prozedur. Er versuchte so gut es ging, die Hintergründe und Strukturen der kirchlichen Kinderheime zwischen 1950 und 1975 zu erklären und die mögliche Rolle der Männer aus den gefundenen Dokumenten darin einzuordnen. Auf die Frage, wie man an die Personalbögen hatte gelangen können, fiel ihm als plausible Antwort nur ein, dass dafür vermutlich ein interner Zugang, beispielsweise über einen Heimmitarbeiter, verantwortlich war.

»Wenn ich Sie richtig verstehe, Herr Bach, ist es nach wie vor schwierig, überhaupt an Akten aus den Heimen zu kommen. Wie erklären Sie sich aber dann den Erfolg des von der Bundesregierung 2009 eingerichteten Runden Tisches zur Heimerziehung? Der Abschlussbericht des Runden Tisches hat ja ganz klar die Missstände aufgedeckt und Entschädigungszahlungen an die Betroffenen empfohlen, was dann ja auch umgesetzt wurde.« Voß machte einen fragenden Gesichtsausdruck, der auf Jonathan aufgesetzt und provozierend wirkte.

»Mit den in einem Abschlussbericht zusammengefassten Ergebnissen des vom Deutschen Bundestag eingerichteten Runden Tisches zur Heimerziehung bin ich in jeder Hinsicht unzufrieden. Der Bericht ist im Dezember 2010 der Öffentlichkeit vorgestellt worden. Die darin genannte Entschädigungssumme von 120 Millionen Euro bedeutet, dass pro ehemaligem Heimzögling nur höchstens 1000 bis 4000 Euro ausgezahlt werden können, und dies auch nur nach einer aufwendigen und erniedrigenden Einzelfallprüfung. Ich persönlich wünschte mir, dass das Thema nicht mit diesen dürftigen Entschädigungszahlungen erledigt ist, wie es bei Ihnen anklingt, Herr Voß, sondern dass das Heimthema zu einem Gegenstand dauerhafter kritischer Auseinandersetzung in der Öffentlichkeit wird. Über die Erfüllung meines Wunsches mache ich mir jedoch keine Illusionen. Vielleicht können ja die Dokumente und das, was sie belegen, daran etwas ändern.«

Die beiden Beamten wirkten von Jonathans präzisen Ausführungen beeindruckt. Es dauerte einen Moment, bis sich Voß zu einem Kommentar durchringen konnte.

»Bisher, Herr Bach, ist das alles noch als Hypothese anzusehen. Die Auszüge aus den Personalakten sind sicherlich authentisch, aber die handschriftlichen Notizen, die auf die angeblich echte Identität der Männer verweisen, sind eben nur Notizen und haben an sich noch keinerlei Beweiskraft. Wenn sie jedoch tatsächlich der Wahrheit entsprechen, dann werden wir das herausfinden, auch wenn sich die Männer eine sichere Legende zurechtgelegt haben. Die Vermutung, dass es sich um gesuchte Kriegsverbrecher handelt, ist in diesem Fall naheliegend, aber noch keine ausgemachte Sache.«

Der ältere der beiden LKA-Beamten musterte Jonathan neugierig und schien interessiert auf dessen Reaktion auf diese Bemerkung zu warten. Fürst legte besorgt die Stirn in Falten. Er war sichtlich verwundert über die Äußerung des Beamten, hatte dieser doch in dem vorangegangenen Gespräch mit ihm noch sehr optimistisch geklungen. Jonathan stieß die unerwartete Skepsis seinen Schlussfolgerungen gegenüber bitter auf.

»Dann harren wir einfach der Dinge, die durch die Ergebnisse der Datenabfrage ans Tageslicht kommen.« Die Worte des jungen Forschers klangen so, als sei er sich der späteren Bestätigung seiner Vermutungen vollends sicher.

»Noch mal kurz zu Herrn Dahlmann, wäre es nicht denkbar, dass er im Alleingang erneut zum Haus von Sommer gefahren ist, womöglich um nach weiteren verborgenen Dokumenten zu suchen?« Der jüngere der beiden LKAler hatte die Vernehmung von Jonathan protokolliert und stellte nun zum ersten Mal selbst eine Frage.

»Das halte ich für unwahrscheinlich«, sagte Fürst bestimmt. »Seit gestern Abend sichert ein Streifenwagen das Haus, und dem Beamten wäre das sicher aufgefallen.«

»Oder aber der Streifenwagen ist Herrn Dahlmann aufgefallen, und er hat sich dann durch den Wald dem Haus genähert?«

Der ältere Beamte schien mit seiner Mutmaßung dem jüngeren beispringen zu wollen.

»Auszuschließen ist das nicht, aber ich halte es nicht wirklich für plausibel. Neben der psychologischen Hürde macht es doch auch wenig Sinn, denn er weiß, dass heute ohnehin das Haus genau durchsucht werden wird«, sagte Fürst leicht verärgert.

»Vielleicht gerade deshalb?« Der jüngere der beiden blickte mit einem auftrumpfenden Blick in die Runde.

»Wie meinen Sie das?« Jonathan merkte, dass er nun eine Verteidigungshaltung gegenüber Dahlmann einnahm.

»Nun, wir dürfen in der jetzigen Situation keine Option ausschließen. Es gibt ja immer einen gewissen Graubereich bei der Einschätzung von Verhaltensweisen bei Personen in Ausnahmesituationen, und Herr Dahlmann befindet sich offensichtlich in einer solchen. Ich meine damit den Vertrauensbruch zwischen ihm und Sommer durch die Vorenthaltung der Dokumente und dem abrupten, tragischen Ende ihrer Freundschaft. Das muss ein Mensch erst mal alles verarbeiten, das ist eine ganze Menge.«

Jonathan kam nicht umhin, die Bemerkung des Beamten zu respektieren. Nachdenklichkeit lag auf allen Gesichtern. Fürst ergriff die Initiative.

»Wir werden das berücksichtigen. Krüger ruft gleich bei den Unterkünften an, ich begleite Sie zum Haus von Sommer, und Sie können dann dort bereits mit der Arbeit beginnen. Sollte sich bis um 15 Uhr von Dahlmann keine Spur ergeben, fahren wir, Jonathan und ich, nach Quakenbrück. Die Sache wird sich schon klären.«

Sie nahmen ihre Jacken und verließen das Büro.

18. KAPITEL

Das Haus lag am Ende der Straße am Rand eines Wanderparkplatzes, von dem aus drei Spazierwege in den Wald führten. Franz Stolzenberg hatte sich einen Magentee aufgebrüht und es sich mit der Tageszeitung in seinem

Ohrensessel bequem gemacht. Vor einer Woche waren die Bauchkrämpfe zurückgekehrt, von denen er gehofft hatte, zu seinen Lebzeiten von ihnen nicht mehr behelligt zu werden. Damals, im Winter vor zweieinhalb Jahren, war er von Arzt zu Arzt gezogen, ohne dass ihm einer der Mediziner hätte weiterhelfen können. Organisch war nichts festzustellen gewesen, und sie hatten ihn mit wohlmeinenden Allerweltsratschlägen abzuspeisen versucht. Den Ratschlag, gänzlich auf Alkohol und Zigarren zu verzichten, hatte er beherzigt. Urplötzlich hatten die Qualen ein Ende genommen, und die Krämpfe blieben von einem Tag auf den anderen aus. Harald, sein Sohn, hatte sich in der Zeit rührend um ihn bemüht, aber sein weinerliches Getue hatte ihn nur noch mehr in Rage versetzt. Ja, er konnte unausstehlich sein, aber er hasste es, sich wie ein Pflegefall zu fühlen. Trotz seiner 91 Jahre war er in der Lage, sich selbst zu versorgen und sein Leben so zu führen, wie er es sich für das hohe Alter gewünscht hatte. Er hoffte, dass sich daran in absehbarer Zeit nichts ändern würde. Dieser verdammte Mantler war es gewesen, der ihn beim gemütlichen abendlichen Beisammensein vor zwei Wochen zur Zigarre überredet hatte. Die Stimmung war gelöst und festlich gewesen, es kam nicht mehr so häufig vor, dass sie sich im Kameradschaftskreis trafen, und er hatte geglaubt, sich diesen einen Fehltritt leisten zu können. Die Quittung dafür hatte er bereits am nächsten Tag bekommen, die Krämpfe meldeten sich mit voller Wucht zurück. Seither war er aus dem inneren Gleichgewicht.

Er zuckte zusammen, als es schellte. Dieser Idiot hat mal wieder den Schlüssel vergessen, na der kann was erleben!, ging es ihm durch den Kopf. Er fragte sich zudem, warum die so wichtige Geschäftsbesprechung in Bad

Iburg so schnell ein Ende gefunden haben sollte. Mit Mühe richtete er sich auf und tappte leicht benommen in den Flur. Durch das Butzenglas der Haustür schimmerte die Kontur einer Person mit einem leuchtend gelben Oberteil. Harald konnte es demnach doch noch nicht sein. Vorsichtig drückte er die Klinke herunter und öffnete die Tür zu einem Spalt, der durch das metallische Klicken der Sicherheitskette seine Begrenzung fand. Er blickte auf einen unscheinbar wirkenden freundlich lächelnden Mann in Postuniform, der ein Paket in den Armen trug.

»Ja bitte?«

»Ein Paket für Herrn Franz Stolzenberg.«

»Einen Moment.«

Er löste die Kette und zog mühsam die Tür auf.

»Einmal quittieren bitte.«

Der Mann in der Postuniform stellte das Paket seitlich auf den Treppenabsatz und reichte ihm ein Klemmbrett und einen Kugelschreiber.

»Wer hat das denn geschickt?«, grummelte Stolzenberg, während er den Zettel überflog. Der Postbedienstete kniete sich kurz hin, um den Absender zu entziffern, und richtete sich danach wieder auf.

»Kunsthandlung Harmann aus Köln.«

»Sagt mir nichts.« In seiner Entgegnung lag eine Spur von Misstrauen.

»Sie müssen dort unterschreiben.« Der Mann im gelben Hemd deutete mit einem Zeigefinger auf das Klemmbrett.

»Sie haben doch normalerweise diese modischen elektronischen Dinger zum Unterschreiben, ist ja mal was ganz Neues, so eine Zettelwirtschaft.«

Stolzenberg studierte das Papier erneut. Als er aufsah, blickte er in die dunkle Mündung eines Schalldämpfers.

Es war das Letzte, was er in seinem Leben sah. Der Schuss riss ihn herum, und er fiel ins Innere des Hauses. Er war sofort tot.

*

»Wenn du Zeit hast, schau dir doch bitte mal meinen Rechner genauer an, irgendetwas stimmt da nicht, ich brauchte eben geschlagene 15 Minuten, bis er wirklich hochgefahren war.«

»Ist halt eine alte Gurke.«

Jonathan empfand Ulf Reinders Grinsen als unverschämt. »Jaja, die alte Leier. Bisher hatte ich keine Probleme, das weißt du genauso gut wie ich. Zur Textverarbeitung reicht er vollkommen aus, ich brauche nicht so aufwendige Programme wie du. Auf den ganzen Rechenkram kann ich getrost verzichten.«

Reinders reagierte pikiert. »So heißt es dann, wenn man computertechnisch nicht auf der Höhe der Zeit ist oder besser gesagt nicht sein will.«

»Keine Grundsatzdiskussionen bitte, ich habe momentan andere Dinge um die Ohren.«Jonathan winkte ab.

»Immer busy der Mann, ich weiß.« Der Unterton des Kollegen klang nun versöhnlich.

»Ich nehme ihn dann mal gleich mit, wann brauchst du ihn wieder?«

»Am besten gestern, aber du wirst das schon machen, kann ja nichts Großes sein.« Jonathan konnte sich ein Lächeln nicht verkneifen. »Dein Wort in Gottes Ohr, ich kriege das schon geschaukelt, mach dir mal keine Sorgen, die Entsorgung ist bereits mit drin.«

»Untersteh dich!«

»Man wird doch wohl noch einen Spaß machen dürfen. Also, man sieht sich.«

Jonathan hob beiläufig die Hand und behielt dabei seinen Blick auf den Bildschirm des Universitätsrechners gerichtet. Reinders nahm den Laptop an sich und verließ das Büro.

Nach dem Mittagessen in der Mensa betrat Jonathan um halb zwei sein Büro im Sozialwissenschaftlichen Fachbereich und setzte seine Arbeit an der Power-Point-Präsentation für das Forschungskolloquium fort. Er ertappte sich jedoch dabei, wie seine Gedanken permanent um Dahlmann und die Ermittlungen der LKA-Beamten kreisten. Richards Unruhe über den Verbleib des Mannes hatte ihn irritiert, gab es seiner Meinung nach doch genug unspektakuläre Gründe dafür, dass Dahlmann der Vernehmung fern geblieben war. Gleichwohl hielt Jonathan es für richtig, der Sache auf den Grund zu gehen.

Er öffnete sein Mailprogramm und stieß auf eine Nachricht seines Doktorvaters. Dieser schlug einen Besprechungstermin für den morgigen Vormittag um neun Uhr vor.

Ideal, ging es Jonathan durch den Kopf. Nachdem er seine Zusage verschickt hatte, öffnete er eine Textdatei. Der aktuelle Antrag für die Einwerbung von Drittmitteln für sein laufendes Forschungsprojekt forderte schon seit über einer Woche seine volle Aufmerksamkeit. Es war eine Tätigkeit, die er nicht besonders schätzte, zu der es aber keine Alternative gab. Ohne einen Geldgeber war der Fortgang seiner Forschungsarbeit nicht gesichert, und uni-interne Gelder standen dafür nicht zur Verfügung, sodass er notgedrungen nach anderen Möglichkeiten Ausschau gehalten hatte. Damit war auch immer eine Phase der finanziellen Unsicherheit verbunden, die ihm Unbehagen bereitete und die Schwierigkeit seiner Arbeitssituation offenlegte. Die Wilhelm-Kynschwett-Stiftung, von der er kürzlich eine Werbemail über seinen Fachbereichsverteiler erhalten hatte und bei der er mit seinem Antrag nun sein Glück versuchen wollte, schien ein vielversprechender Kandidat für eine finanzielle Förderung zu sein. In mehreren Telefonaten hatte man ihm dort versichert, dass sein Projekt nahezu alle aufgestellten Kriterien ihrer Forschungsförderung zu erfüllen schien. Nun galt es, sich mittels eines Antrags Gewissheit darüber zu verschaffen und nach dessen Einreichung auf einen positiven Bescheid zu hoffen. Den dafür notwendigen Förderbogen hatte er bereits als Mailanhang zugeschickt bekommen. Sollte alles klappen, wäre seine Stelle zumindest für ein Jahr finanziert, und seine Forschungen konnten weitergehen. Er musste mit seinem Doktorvater darüber sprechen, schließlich benötigte er für den Antrag noch dessen Gutachten über seine bisherige Arbeit.

Nachdem er seine Notizen vollständig eingegeben und noch einige Hinweise zu ihrer weiteren Bearbeitung hinzugeschrieben hatte, speicherte er zufrieden das Dokument. Worauf es jetzt ankam, war Planungssicherheit, und die konnte nur durch eine finanzielle Förderzusage erfolgen. Nachdem er den Rechner herunter gefahren hatte, zog er ein unbeschriebenes Blatt Papier aus der Ablage und versuchte sich an einem Diagramm. Komplex musste es sein, und deshalb erschien es ihm auch relativ sinnlos, damit vor dem Anruf von Fürst und der möglicherweise notwendigen Fahrt nach Quakenbrück zu beginnen. Er schob die aufkommenden Bedenken jedoch beiseite. Er war sich sicher, dass sie fahren würden. Es erschien ihm unwahrscheinlich, dass Dahlmann sich in den nächsten 30 Minuten noch bei ihm oder Fürst melden würde. Falls der Kriminalhauptkommissar einen solchen Anruf tatsächlich erhielt, wäre er, Jonathan, sicher der Erste, der davon erfuhr.

Am oberen Rande des Blattes notierte er die Überschrift ›Strukturen der Kinderarbeit in den Heimen‹. Darunter zog er einen Unterstrich und lehnte sich dann in seinem Bürostuhl zurück. Der Abschlussbericht des Runden Tisches zur Heimerziehung hatte seiner Ansicht nach Schilderungen ehemaliger Heimkinder völlig unzureichend berücksichtigt. Er war zu verharmlosenden Schlüssen gekommen. Die Kinderarbeit wurde nicht als die systematisch betriebene brutale Zwangsarbeit bewertet, die sie war, sondern als eine nach damaligen Erziehungsvorstellungen teilweise begründbare Mithilfe zur Heimfinanzierung, die nur in einigen Heimen übertrieben autoritär umgesetzt worden sei. Viele Firmen, die mit den Kinderheimen Verträge abgeschlossen hatten, profitierten von den billigen Arbeitskräften, die ihnen die Heime anboten, und auch die Heime selbst fuhren auf diesem Weg teilweise üppige Gewinne ein. Die Kinder und Jugendlichen schufteten unter anderem am Fließband, in Großwäschereien und Großbügeleien, in der Landwirtschaft und, vor allem in Niedersachsen, auch im Moor.

Sein Blick fiel auf die Personalbögen aus Sommers Versteck, die neben dem Schreibtisch auf dem Fußboden lagen. Er hatte sie bereits fast ein Dutzend Mal gelesen, aber nun wollte er vor allem die Fotos auf sich wirken lassen, in der vagen Hoffnung, es ließe sich aus den Gesichtern etwas ihn Inspirierendes ablesen. Er glaubte, die Kälte fühlen zu können, die den Bildern zu entweichen schien.

Kein Lächeln in den Gesichtern, nicht ein Hauch von Freundlichkeit. Statt dessen unbarmherzige Sachlichkeit und Unauffälligkeit. Täterbilder. 20 Minuten später schellte sein Telefon.

19. KAPITEL

Sie fuhren auf der Bundesstraße 68 in Richtung Norden. Richard berichtete Jonathan von dem Beginn der Durchsuchung von Armin Sommers Haus. Die LKA-Beamten würden auch über Nacht in Osnabrück bleiben, um die Durchsuchung am nächsten Tag fortsetzen zu können. Jonathan fiel plötzlich ein, dass sie den Vorfall in seiner Wohnung bisher nur kurz besprochen hatten. Er berichtete Richard nun ausführlicher von dem Gespräch mit dem Hausmeister.

»Klingt sehr seltsam. Wenn der Mann da mal nicht geschwindelt hat. Es kommt ziemlich häufig vor, dass neugierige Vermieter oder Hausmeister sich über die Mieterrechte hinweg setzen und einfach mal in eine Wohnung gehen. Du hast die Tür vielleicht wirklich am Morgen aus Versehen offen gelassen und er hat es gesehen und wollte mal schauen, was denn der Herr Bach so treibt. Gelegenheit macht Diebe. Du hast ja selbst gesagt, dass er ein neugieriger Typ ist.«

Jonathan rutschte unruhig auf dem Autositz hin und her.

»Ich glaube ihm aber, Richard. Du sagst doch selbst auch immer, dass ohne Intuition dein Job gar nicht zu machen wäre.«

Fürst musterte Jonathan schmunzelnd von der Seite und wendete sich dann wieder dem Straßenverkehr zu.

»Das muss sich ja auch nicht unbedingt widersprechen. Für deinen Fall würde ich Ockhams Rasiermesser heranziehen.«

»Ich kenne dieses Forschungsprinzip, auf das du hier anspielst, durchaus.« Jonathan legte mit einer Geste gespielter Genervtheit die Stirn in Falten und blickte Fürst verschmitzt an.

»Na umso besser, und die Grundaussage dabei lautet nun mal: ›Von mehreren möglichen Erklärungen ein und desselben Sachverhalts ist die einfachste Theorie allen anderen vorzuziehen‹.«

»Das klingt ja wie aus dem Kriminalistiklehrbuch«, warf Jonathan ein. Fürst spitzte spöttisch die Lippen.

»Tja, gelernt ist gelernt.«

Jonathan lachte laut auf und winkte zugleich mit einer humorvoll gemeinten Geste ab, was auf Fürst gleichzeitig wie ein Fingerzeig nach vorne wirkte, so, als wolle sein Freund ihn zu schnellerem und konzentrierterem Fahren ermahnen.

Sie saßen danach eine Weile schweigend nebeneinander, während die Landschaft des nördlichen Osnabrücker Landes mit ihren alleinstehenden Bauernhöfen, Wiesen, Äckern und Wäldchen an ihnen vorbei zog, untermalt von den leisen Klängen eines Violinkonzertes, das in einem Klassikkanal lief.

Sie passierten Alfhausen und steuerten auf Bersenbrück zu. Fürst unterbrach die Ruhe und erkundigte sich nach dem weiteren Vorgehen des Journalisten. Jonathan berichtete, dass Eschenburg sich direkt an die Arbeit machen wollte und dabei vielleicht noch die ein oder andere Datenbank nutzen konnte, die das LKA nicht mit einbezog.

Fünfzehn Minuten später durchfuhren sie die Ortseinfahrt von Quakenbrück. Kurz darauf standen sie vor Dahlmanns Haus im Stadtteil Neustadt. »Sieht nicht gerade einladend aus.« Richard schaute skeptisch auf das dunkel und verlassen wirkende Gebäude. Sie schellten, doch niemand öffnete. Das Haus wirkte öde und leer. Sie schritten in den hinteren Teil des Gartens, aber auch dort war niemand zu sehen. Die Hintertür war verschlossen. Nachdem sie eine Nachricht geschrieben hatten, machten sie sich auf den Rückweg. Die Enttäuschung, Dahlmann nicht angetroffen zu haben, führte dazu, dass während der Rückfahrt jeder seinen eigenen Gedanken nachhing. Jonathan versuchte sich mit der Hoffnung zu motivieren, dass in den nächsten Stunden erste brauchbare Ergebnisse der Datenabfrage vorlagen. Er blickte hinaus in die herbstliche Landschaft. Es schien ihm, als lullte das gleichmäßige Geräusch der Lüftung und das Rauschen der Reifen sie beide ein. Den grauer Transporter, der ihnen unauffällig folgte, bemerkten sie nicht.

*

Eschenburgs Gedanken schweiften ab, es fiel ihm schwer, sich auf den Vortrag zu konzentrieren. Das Treffen mit Jonathan war zu kurz gewesen, viele der sich ergebenden Fragen waren unbesprochen geblieben. Natürlich konnten sie, wie Jonathan sagte, sich telefonisch austauschen, aber das war nicht dasselbe. Wenn sie beide zusammen saßen, sich unterhielten und spekulierten, hatte dies etwas sehr Inspirierendes und zugleich Klärendes an sich. Um kurz nach elf hatte er den Zug nach Münster genommen, war dann dort durch die Innenstadt geschlendert, hatte in einem Lokal am Prinzipalmarkt sein Mittagessen eingenommen und sich dann um 14 Uhr zu der Tagung des Netzwerks Recherche begeben. Er hatte es als angenehm empfunden, mal wieder auf einige Kollegen zu treffen, die er lange nicht mehr gesehen hatte. Gedanklich war er aber nicht voll bei der Sache gewesen. Der jetzige Vortrag über Presserecht trug, auch durch den dröge vortragenden Referenten, nicht gerade dazu bei, dass sich dies änderte. Er war froh, als die Tagung um 17 Uhr endete und er die Rückfahrt nach Hannover antreten konnte. Er hatte Jonathan zugesagt, ihn sofort zu informieren, wenn es ihm gelang, etwas Konkretes über die Hintergründe der Männer in Erfahrung zu bringen. Seine Erfahrung sagte ihm, dass Jonathan mit seinen Hypothesen richtig lag. Es konnte nicht lange dauern, bis die Recherchen des LKA bestätigen würden, dass ihnen mindestens ein noch lebender und gesuchter Kriegsverbrecher ins Netz gegangen war. Auch wenn die anderen drei bereits das zeitliche gesegnet haben mochten, würde die nachträgliche Aufdeckung ihrer falschen Identität für Wirbel sorgen. Ob und unter welchen Umständen es im Falle Stolzenbergs zu einem staatsanwaltschaftlichen Ermittlungsverfahren käme und wie dies ausgehen könnte, traute er sich noch keine Aussage zu machen. Womöglich würde der Mann noch während des Strafverfahrens an Altersschwäche sterben oder aber die Beweise würden für eine Verurteilung nicht ausreichen. Diese Beweise ans Tageslicht zu fördern, darin sah er nicht seine primäre Aufgabe, auch wenn er am Abend vom heimischen Rechner aus die Personensuchanfragen bei ausgewählten Archiven in Auftrag geben würde. Letztlich hatten die Staatsanwaltschaft und das LKA in diesem Bereich größere Fähigkeiten, würden sie doch vor allem mit der gut vernetzten Zentralen Stelle für die Aufklärung nationalsozialistischer Verbrechen in Ludwigsburg, vermutlich im Rahmen eines Amtshilfeersuchens, zusammenarbeiten. Seine wichtigste Aufgabe sah er vielmehr darin, der Frage nachzugehen, welche Rolle die Männer in den Heimen gespielt hatten. Das war ein besonders rätselhafter Aspekt bei dem ganzen Sachverhalt und zudem auch jener, der mit großer Wahrscheinlichkeit bei dem Strafverfahren keine bedeutende Rolle spielen würde. Genau diese Frage war für Jonathan und ihn jedoch von besonderer Bedeutung. Jonathan hatte ihm erzählt, dass vor allem zu der Frage der Verwendung der aus Kinderarbeit gewonnenen Gelder durch die Heime kaum Forschungserkenntnisse vorlagen. Eine wichtige Frage war deshalb, wie die Kinderarbeit in den Heimen seinerzeit konkret ablief. Jonathan hatte ihm berichtet, dass die Firmen mit den Heimen Verträge abgeschlossen hatten. Existierten diese Verträge noch? Unter den Firmen, die von der Kinderarbeit profitiert hatten und von denen Jonathan ihm erzählt hatte, waren große Namen, Namen, die damals beispielhaft das deutsche Wirtschaftswunder verkörperten. Auf den ersten Blick schienen sie über jeden Zweifel erhaben zu sein, aber eben nur auf den ersten Blick. Gab es solche Arbeitszusammenhänge auch in jenen Heimen, in denen die Männer gearbeitet hatten? Das galt es herauszufinden. Über das ›wie‹ war er sich allerdings auch noch im Unklaren, als der Zug am Hauptbahnhof in Hannover hielt und er sich in das dortige Gewimmel der Reisenden begeben musste. Mit der S-Bahn fuhr er weiter in die Südstadt. Er wusste, dass es noch ein langer, arbeitsreicher Abend werden würde.

20. KAPITEL

Er konnte es einfach nicht fassen. Für einen Moment war ihm, als würde sich der Boden vor ihm auftun und ihn verschlingen, doch das erste Entsetzen schlug um in blanke Wut.

»Verdammt noch mal, wie konnte das passieren?«

Seine Faust sauste krachend auf den Schreibtisch. Zwei Bilderrahmen fielen scheppernd zu Boden. Ihr Glas brach, Splitter legten sich wie ein bizarres Mosaik auf den Teppich. Nichts hatten sie im Griff, die Sache lief aus dem Ruder. Es dauerte einen Moment, bis er die Fassung wieder gewonnen hatte. Am anderen Ende der Leitung war es still geworden.

»Sie haben also keine Ahnung, wie lange er schon dort liegt?«

Die Antwort kam zögernd. »Nein, ich weiß es nicht.«

»Stolzenberg, Sie hören mir jetzt genau zu«, sein Tonfall klang schneidend und bedrohlich.

»Ich schicke Ihnen gleich jemanden rüber, Sie verhalten sich in der Zeit völlig ruhig, haben Sie mich verstanden?«

»Ja, ich habe verstanden.«

»Gut.« Sein Ton wurde nun deutlich milder.

»Sie haben genau richtig gehandelt und mich sofort angerufen, auch wenn Ihr Vater mit uns kaum noch etwas zu tun hat. Er gehörte zu einer anderen Generation, aber lassen wir das, konzentrieren wir uns auf das Wesentliche. Es war auch richtig, Ihren Vater in die Küche zu ziehen und dann das Haus zu verlassen. Wir nehmen die Sache jetzt in die Hand. Bleiben Sie dort im Wald, behalten Sie das Haus im Auge. Falls sich dort noch etwas tut, rufen Sie mich an. Rühren Sie sich erst, wenn ein Transporter in der Nähe Ihres Hauses hält. In spätestens einer dreiviertel Stunde ist unser Mann bei Ihnen, wahrscheinlich früher. Er wird schauen, ob das Haus sauber ist. Dann werden alle Spuren beseitigt. Sie fahren mit ihm mit, er bringt Sie an einen sicheren Ort. Über das weitere Vorgehen werde ich mich aber noch beraten, nehmen Sie Ihr Handy mit, ich werde Sie später anrufen, haben Sie verstanden?«

»Verstanden.«

Das Gespräch war beendet. Er setzte sich auf den mit aufwendigen Schnitzereien verzierten französischen Château-Stuhl, ein Sammlerstück, das er zum Schreibtischstuhl umfunktioniert hatte, und blickte durch die Fensterfront in einen sturmgrauen Himmel. Ein Schwarm Krähen zog über das Haus hinweg in ihr Nachtquartier.

Es gab keinen Zweifel, sie hatten den unbekannten Mann unterschätzt. Er musste es getan haben, von Rachegelüsten getrieben war er direkt zur Tat übergegangen. Es konnte nicht anders sein, und doch war diesem Mann ein solcher eiskalter Mord kaum zuzutrauen. Was für ein Wahnsinn. Er hatte es geschafft, ihren Mann am Altstadtbahnhof abzuschütteln, wusste der Teufel, wie es ihm gelungen war, die Verfolgung überhaupt zu bemerken. Offensichtlich verfügte er über alle Informationen, die er für seinen Plan benötigte. Was würde er als Nächstes tun? Sie mussten ihn so schnell wie möglich unschädlich machen. Er griff zum Telefon und wählte auswendig eine Nummer.

*

Warum er ihnen überhaupt hinterher gefahren war, konnte er selbst nicht genau sagen. Er hatte seinen Posten verlassen, den einzigen Ort, wo er mit einer gewissen Wahrscheinlichkeit davon ausgehen konnte, seine Zielperson zu treffen. Nochmals abschütteln lassen wollte er sich diesmal auf keinen Fall, aber ihn hatte das Gefühl beschlichen, dass er umsonst an diesem Ort wartete. Dahlmann würde nicht kommen. Vermutlich ahnte dieser Bastard die Gefahr, die hier auf ihn lauerte. Es sprach demnach für ihn nichts dagegen, dem Polizisten und Bach zu folgen, auch wenn die Wahrscheinlichkeit, dass sie ihn zu dem Mann führen würden, in der jetzigen Situation verschwindend gering war. Er konnte genauso gut zu einem späteren Zeitpunkt zum Haus zurückkehren. Der Großteil der Strecke würde vermutlich über die Bundesstraße verlaufen, was ihm eine völlig problemlose Verfolgung möglich machen würde.

40 Minuten später erreichten sie Osnabrück. Der Feierabendverkehr hatte bereits eingesetzt. Am Erich-Maria-Remarque-Ring wollte er zunächst umdrehen, überlegte es sich jedoch kurzfristig anders und behielt die Verfolgung bis zum Neumarkt bei. Dort bog das Auto des Kriminalhauptkommissars in den Kollegienwall ein. Er beschloss daraufhin, weiter geradeaus in Richtung Berli-

ner Platz zu fahren. Es war offensichtlich, dass der Polizist und der dubiose Jungforscher die Polizeiinspektion ansteuerten.

Er hatte gerade die Bundesstraße wieder erreicht, als sein Handy klingelte. Gespannt nahm er ab.

»Hören Sie mir genau zu.« Der Ernst in der Stimme seines Auftraggebers ließ ihn sofort ahnen, dass etwas Gravierendes vorgefallen sein musste. Sein Blick verfinsterte sich. Er drosselte die Geschwindigkeit, um sicherzugehen, dass er alles verstand, was sein Auftraggeber sagte.

»Es ist etwas sehr Unschönes und Unpassendes passiert. Einer unserer Männer, Franz Stolzenberg, ein Altgedienter, wenn auch ein kleines Licht, wurde heute vor seinem Haus erschossen. Er wohnte dort zusammen mit seinem Sohn. Der Name Franz Stolzenberg tauchte in den Akten auf, verstehen Sie? Es muss Dahlmann gewesen sein, dieser verdammte Dahlmann.«

In den Ton der Stimme mischte sich nun schwer unterdrückte Wut.

»Sie werden jetzt auf der Stelle dorthin fahren. Das Haus liegt in der Wiesenbachstraße in Bad Rothenfelde, Hausnummer 36. Es ist zwar sehr unwahrscheinlich, aber auch nicht auszuschließen, dass der Täter sich noch im Haus oder in der Gegend befindet. Sie werden den Wagen in der Nähe des Hauses, aber außer Sichtweite, abstellen. Dann wird der Sohn des Toten auf Sie zukommen. Er hat seinen Vater gefunden und erst mal in die Küche geschleppt. Er soll sich im Hintergrund halten. Durchkämmen Sie das Haus, sichern Sie danach die Leiche und beseitigen Sie alle Spuren. Der Sohn wird dann mit Ihnen mitfahren. Dann rufen Sie mich an. Ich brauche Ihnen hoffentlich nicht zu sagen, dass ich keinen Fehler mehr dulden werde.«

»Ich habe verstanden.«

Nachdem er aufgelegt hatte, bog er bei der Abfahrt Wallenhorst von der Bundesstraße 68 ab und fuhr mit hoher Geschwindigkeit in Richtung Belm, um auf dem schnellsten Weg auf die A 31 zu gelangen, die ihn in den südlichen Teil des Landkreises bringen sollte. Er kannte alle Wege genau, es war ein fester Bestandteil seiner Arbeit, sich akribisch vorzubereiten. In Bad Rothenfelde würde ihm das Navigationsgerät den Weg weisen. Er musste diesen Dahlmann erwischen und er würde ihn erwischen, daran hatte er nicht den geringsten Zweifel. Er beschleunigte, die Tachonadel schnellte empor.

40 Minuten später, er hatte die Ortsmitte von Bad Rothenfelde erreicht und nur noch zwei Kilometer zu seinem Ziel zurückzulegen, musste er den Transporter an einer roten Ampel zum Stillstand bringen. Zügig zu fahren, ohne die Aufmerksamkeit der Polizei auf sich zu ziehen, war eine Kunst, die er hervorragend beherrschte, aber nun trommelten seine Finger ungeduldig aufs Lenkrad, und er begann mit den Zähnen zu knirschen. Plötzlich ertönte ein Martinshorn. Ein Rettungswagen bog mit hoher Geschwindigkeit um die Kurve und schoss die Straße entlang. Die Ampel sprang auf Grün, und er fuhr unsanft an. Als die Stimme aus dem Navigationsgerät das Ziel seiner Fahrt, die Wiesenbachstraße, ankündigte, musste er feststellen, dass der Wagen vor ihm in genau diese Straße einbog. Das verhieß nichts Gutes. Er drosselte die Geschwindigkeit und beobachtete die vor ihm liegende Szenerie genau. Das Fahrzeug hielt an der Stelle, wo er Stolzenbergs Haus vermutete. Irgendetwas war schief gelaufen. Vielleicht hatte der Sohn die Nerven verloren oder festgestellt, dass sein Vater noch am Leben

war. Dilettanten gab es überall, nur brachte diese Situation ihn womöglich in Gefahr. Er sah, wie zwei Rettungssanitäter hastig aus dem Wagen sprangen und auf das Grundstück liefen. Er fuhr noch 100 Meter weiter, um ganz sicher zu gehen, den Blick dabei auf die Hausnummern der Einfamilienhäuser gerichtet. Dann blieb er mit laufendem Motor am Straßenrand stehen. Seine Vermutung bestätigte sich: Das Haus mit der Nummer 36 war Ziel des Rettungseinsatzes. Wenige Sekunden später raste ein Notarzteinsatzfahrzeug an ihm vorbei und parkte mit kreisendem Blaulicht hinter dem Rettungswagen. Nun ließ auch die Polizei wahrscheinlich nicht mehr lang auf sich warten. Er fuhr ein Stück rückwärts und wendete dann den Transporter in einer Garageneinfahrt. In einer stillen Seitenstraße mit einem Sicherheitsabstand von 500 Metern griff er zum Telefon und teilte seinem Auftraggeber die Beobachtungen mit. Die Order, die folgte, war eindeutig. Sofortiger Rückzug.

21. KAPITEL

»Ich rufe dich an, sobald ich etwas vom LKA höre.«

Jonathan und Fürst verabschiedeten sich, und der Kriminalhauptkommissar lief auf dem Weg zu seinem Büro gedankenverloren die Treppe hinauf, als ihn Sabine Petri, seiner Meinung nach die erfahrenste und zugleich sympathischste der seiner Abteilung zugeordneten Sachbearbeiterinnen des Fachkommissariats 1 auf seinem Diensthandy anrief.

»Richard, wo bist du gerade?«

»Ich bin soeben in der Inspektion angekommen, was gibt es denn?«

»Das ist gut, Krüger steht schon bereit. Es hat heute, vermutlich am Mittag, einen Mord mit Schusswaffeneinsatz in Bad Rothenfelde gegeben.«

»In Bad Rothenfelde? Schusswaffeneinsatz?«

»Ja. Der Tote heißt Franz Stolzenberg, 91 Jahre, er wurde offenbar an seiner Haustür erschossen.«

Fürst glaubte zunächst an einen makabren Scherz oder eine Verwechslung. »Sag mir, dass das nicht wahr ist.«

»Richard, was ist denn los?«

»Das gibt´s doch nicht!« Er musste sich am Treppengeländer festhalten. Zwei jüngere vorbeigehende Beamte musterten ihn neugierig.

»Sabine, gegen den Mann wird in einer anderen Sache ermittelt, ganz aktuell. Es muss sich um ein und dieselbe Person handeln, aber ich kriege beides gerade nicht so richtig auf die Reihe.«

Er fasste sich wieder. »In Ordnung, wir fahren gleich los, du gibst uns unterwegs die notwendigen Infos?«

»Krüger ist bereits ganz gut im Bilde. Er hat mit den Kollegen vor Ort telefoniert. Der Getötete wohnte mit seinem Sohn zusammen. Der ist erst vor einer Stunde aufgetaucht, die Ermittlungen laufen, aber er scheint ein glaubwürdiges Alibi für den infrage kommenden Tatzeitraum zu haben. Er leitet ein Bekleidungsunternehmen und war wohl bei einer Geschäftsbesprechung. Ich werde dich aber dann gleich noch mal anrufen.«

»In Ordnung.«

Fürst hastete zurück zu seinem Fahrzeug. Helmut Krüger wartete dort bereits auf ihn. Er wirkte ungeduldig und leicht überdreht. Sie fuhren den Pottgraben herunter, schalteten die Sirene ein, kreuzten den Petersburger Wall und jagten dann die Hannoversche Straße in Richtung A 31 entlang. Während der Fahrt erfuhr Fürst weitere Details von Krüger. Der Hinweis auf den Toten war von einem Jugendlichen gekommen, der beim Verteilen von Werbeprospekten auf die Leiche gestoßen war. Er hatte beim Blick auf den leblosen Körper und die Blutlache sofort an einen Unfall geglaubt. Statt zu helfen hatte er zunächst nur perplex und erschrocken reagiert und sich, ohne die Rettung zu verständigen, vom Tatort entfernt. Dass er selbst gerade wegen kleinerer Verkehrsverstöße Kontakt mit der Polizei gehabt hatte, spielte bei dieser Reaktion wohl auch eine nicht unwichtige Rolle.

»Er brauchte fast zwei Stunden, bis er sich dazu durchgerungen hat, die Rettungskräfte zu informieren. Das muss man sich mal vorstellen.« Krüger war sichtlich empört.

Bei seinem Anruf hatte der Jugendliche glücklicherweise seinen vollen Namen und seine Adresse genannt, sodass die Bad Rothenfelder Kollegen ihn von zu Hause abholen konnten.

»Das Kurioseste kommt aber noch. Der Junge schwört Stein und Bein, dass Stolzenberg in der offenen Haustür gelegen hat, als er ihn fand. Als der Notarzt und die Sanis am Tatort eintrafen, war die Tür aber verschlossen. Erst die herbeigerufenen Kollegen haben die Tür geöffnet. Stolzenberg lag in der Küche, von der Haustür bis dorthin zog sich eine blutige Schleifspur. Es kann ausgeschlossen werden, dass er es aus eigener Kraft dorthin geschafft hat, der Schuss war, nach allem was wir bis jetzt wissen, sofort tödlich. Die bisherige provisorische Rekonstruktion des Tatablaufs lässt vermuten, dass die Angaben des Jungen stimmen.«

Fürst schüttelte ungläubig den Kopf.

»Wenn ich dich richtig verstehe, bedeutet das nichts anderes, als dass vermutlich der Täter selbst Hand angelegt hat. Das heißt wiederum, dass er noch am Tatort gewesen sein muss, als der Junge den Stolzenberg dort liegen sah.«

Krüger nickte und warf Fürst einen vielsagenden Seitenblick zu. »So ist es.«

»Aber warum sollte er die Leiche ins Haus schleppen, wenn die Tat doch sowieso schon entdeckt worden war?«

»Er wird den Jungen an der Tür vermutlich nicht bemerkt haben, anders ist es nicht zu erklären. Sogar die Blutflecken vor der Haustür wurden beseitigt.«

Fürst fühlte sich überfordert, Fragen kreisten in seinem Kopf, und ein Verdacht baute sich drohend vor ihm auf, den er nicht aus seinem Bewusstsein verbannen konnte. Gab es zwischen Dahlmanns Verschwinden und dem Mord eine Verbindung? Er musste umgehend auch die LKA-Kollegen informieren. Es konnte doch kein Zufall sein, dass der Fund der Dokumente, die gerade anlaufenden Ermittlungen und der Mord an einem der Verdächtigen zeitlich so eng beieinanderlagen. Er trug in diesem Fall eine immense Verantwortung, denn er wusste von einem möglichen Zusammenhang zwischen Dahlmanns Verschwinden und dem Mord. Dieser Zusammenhang würde sich für die anderen Kollegen aus der Rekonstruktion des Tatablaufs nicht ableiten lassen. Er musste es tun, er hatte gar keine andere Wahl. Noch während der Wagen auf der Autobahn die sanfte Hügellandschaft des Osnabrücker

Südkreises passierte, gab er die Personenfahndung über Funk in Auftrag.

»Fahndung zur Festnahme, Alarmfahndung im Rahmen des ersten Sicherungsangriffs. Der Gesuchte heißt Robert Dahlmann, ich wiederhole, Robert Dahlmann. Personenbeschreibung folgt.«

*

Jonathan blinzelte müde durch das Fenster in den dunklen Abendhimmel. Die letzten Stunden hatte er mit der Vorbereitung auf das Kolloquium und das morgige Gespräch mit seinem Doktorvater verbracht. Nun spürte er langsam die Müdigkeit in sich aufsteigen. Der Tag war anstrengend gewesen, und es wunderte ihn, dass er von Richard noch keine Rückmeldung über die Ergebnisse vom Datenabgleichs des LKA erhalten hatte. Mit der Maus scrollte er den Text seiner Doktorarbeit hinunter und begann dann im dritten Kapitel einige Rechtschreibfehler zu korrigieren.

Zehn Minuten später erhob er sich, trat wieder ans Fenster und zog es mit einem kräftigen Ruck weit auf. Feuchte Herbstluft strömte in den Raum. Er sog sie tief ein und spürte, wie sich seine Gesichtsmuskeln entspannten. In einigen Wohnungen sah er die Fernseher flimmern. Er ertappte sich bei dem Versuch, das Programm erraten zu wollen. Einen Moment lang blieb er am offenen Fenster stehen, dann schloss er es und nahm wieder am Schreibtisch Platz. Er entschied sich, Richard anzurufen. Ihn hatte verwundert, dass das LKA so schnell Ergebnisse liefern wollte. Die Dynamik der Entwicklung der vergangenen zwei Tage überraschte und elektrisierte ihn zugleich. Ein solch plötzlicher Umbruch der Perspektiven, eine solche Neujustierung der Blickwinkel war, seit er an seiner Doktorarbeit bastelte, noch nie vorgekommen. Es war die Greifbarkeit dieser neuen Fakten, die nun eine Eigendynamik in Gang gesetzt hatten, deren Ergebnis noch nicht einzuschätzen war. Hätte Dahlmann sich der Polizei mit dem Dokumentenfund überhaupt offenbart, wenn sich nicht zufällig zwischen ihnen ein Kontakt ergeben hätte? Er konnte die Frage für sich nicht klar beantworten, tendierte aber eher zu einem Nein. Womöglich hätte Dahlmann die Dokumente einfach abgelegt und sie als seltsame Erinnerungsstücke an seinen toten Freund aufbewahrt, ohne ihre Tragweite wirklich erfasst zu haben. Der Zufall hatte bei der jetzigen Entwicklung seine Hände in unübersehbarer Weise im Spiel gehabt. Und nun ermittelte bereits das LKA. Für die öffentliche Aufmerksamkeit gegenüber den Problemen der ehemaligen Heimkinder in der Bundesrepublik konnte das zu erwartende Medieninteresse nur förderlich sein.

Das Klingeln seines Handys unterbrach ihn in seinen Überlegungen. Er nahm sofort ab, ohne nach der Nummer auf dem Display zu schauen. Er nahm an, sogleich den Klang von Richards Stimme zu vernehmen.

Am anderen Ende der Verbindung herrschte Schweigen.

»Jonathan Bach hier, wer ist denn da? Richard, bist du es?« Womöglich eine Empfangsstörung, ging es ihm durch den Kopf. Da vernahm er einen Atemzug.

»Jonathan, hier spricht Robert.«

Jonathan setzte sich mit einem Ruck kerzengerade auf.

»Robert, wie schön, von Ihnen zu hören.«

»Ich hoffe, ich störe gerade nicht?«

»Nein, alles in Ordnung. Wo waren Sie denn heute? Herr Fürst und ich haben Sie vermisst. Es war doch der Vernehmungstermin angesetzt. Geht es Ihnen gut?«

»Mir geht es gut, danke. Es tut mir leid, dass ich nicht erschienen bin, ich …«, er stockte.

»Ja?«

»Jonathan, ich habe ein Problem.«

»Was für ein Problem? Sie können ganz offen zu mir sein.«

»Ich habe einen Fehler gemacht.«

»Einen Fehler? Welchen, Robert?«

»Ich habe in Armins Haus nicht nur die Dokumente gefunden, sondern auch eine CD-ROM.«

»Was denn für eine CD-ROM?«

»Das weiß ich selbst nicht so genau. Sie befand sich mit den Dokumenten zusammen in dem Versteck. Ich wollte mich erst selbst davon überzeugen, was sie enthält, bevor ich sie weitergebe, aber man kommt an die Daten nur mit einem Passwort heran. Es war ein Fehler, Ihnen nicht davon zu erzählen, und es tut mir leid.«

Seine Stimme klang auf eine für Jonathan beunruhigende Weise entrückt.

»Robert, Sie brauchen sich nicht entschuldigen. Das Wichtigste ist, dass Sie sich melden. Das mit der CD lässt sich klären. Ehrlich gesagt hat sich Herr Fürst schon ernsthaft Sorgen um Sie gemacht und ich eigentlich auch. Wir waren heute sogar deshalb bei Ihnen zu Hause, aber Sie schienen nicht da zu sein.«

Dahlmann zögerte mit einer Antwort, so als müsste er sich große Mühe geben, die Bedeutung des soeben Gehörten gedanklich zu erfassen.

»Ich war auch nicht daheim. Ich bin gestern Nachmittag mit dem Zug in Richtung Quakenbrück gefahren. Ich wollte nach Hause, ich war erschöpft. Dann habe ich es mir aber noch anders überlegt und bin im Zug sitzen geblieben. Ich dachte mir, es wäre vielleicht nicht gut, wenn ich zu Hause übernachte. Fragen Sie mich nicht, warum, ich kann es Ihnen nicht sagen. Ich bin dann einfach weiter bis nach Oldenburg gefahren und habe dort übernachtet. Seit zwei Stunden bin ich nun in Quakenbrück.«

Er zögerte erneut.

»Jonathan, ich muss Ihnen noch etwas sagen.« Er nahm einen hörbar tiefen Atemzug, seine Stimme war jetzt deutlich leiser. Er flüsterte fast.

»Ich glaube ich werde verfolgt.«

»Verfolgt? Wie kommen Sie denn darauf?«

»Ich kann Ihnen das selbst nicht so ganz genau sagen. Es ist eine Ahnung, und ich täusche mich da selten. Es hat sicher etwas mit den Dokumenten und mit der CD zu tun, davon bin ich überzeugt. Ich wollte Sie den ganzen Tag schon anrufen, aber ich habe irgendwie nicht klar gesehen.«

»Wo sind Sie jetzt genau, Robert?«

»Ich bin in einer Telefonzelle am Bahnhof.«

»Bleiben Sie dort. Ich sage jetzt Herrn Fürst Bescheid, und wir holen Sie dort ab.«

Dahlmann stimmte zu. Jonathan hatte kaum die Aus-Taste gedrückt, als er auch schon Richards Nummer eingab. Der Kriminalhauptkommissar klang beschäftigt. Im Hintergrund konnte Jonathan ein Gewirr an Stimmen vernehmen.

»Richard, hör zu, Dahlmann hat sich gemeldet.«

Die Stimme des Hauptkommissars überschlug sich, als er darauf reagierte. Jonathan spürte den Impuls, das Smartphone vom Ohr wegzuhalten.

»Was sagst du da? Wann war das, und wo ist er?«

»Jetzt gerade. Er ist in einer Telefonzelle in Quakenbrück.«

Um Sachlichkeit bemüht, schilderte Jonathan den Verlauf des Anrufs.

»Gut, ich werde dir jetzt etwas sagen, was dich schockieren wird. Der Stolzenberg ist heute Mittag in Bad Rothenfelde erschossen worden, an seiner Haustür. Es besteht die Vermutung, ich sage betont Vermutung, dass Dahlmann damit etwas zu tun haben könnte. Es ist ein Anfangsverdacht, nicht mehr, aber wir müssen dem nachgehen. Er hat Vertrauen zu dir. Du fährst dorthin, ich lasse dich von Kollegen abholen. Ich werde gleichzeitig Zivilfahrzeuge zu der Telefonzelle losschicken. Die Kollegen werden die Stelle beobachten und dafür sorgen, dass Dahlmann es sich mit dem Treffen nicht noch mal anders überlegt und vielleicht das Weite sucht.«

Er machte eine Pause. Jonathan sagte kein Wort.

»Sprich ruhig und sachlich mit ihm, du kannst das ja. Die Zivilbeamten werden die Situation beobachten und dann dazustoßen, und ihr fahrt dann gemeinsam zur Polizeidirektion. Beruhige ihn auf der Fahrt. Ich werde etwas später dazu kommen. Die Spurensicherung ist hier noch im Gang. Einige Befragungen sind abgeschlossen, andere werden heute noch von den Kollegen fortgesetzt. Alles Weitere können wir dann später besprechen.«

Das Gespräch war beendet. Jonathan spürte, wie sich das Gefühl der Beunruhigung von seinem Magen ausgehend in den ganzen Körper ausbreitete. Das, was sein Freund ihm in kurzen, präzisen Sätzen mitgeteilt hatte, klang für ihn so unwirklich, dass er für einen Moment fast glaubte, er hätte sich die letzten zwei Minuten nur eingebildet. Mit voller Wucht traf ihn die Erkenntnis über die Dramatik der Situation. In was waren sie da nur hineingeraten? Richards geäußerter Verdacht wirkte für ihn grotesk, aber aus Sicht der Polizei entbehrte er nicht einer gewissen Plausibilität. Dahlmanns Schilderungen über seine Aufenthaltsorte in den vergangenen zwei Tagen hatten jedoch für ihn absolut glaubwürdig geklungen. Es blieb keine Zeit für Gedankenspiele. In Kürze würde es schellen. Er musste Eschenburg informieren, so schnell wie möglich. Plötzlich verspürte er den Anflug eines schlechten Gewissens, seinen Freund aus Hannover überhaupt in die Sache mit hineingezogen zu haben. Diesen Mord, diese dramatische Wendung hatte niemand voraussehen können.

Er griff erneut zum Smartphone, doch der Versuch, den Journalisten zu erreichen, schlug fehl. Weder am Festnetz noch am Handy nahm er ab. Jonathan hinterließ eine Nachricht auf der Mailbox und machte sich dann bereit zum Aufbruch.

*

Niemand war zu sehen. Der Platz um die Telefonzelle war tatsächlich leer, von Dahlmann keine Spur weit und breit. Jonathan hatte es nicht glauben können, als der ihn abholende Beamte ihm bereits während der Fahrt mitteilte, dass die Kollegen in Zivil die Zielperson nicht entdecken konnten. Er wird sich vielleicht kurz für ein dringendes Bedürfnis in die Büsche geschlagen haben, war es Jonathan auf der Suche nach einer Erklärung durch den Kopf gegangen. Ohnehin konnte Dahlmann noch nicht mit seiner Ankunft rechnen. Als sich die Zivilbeamten 15 Minuten später erneut telefonisch meldeten und berichteten, dass Dahlmann immer noch nicht aufgetaucht war, beschlichen den jungen Forscher ernsthafte Zweifel. Bei ihrer Ankunft in Quakenbrück wurde aus den Zweifeln Gewissheit. Keine Spur von dem ehemaligen Heimzögling. Die Zivilbeamten schlossen vehement aus, dass ihre Anwesenheit hätte bemerkt werden können. Dahlmann sei bereits bei ihrem Eintreffen auf den Beobachtungsposten nicht vor Ort gewesen. Jonathan war ratlos. Was wusste er eigentlich überhaupt von diesem Mann? Durfte er sich wirklich einbilden, ihn realistisch einschätzen zu können? Er musste diese Frage vor sich verneinen. Sicher, er konnte sich vieles vorstellen, sich die Lebenszusammenhänge konstruieren, aber wie groß das tatsächliche Dunkelfeld war und was es verbarg, traute er sich in diesem Moment nicht zu mutmaßen. Das zeitliche Zusammentreffen des Mordes an Stolzenberg und der Fund der Dokumente konnten kaum Zufall sein. Zudem hatte Dahlmann ein Motiv. Jonathan verwarf diesen Gedanken. Erst musste er Genaueres über den Mord in Erfahrung bringen.

»Die Ringfahndung ist ausgelöst. Ich würde vorschlagen, wir fahren jetzt zusammen zu Dahlmanns Wohnhaus. Eine Streife steht dort schon vor der Tür.« Der Osnabrücker Beamte machte einen entschlossenen Gesichtsausdruck und winkte den jungen Forscher zum Einsatzfahrzeug.

22. KAPITEL

Kaltes Neonlicht brach sich in den Scheiben des großen Sitzungsraums im ersten Stock der Osnabrücker Polizeidirektion, während sich draußen die Stadt langsam zur Ruhe begab. Seit einigen Minuten saßen Richard und Jonathan dort beisammen und hatten vor Beginn der großen Lagebesprechung der eingerichteten Mordkommission und dem Erscheinen der Kollegen begonnen, die Situation zu analysieren.

»Vielleicht hat Dahlmann auch etwas mit der Explosion zu tun, vielleicht war er sogar in der Nacht vor Ort? Vielleicht hatten sie einen Streit? Sommer hat ihm etwas über die Dokumente erzählt, und Dahlmann hat ihm vorgeworfen, sie vor ihm versteckt zu haben.«

Richard wirkte müde und überreizt auf Jonathan. Vielleicht erklärte das auch seine gewagten Hypothesen. Es war bereits 22 Uhr. Die bisherigen Recherchen des LKA, von denen der Kriminalhauptkommissar Jonathan kurz zuvor berichtet hatte, besagten, dass Alfred Förster alias Alfred Roggenkamp und Rudolf Ernsting alias Rudolf Geiger bereits vor längerer Zeit verstorben waren. Bis zu ihrem Tod hatten sie unter ihren falschen Namen ein bürgerliches Leben geführt, Förster in Bremen und Ernsting in Cloppenburg. Bei Stolzenberg alias Spinnenberger hatte es sich demnach um den Letzten noch lebenden der drei SS-Männer gehandelt. Alle drei gehörten während des Krieges zunächst der berüchtigten ›SS-Leibstandarte Adolf Hitler‹ an. Nach ihrer Verwundung im Frühjahr 1944 in Russland wurden sie auf einen Verwaltungsposten im rückwärtigen Heeresgebiet Weißrusslands versetzt. Mit diesen Erkenntnissen war durch das LKA ein wichtiges Bindeglied zwischen den Männern entdeckt worden. Die LKA-Beamten würden in wenigen Minuten zur Lagebesprechung dazu stoßen, hatte Richard Jonathan wissen lassen. Es war nun offiziell, dass das LKA auch im Mordfall Stolzenberg Diensthilfe leisten würde, die Parallelen zwischen dem Mord und dem Dokumentenfund konnte niemand ignorieren. Zudem waren die politische Dimension des Falls und seine Außenwirkung und Bedeutung offensichtlich. Die 30-köpfige Mordkommission befand sich im Aufbau. Jonathans Anwesenheit würde Richard den anderen Beamten damit erklären, dass seine fachliche Expertise zur Kinderheimthematik unbedingt erforderlich sei. Zudem hatte der junge Forscher Dahlmann intensiver kennengelernt als alle anderen an der Ermittlung Beteiligten. Der Status eines externen Beraters sei zwar, so hatte Richard ausgeführt, eine ziemlich diffuse Angelegenheit, aber er versicherte Jonathan, dass er sich damit schon durchsetzen würde, schließlich könne bei einem so ungewöhnlichen Fall nicht auf ungewöhnliche Maßnahmen verzichtet werden, wenn sie der Aufklärung dienten.

Jonathan hatte dem Kriminalhauptkommissar mehrfach den Verlauf des Telefonats zwischen ihm und Dahlmann beschrieben und dabei versucht, den genauen Wortlaut, soweit möglich, wiederzugeben. Seitdem klar war, dass Dahlmann sich nicht an die telefonische Absprache mit Jonathan gehalten hatte, verdichteten sich gegenüber dem ehemaligen Heimzögling die Verdachtsmomente. Die Fahndungsmaßnahmen waren jedoch bislang erfolglos verlaufen.

Jonathan verstand nicht, warum Fürst die von Dahlmann im Telefonat getätigte Verfolgungsäußerung nicht ernst zu nehmen schien. Sicher, die Äußerung wirkte auch auf Jonathan wenig konkret, aber doch durchaus glaubwürdig. Natürlich hatte Dahlmann ein handfestes Motiv für den Mord, aber warum hätte er dann zuvor mit den Dokumenten den Kontakt zur Polizei suchen sollen? Diese Tatsache widersprach aus Jonathans Sicht am stärksten den Verdachtsmomenten gegenüber diesem so unscheinbar und harmlos wirkenden Mann. Dennoch war es wichtig, ihn so schnell wie möglich aufzugreifen. Es standen zu viele Fragen im Raum, auf die wohl nur er Antworten liefern konnte.

Die Spurensicherung in Bad Rothenfelde war abgeschlossen, der Sohn Stolzenbergs vor Ort vernommen worden und würde sich am morgigen Vormittag erneut einer längeren Vernehmung unterziehen müssen. Er schien jedoch tatsächlich ein wasserdichtes Alibi für den infrage kommenden Tatzeitraum zu haben. Drei Stunden hatte er bei einer Besprechung mit einem Unternehmer namens Weidenfels in Bad Iburg verbracht. Seine Anwesenheit dort war von mehreren Angestellten unzweifelhaft bestätigt worden. Zu der Frage nach dem möglichen Täter konnte oder wollte er keine Angaben machen, ebenso wenig wie über die falsche Identität seines Vaters. Auf die Frage nach den Gründen für sein seltsames Verhalten am Tatort, dem Wegschleifen seines Vaters in die Küche und der Beseitigung von Spuren, hatte er geantwortet, dass er in der Situation überfordert und verwirrt gewesen sei. Als der vernehmende Beamte ihn direkt fragte, ob der Grund nicht vielmehr darin gelegen haben könnte, polizeiliche Ermittlungen zu unterbinden, welche die falsche Identität seines Vaters aufgedeckt hätten, hatte er sofort von seinem Zeugnisverweigerungsrecht Gebrauch gemacht.

Aus der bisherigen polizeilichen Befragung der Anwohner in der Wiesenbachstraße hatten sich ebenfalls keine Hinweise auf den Täter ergeben. Niemandem war im Tatzeitraum und in den Tagen zuvor etwas Ungewöhnliches aufgefallen.

Eine wichtige Frage, die sich für Richard und Jonathan stellte, bestand in dem polizeilichen Umgang mit Stolzenbergs falscher Identität gegenüber der Öffentlichkeit. Richard wusste, dass es nicht lange dauern würde, bis dieser entscheidende Aspekt an die Medien durchsickerte. Zu viele Leute mussten eingeweiht werden. Die einzige Möglichkeit, die sie seiner Ansicht nach hatten, war, offensiv mit dieser Information umzugehen. Noch erschien es überhaupt als Rätsel, warum die ehemaligen SS-Männer eine falsche Identität angenommen hatten. Als Angehörige der ›SS-Leibstandarte Adolf Hitler‹ gehörten sie zwar einem Verband an, der nachweislich an zahlreichen Kriegsverbrechen beteiligt war, aber den Recherchen zufolge lag, wie allzu oft, gegen die Männer nach dem Krieg nichts Konkretes vor. Ein Identitätswechsel erschien somit eigentlich unnötig. Das LKA hatte allerdings herausfinden können, dass sie nach ihrer Verwundung und der darauf folgenden Versetzung im Sommer 1944 an der so genannten ›Heu-Aktion‹ beteiligt waren, bei der Zehntausende von weißrussischen Kindern und Jugendlichen zur Zwangsarbeit nach Deutschland verschleppt wurden. Eine Pressekonferenz war in Kürze unvermeidbar, aber noch erschien ihm der Zeitpunkt aufgrund der unsicheren Ermittlungslage als zu verfrüht.

Die Lagebesprechung begann. Fürst begrüßte die Anwesenden, stellte Jonathan vor und fasste dann in seiner Rolle als Kommissionsleiter die bisherige Entwicklung zusammen. Dadurch brachte er alle Anwesenden auf einen einheitlichen Informationsstand. Schweigend lauschten die Ermittler seinen Ausführungen. Die meisten erfuhren erst in diesem Moment von der wahren Identität und der Nazi-Vergangenheit Stolzenbergs. Erstaunen lag auf ihren Gesichtern. Fürst achtete aber darauf, nicht ins Spekulative abzudriften, schließlich war über die persönlichen Hintergründe des Toten noch zu wenig bekannt.

»Auffällig ist der zeitliche Zusammenfall des Mordes mit der Aufdeckung der wahren Identität von Stolzenberg durch die Dokumente. Das kann kaum ein Zufall sein. Zudem ist es auffällig, dass die Tat genau zu einem Zeitpunkt begangen wurde, an dem der Sohn nicht im Haus war. Das lässt die Vermutung zu, dass der Täter vor seiner Tat Beobachtungen vorgenommen hat.«

Julia Menke, eine 43-jährige erfahrene Ermittlerin, hob den Arm und blickte dabei den Kriminalhauptkommissar skeptisch an.

»Julia, du hast eine Frage?«

»Ja, habe ich. Heißt das, dass wir bereits jetzt davon ausgehen, dass Harald Stolzenberg mit dem Mord nichts zu tun hat? Schließlich kann er den Mord auch in Auftrag gegeben haben. Sein Verhalten am Tatort würde dazu passen.«

Fürst registrierte, wie einige der Anwesenden zustimmend nickten und zugleich auf eine klare Antwort von ihm zu warten schienen.

»Das heißt es natürlich nicht. Wir müssen alle Optionen überprüfen, das ist klar. Dazu gehört auch, dass wir die von dir erwähnte Möglichkeit mit einbeziehen. Das private Umfeld von Stolzenberg und seinem Sohn werden wir akribisch durchleuchten. Dabei muss bereits auch die Frage im Vordergrund stehen, ob es in deren Umfeld möglicherweise Personen gab, die von Stolzenbergs falscher Identität wussten und ihn deckten. Spätestens, wenn die Öffentlichkeit von Stolzenbergs Vergangenheit erfährt, werden wir mit entsprechenden Nachfragen konfrontiert werden. Dann ist es wichtig, dass wir bereits etwas in der Hand haben. Dabei wird uns auch das LKA mit seiner Sachkenntnis unterstützen.«

Er nickte den beiden anwesenden Hannoveraner Beamten wohlwollend zu.

»Ich brauche hier natürlich nicht erwähnen, mit welchem Presseansturm wir in Kürze zu rechnen haben, wenn wir mit der wahren Identität des Toten an die Öffentlichkeit gehen. Darauf müssen wir uns vorbereiten.«

Dann kam er auf die anstehenden Arbeitsschritte zu sprechen.

»Die Durchsuchung bei Sommer durch die Kollegen vom LKA hat kein neues Versteck zutage gefördert, aber es konnten weitere Unterlagen sichergestellt werden. Wir müssen nun genau abwägen, wie die einzelnen Stränge miteinander zusammenhängen könnten. Der Kreis derjenigen, die aufgrund der gefundenen Dokumente zum Zeitpunkt des Mordes von der falschen Identität Stolzenbergs wussten, ist sehr klein. Wir wissen aber nicht, ob Dahlmann, bevor er uns kontaktierte, weitere Personen darüber informierte. Zudem kann es auch nicht als gesichert gelten, dass Dahlmann die Dokumente tatsächlich in dem Versteck gefunden hat, auch wenn nichts dagegen spricht. Dass es ein entsprechendes Versteck gab, haben die Kollegen vom LKA bei ihrer Untersuchung des Hauses bestätigt. Wir wissen natürlich auch nicht, ob Sommer seine Kenntnisse über die Männer mit anderen teilte, beziehungsweise wer noch alles davon wusste. Das erweitert den Kreis derjenigen, die möglicherweise ein Motiv für den Mord hatten, ganz beträchtlich.«

Fürst blickte aufmerksam in die Runde, als wolle er die Wirkung seiner Worte überprüfen. Dann schob er noch eine Bemerkung nach.

»Vielleicht bekommen wir auch noch Hinweise aus der Bevölkerung, der Mord fand ja am helllichten Tag statt. Irgendjemand muss etwas beobachtet haben, und die entsprechenden Aufrufe sind bereits draußen.«

Nun überließ er Friedrich Raumann das Wort. Raumann war ein routinierter Ermittler des Fachkommissariats 1, verantwortlich für die Tatortbeweiserhebung. Seinen Spitznamen ›das Urgestein‹ trug er nicht ohne einen gewissen Stolz. In zwei Monaten würde er in Pension gehen.

»Die Auswertung der Tatortspuren läuft auf Hochtouren. Eine wichtige Spur sind frische Fußabdrücke in der Nähe des Hauseingangs in einem Blumenbeet. Sie stammen definitiv nicht von dem Jungen, der den Mord gemeldet hat. Sportschuhe noch unbekannten Fabrikats, aber das werden wir schnell herausfinden. Die Größe ist 43. Aufgrund von ›Gefahr im Verzug‹ ist des Weiteren zur Sicherstellung von Beweismitteln eine Hausdurchsuchung bei Stolzenberg durchgeführt worden. Es wurde umfangreiches Material sichergestellt, das nun noch gesichtet werden muss. An der rechtsextremen Gesinnung des Toten besteht jedoch kein Zweifel, das lässt sich anhand der Funde jetzt schon sagen. Das Verhalten von Harald Stolzenberg hat natürlich nicht gerade dazu beigetragen, eine zufriedenstellende Sicherung der Spuren zu ermöglichen, aber wir tun unser Bestes. Klar ist in jedem Fall, dass Stolzenberg aus nächster Nähe erschossen wurde. Die zuständigen Gerichtsmediziner werden da sicherlich noch Genaueres zum Todeszeitpunkt und der verwendeten Waffe sagen können.«

Fürst ergriff wieder das Wort.

»Robert Dahlmann ist im Moment unsere einzige heiße Spur. Wir müssen schnellstmöglich seine Reiseroute verifizieren, die Kollegen in Oldenburg sind bereits eingeschaltet worden. Die Auswertung der in seinem Haus sichergestellten Unterlagen hat ebenfalls höchste Priorität.«

Der Kriminalhauptkommissar griff zum Wasserglas und trank einen großen Schluck. Dann setzte er seine Ausführungen mit etwas leiserer Stimme fort.

»Wir wissen bereits, dass er keinen Waffenschein besitzt. Vielleicht stoßen wir aber dennoch auf Hinweise, die belegen, dass er Zugang zu Schusswaffen hat. Stolzenberg ist mit nur einem Schuss getötet worden, der Täter beherrschte demnach das, was er tat.«

Er sah, wie einige Kollegen zustimmend nickten.

»Die Aufnahmen der Überwachungskameras von den Bahnsteigen in Osnabrück, Quakenbrück und Oldenburg müssen ebenfalls genauestens ausgewertet werden, auch wenn uns das sehr viel Arbeit machen wird.«

Jonathan dachte in diesem Moment an Wolfgang Eschenburg. Fürst schien seinen Gedankengang zu erraten. Für einen kurzen Moment kreuzten sich ihre Blicke, die, für die anderen Anwesenden unbemerkt, ein stilles, zweifelndes Einvernehmen signalisierten.

*

Warum war ihm die Lösung nur so spät eingefallen? Der ideale Fluchtort, hier würde ihn niemand vermuten. Es war ein Fehler gewesen, Jonathan anzurufen, das war ihm jetzt klar geworden. Es war überhaupt ein Fehler gewesen, ihm und der Polizei Vertrauen zu schenken. Was würden sie schon unternehmen? Hatte die Polizei, hatte die Justiz jemals ein ernsthaftes Interesse an der Strafverfolgung ihrer Peiniger gezeigt? War denn in all den Jahren jemand aus den Reihen des ehemaligen Heimpersonals wirklich für die begangenen Taten zur Verantwortung gezogen worden? Er musste diese Antwort vor sich verneinen. Bürokraten in den Jugendämtern und die kirchlichen Heimträger, denen damals die Leitung der Heime oblag, betrieben ein konsequentes Ignorieren jener Hinweise, die ab und an aus den Katakomben des damaligen Heimsystems an die Oberfläche drangen. Er wusste es aus eigener bitterer Erfahrung. Seine gescheiterte Flucht aus dem Arbeitslager Freistatt im Diepholzer Moor, ja Arbeitslager, das war seiner Auffassung nach der richtige Begriff für diese einsam gelegene Einrichtung, hatte ihm die Hilflosigkeit seiner damaligen Lage drastisch vor Augen geführt. Freistatt galt seiner Zeit als Endstation einer ›Heimkarriere‹. Hierher kamen zumeist jene, die anderen Heimen zu unbequem geworden waren. Der Komplex bestand aus einer großen verstreut liegenden Ansammlung von Gutshöfen, villenartigen Verwaltungsgebäuden und einfachen Baracken. Die Zöglinge mussten dort bei jedem Wetter und unter erbärmlichen Bedingungen im Moor schuften. Gewaltexzesse des Personals waren an der Tagesordnung. Er hatte damals seine Flucht genau geplant, den richtigen Moment abgepasst und sich während der Mittagspause davon gemacht. Von den Häschern der Heimaufsicht und der über die Zustände in dem Lager uninformierten Polizei gehetzt wie ein waidwundes Reh, tauchte er zerzaust und verwirrt in einer nahen Ortschaft auf, bat dort um Hilfe und berichtete den zufällig Anwesenden von dem erlebten Grauen des Heimalltags. Die zuhörenden Bauern reagierten mit staunender Ungläubigkeit. Niemand war bereit, ihn bei sich aufzunehmen. Bereits nach drei Stunden hatten ihn seine Verfolger erwischt. Die Stockschläge, die er zur Strafe bekommen hatte, machten ihm die nächsten Tage zur Tortur. Mit Armin ergaben sich später zahlreiche Gespräche über diese Erfahrungen der Hilflosigkeit. Sie waren sich einig in der Bewertung, dass dieses kollektive Wegsehen, dieses Ignorieren des offensichtlichen Leids der Heimkinder ein typisches Merkmal jener Epoche war. Trotz der Schaffung einer stabilen demokratischen Ordnung nach dem Krieg hatten sich Vorstellungen der Nazizeit bandwurmartig in die Gesellschaft der jungen BRD gefressen, verdeckt, aber dennoch in vielen Bereichen noch mächtig wirksam. Armin hatte herausgefunden, dass Nazitäter sich in den Heimen getummelt hatten. Im Prinzip lag darin eine klare Logik, es passte in vielerlei Hinsicht zur der damaligen brutalen Parallelwelt der Kinderheime.

Er dachte an Jonathan Bach. Der Forscher meinte es ernst mit seinem Interesse an ihm und dem Thema, das hatte er gespürt, und auch der Kriminalhauptkommissar war überraschend aufgeschlossen gewesen, aber zugleich hatten sie ihn beschatten lassen. Es konnte nur so sein, alles andere machte keinen Sinn. Er hatte ihnen Vertrauen geschenkt, aber sie hatten ihm nicht dasselbe Vertrauen entgegengebracht. Deshalb die Verfolgung, die ihm schon in der Osnabrücker Altstadt aufgefallen war, die er aber zunächst nicht ernst genommen hatte, deshalb Jonathans Bitte, an der Telefonzelle auf ihn zu warten. Sie hatten es nur auf die CD-ROM abgesehen, sie hatten geahnt oder vielleicht sogar gewusst, dass er noch mehr besaß, als er in den Gesprächen zugegeben hatte. Das alles musste irgendwie mit Armins Tod zusammenhängen. Der Brandsachverständige konnte angeblich keine Aussage zu der Explosionsursache machen – ein abgekartetes Spiel? Der Gedanke war absurd, aber was war überhaupt noch normal in dieser Situation? Womöglich hatte er die Polizei durchschaut und deren Pläne durchkreuzt.

Auf die Frage nach dem ›Wie weiter‹ hatte er keine Antwort. Er musste Zeit gewinnen, um nachzudenken. Hier, in diesem kleinen heruntergekommenen Ferienhaus, inmitten einer stillen ländlichen Umgebung, wo er jeden Winkel kannte, war er vorerst sicher. Niemand würde ihn hier vermuten. Armin hatte sicher seine Gründe gehabt, ihn noch nicht einzuweihen in das, was er herausgefunden hatte. Früher oder später hätte er es getan, aber die Zeit war aus seiner Sicht wohl noch nicht reif dafür gewesen. Der Gedanke tat ihm gut. Umsichtiger, gewissenhafter Armin, so kannte er ihn, so wollte er ihn in Erinnerung behalten. Was wäre geschehen, wenn er brav an der Telefonzelle gewartet hätte? Sicherlich säße er jetzt in Untersuchungshaft. Sie hätten aus seiner Vorenthaltung des Datenträgers irgendetwas konstruiert, das gar nicht mehr in den Entscheidungsbereich des Kriminalhauptkommissars gefallen wäre. Andere hätten die Regie übernommen und den Datenträger verschwinden lassen. Es war doch möglich, dass die Nazis gedeckt werden sollten, dass die Behörden den Rummel und den Aufruhr fürchteten, der dann ganz sicher aufkommen würde. Er schob seine Arme unter die Decke und glitt in einen unruhigen Schlaf.

FREITAG, 12. OKTOBER

23. KAPITEL

Jonathan wachte in dieser Nacht mehrfach auf und konnte den Strom der Gedanken, der augenblicklich in ihm hochkam, nicht abschalten. Groteske Bilder vermischten sich mit Assoziationsfetzen, Fragen kreisten in seinem Kopf, auf die er keine Antworten fand. Natürlich würden sich die Beamten der Mordkommission in den nächsten Tagen und vielleicht Wochen intensiv mit den losen Enden der Ermittlungen beschäftigen, um sie zu einem entwirrbaren Knäuel aus Zusammenhängen und logischen Schlussfolgerungen zusammenzuführen. Es würden sich neue Ansatzpunkte ergeben, Hypothesen würden erstellt, überprüft und wieder verworfen werden, bis sich am Ende aus all den noch diffusen Details eine klare Struktur herauskristallisieren würde. Dann wäre die Zeit reif für Antworten. Antworten auf das, was wirklich geschehen war, und wer dafür die Verantwortung trug.

Er wurde das Gefühl nicht los, dass Dahlmann gute Gründe für sein Abtauchen gehabt hatte. Gründe die nichts mit dem Mord an Stolzenberg zu tun hatten, aber sehr viel mit seiner Wahrnehmung, verfolgt zu werden. Jonathan war sich sicher, dass Dahlmanns Absichten bei ihrem letzten Telefonat ehrlich waren. Er hatte nichts von dem Mord gewusst, und Jonathan selbst hatte es ja erst nach dem anschließenden Telefonat von Fürst erfahren. Wenn Richard das ›Ockhamsche Rasiermesser‹ als Prinzip wirklich ernst nahm, dann würde der auf dem ehemaligen Heimzögling lastende Mordverdacht genauso skeptisch betrachtet werden müssen wie die gewagte Äußerung seines Freundes, dass Dahlmann etwas mit Armin Sommers Tod zu tun haben könnte. Letzteres widersprach seiner Ansicht nach allen Wahrscheinlichkeiten.

Um halb sieben gestand er sich ein, dass es aussichtslos war, noch auf Schlaf zu hoffen. Er schwang sich aus dem Bett, um sich in den verbleibenden zweieinhalb Stunden bis zum Gespräch mit seinem Doktorvater auf die Aufgaben des Tages vorzubereiten.

Alfred Axmann stand kurz vor seiner Emeritierung als Professor. Jonathan kannte ihn bereits seit Beginn seines Studiums. Ihr Verhältnis war innig, wenn man die Beziehung zwischen einem Doktoranden und seinem Betreuer überhaupt so nennen konnte. Jonathan wusste, dass er für seinen Doktorvater einen Studententypus verkörperte, der mittlerweile eher selten anzutreffen war. Axmann machte kein Hehl aus seiner Meinung, dass es vielen Studentinnen und Studenten nur darum ging, schnell ihren Schein zu machen, ohne sich mit dem Inhalt der jeweiligen Aufgabe intensiv auseinanderzusetzen. Er räumte dabei aber auch ein, dass dieses Verhalten vor allem damit zu tun hatte, dass der Freiraum des Studiums durch die sogenannte ›Bologna-Reform‹ immer mehr eingeengt und die Anzahl von Klausuren deutlich erhöht worden war. Daran hatten auch die nachträglich durchgeführten kleineren Nachbesserungen der Universitäten und Fachhochschulen nichts Wesentliches ändern können.

Pünktlich traf Jonathan im Büro des Professors ein. Axmann saß hinter einem unaufgeräumt wirkenden Schreibtisch und studierte in Unterlagen. Als Jonathan eintrat, erhob er sich. Sie gaben sich die Hand.

»Nimm Platz Jonathan, schön, dass wir uns sehen. Was gibt es Neues, erzähl doch mal.«

Jonathan trug dem Professor die Geschehnisse der vergangenen zwei Tage ausführlich vor. Axmann hörte geduldig zu und stellte zwischendurch nur einige Verständnisfragen. Für das, was er zu hören bekam, wirkte er auf Jonathan überraschend gelassen.

»Ehrlich gesagt kann ich es kaum glauben, was du mir da berichtest. So wie du es schilderst, stellt das alles ja deine Forschung und die Ausrichtung deiner Arbeit nicht grundlegend infrage. Wenn du diesen wichtigen Aspekt der Rolle von Nazis in den Heimen stärker herausstellst, ist das für deine Arbeit sicherlich ein Gewinn. Aktueller geht es kaum und dramatischer wohl auch nicht. Das Ganze ist wie ein Stoff für einen Krimi.«

Er strich sich nachdenklich übers Kinn.

»Gegen deine Hypothesen spricht auf den ersten Blick nichts, es klingt schlüssig und in sich stimmig. Wundern würde es mich auch nicht, wenn es genauso wäre, wie du es schilderst, und die Heimleitungen die wahren Identitäten der Männer genau kannten. Du musst allerdings aufpassen, dass du einigermaßen im Zeitplan bleibst, nicht dass du womöglich mit der Finanzierung ins Trudeln kommst.«

Jonathan überlegte einen Moment, bevor er antwortete.

»Ich werde das ja alles der Stiftung nicht auf die Nase binden. So viel Erfahrung habe ich schon, dass ich einigermaßen einschätzen kann, was die sich vorstellen. Ich bin vor allem froh, dass sich da eine Finanzierungsmöglichkeit abzeichnet, auch wenn es vorerst nur für ein halbes Jahr ist. Du müsstest mir allerdings noch ein Gutachten über meine bisherige Arbeit schreiben, das ist bei denen Bestandteil der Bewerbung um eine finanzielle Förderung.«

»Das ist kein Problem, aber eine Sache wäre da noch zu besprechen.«

Jonathan bemerkte den fragenden Unterton in Axmanns Stimme.

»Kennst du denn den genauen Hintergrund der Stiftung? Ich meine damit die Positionen, die sie vertreten?«

»Ich weiß nur, dass sie sich als unpolitisch versteht, eine Unternehmerstiftung, die hauptsächlich Doktorarbeiten mit lokalen Bezügen und sozialgeschichtlichem Fokus fördert. Kynschwett, Wilhelm Kynschwett-Stiftung, sehr ungewöhnlicher Name.«

»Mir ist die Stiftung schon mal untergekommen, ist aber schon Jahre her und auch damals nicht persönlich. Wenn mich nicht alles täuscht, hat Professor Reichert schon mal mit ihr zusammengearbeitet. Ich glaube, die haben ihm damals eine Vortragsreihe gesponsert oder waren zumindest irgendwie mit im Boot. Das war aber keine offizielle Sache, sondern eher verdeckt und ist dann intern durchgesickert.«

»Du meinst den Professor Reichert, den Rechtsausleger? Der ist doch schon ein paar Jahre emeritiert. Ein Sozialdarwinist, wie er im Buche steht.« Jonathans Gesichtsausdruck changierte zwischen ungläubigem Erstaunen und distanzierter Abgeklärtheit.

»So könnte man es ausdrücken. Es wundert mich deshalb, dass die Stiftung dein Projekt überhaupt interessant findet. Schau dir das mal genauer an und sag mir dann Bescheid, was du rausgefunden hast.« Über Axmanns Lippen spielte ein versöhnliches, vertrauensvolles Lächeln.

»Das mache ich, darauf kannst du dich verlassen. Die Mail der Stiftung ging über den Fachbereichsverteiler.

Ihre Internetpräsenz ist ziemlich dürftig und gibt zu ihrem Selbstverständnis, außer ein paar unverdächtigen Floskeln, nicht viel her. Eine Sachbearbeiterin der Stiftung hat mich am Dienstag angerufen. Ich hatte eigentlich vor, mich gestern bei ihr zu melden, aber da hatte ich den Kopf nicht frei.«

»Was wirst du als Nächstes tun?«

»Heute Mittag werde ich wieder zur Besprechung der Mordkommission in die Polizeidirektion fahren. Die haben niemanden, der sich mit dem Heimthema auskennt, und sind auf meine Kenntnisse angewiesen. Ich habe vorläufig den Status eines externen Beraters.« Axmann nickte Jonathan anerkennend zu und blickte ihn dann nachdenklich an.

»Ich wünsche dir viel Glück und …«, er zögerte einen Moment, »pass auf dich auf.«

*

Fürst hatte eine kurze Nacht hinter sich. Sein Schlafdefizit begann bedrohliche Ausmaße anzunehmen. Er fühlte sich benommen, als er am Morgen sein schlecht gelüftetes Büro betrat. Das Arbeitspensum des Tages erschien ihm kaum bewältigbar. Er nahm sich vor, so viel zu delegieren wie möglich, machte sich aber keine Illusion darüber, dass seine verantwortliche Stellung dazu nur wenig Möglichkeiten bot. Die Ermittlungsteams begannen sich gerade erst warm zu laufen und es bedurfte noch vielfältiger Koordinierung, bis eine befriedigende Zusammenarbeit innerhalb der Mordkommission erreicht war. Er versuchte, sich mit der Vorstellung zu trösten, dass die Ermittlungen nichts anderes waren als ein gigantisches

Puzzle, dessen Einzelteile nur darauf warteten, sinnvoll aneinandergefügt zu werden.

Er nahm einige tiefe Atemzüge am offenen Fenster und beobachtete dabei einen Taubenschwarm, der über den Dächern kreiste. Kurz darauf telefonierte er mit der Pressesprecherin der Polizeiinspektion und machte sich anschließend einige Notizen. Das Medienecho auf den Mord fiel gewaltig aus und übertraf seine schlimmsten Erwartungen. Die Mitarbeiter und Mitarbeiterinnen der Pressestelle ächzten unter dem Arbeitsdruck, der sich aus den zahlreichen Anfragen ergab und den ohnehin meist turbulenten Arbeitsalltag zu einer Ausnahmesituation werden ließ. Ein Mord im beschaulichen, malerischen Bad Rothenfelde, noch dazu unter diesen Umständen, war nicht nur in höchstem Maße ungewöhnlich, sondern löste zugleich auch Verunsicherung in der Bevölkerung und unter den Kurgästen aus. Die Tat kam einer offenen Hinrichtung an der Haustür gleich, ein tödliches Eindringen in die sicher geglaubte Privatsphäre eines Eigenheims. Die Medien taten nichts anderes, als ihrer gesetzlichen Informationspflicht nachzukommen. Doch der größte Ansturm würde noch bevorstehen, dann, wenn sie, was unvermeidbar war, mit der echten Identität Stolzenbergs an die Öffentlichkeit gingen. Fürst konnte sich schon die Schlagzeilen vorstellen. Einen solchen Fall hatte er in seiner gesamten Berufslaufbahn noch nicht erlebt. Auch ohne den Mord wäre das Interesse der Öffentlichkeit an dem mutmaßlichen Kriegsverbrecher sicherlich immens. Die Auswertung der beschlagnahmten Unterlagen aus Stolzenbergs Haus würde noch Tage in Anspruch nehmen, ebenso verhielt es sich mit dem Material Sommers, und nun war auch in Dahlmanns Haus eine Durchsuchung durchgeführt worden. Abzuarbeitende Materialberge, für welche die Kommission zusätzliche Arbeitskräfte benötigte. Für ihn war klar, dass zwischen dem Tod Sommers und Stolzenbergs eine wie auch immer geartete Verbindung existieren musste. Sommer hatte vermutlich gewusst, wo Stolzenberg lebte, möglicherweise hatte er ihn sogar aufgesucht. Dies war ein Ansatzpunkt für die anstehende längere Vernehmung des Sohnes, auch wenn er glaubte, dass diese nicht sehr ergiebig sein würde. Stolzenbergs Sohn Harald wirkte unzugänglich, ein unsympathischer Mann, dem das Schicksal seines Vaters offensichtlich nicht nahe zu gehen schien. Möglicherweise die Auswirkungen des Zusammenlebens mit einem Tyrannen. Für Trauergefühle blieb dann oft kein Platz, er kannte das von anderen Fällen. Allerdings war bis zu diesem Zeitpunkt noch nicht klar, ob Harald Stolzenberg nicht aus dem gleichen Holz wie sein Vater geschnitzt war und ebenfalls der Nazi-Ideologie huldigte. Ein Familiendrama schied seiner Ansicht nach jedoch aus, das Alibi des Sohnes war wasserdicht. Die präzisen Aussagen des Bad Iburger Unternehmers Alexander Weidenfels und seiner Angestellten waren über jeden Zweifel erhaben. Weidenfels hatte mit Stolzenberg über eine geschäftliche Zusammenarbeit verhandelt. Aus seiner Sicht bestanden jedoch kaum Zweifel daran, dass Harald Stolzenberg die Verdeckung des Mordes an seinem Vater beabsichtigt hatte. Dies war die einzige plausible Erklärung dafür, dass er seinen Vater in die Küche geschleift und die Blutspuren am Hauseingang beseitigt hatte. Er war wohl davon ausgegangen, dass die Mordermittlungen die wahre Identität seines Vaters an Tageslicht bringen würden. Dass er die Verdeckung des Mordes an seinem Vater einer möglichen Aufklärung vorzog, warf ein äußerst zweifelhaftes Licht auf ihn. Zudem erschien das Vorgehen wenig durchdacht, denn jedem Bestatter wäre aufgefallen, dass hier ein gewaltsamer Tod vorliegt.

Es klopfte an der Tür, Helmut Krüger trat ein und grüßte grummelnd und flüchtig.

»Moin, Helmut, gibt es etwas Neues?«

»Der Rechtsmediziner hat unsere Vermutungen bestätigt. Der Schuss war sofort tödlich, Abstand weniger als zwei Meter, jedoch keinerlei Schmauchanhaftungen.«

»Welche Waffe?«

»Ein 9x19 mm Projektil, sehr weit verbreitet, kein Fund der Patronenhülse, aber das weißt du ja bereits, du warst ja länger vor Ort. Es kommen mehrere Pistolentypen dafür infrage. Die Kollegen von der Spurensicherung wollen sich zum jetzigen Zeitpunkt noch nicht festlegen.«

»Und von den Nachbarn hat niemand was gehört?«

»Niemand.«

»Schalldämpfer also.« Fürst tat einen Seufzer.

»Ja, anders ist das wohl kaum zu erklären.«

»Wer kümmert sich um Dahlmann?«

»Schubert, Konermann, Menke und noch einige der erfahreneren Kollegen. Die Zusammenarbeit mit den Auswertern des Materials aus Dahlmanns Haus klappt gut. Bis jetzt ließ sich darin allerdings kein Hinweis auf einen möglichen Fluchtort finden.«

»Habt ihr die Route nachvollziehen können, insbesondere den Übernachtungsort in Oldenburg? Und wie sieht es mit Kameraaufzeichnungen aus?«

»Auch da sind die Kollegen dran. Das Hotel in Oldenburg konnten wir ausfindig machen, die Kollegen in

Oldenburg führen gerade eine Befragung durch. Die Kameraaufzeichnungen werden noch ausgewertet.«

»Gut, es wird also ein langer Tag werden.«

24. KAPITEL

Wolfgang Eschenburg hatte sich in die Arbeit vertieft. Zugleich wartete er gespannt auf einen Anruf aus Osnabrück. Bereits am Vorabend war er davon ausgegangen, von Jonathan die offizielle Bestätigung der wahren Identität Stolzenbergs und etwas später die der anderen Männer zu erhalten. Die zuständige LKA-Abteilung würde, so nahm er an, für eine derartige Routineaufgabe nicht viel Zeit benötigen.

In seiner beruflichen Laufbahn hatte er des Öfteren Pressekonferenzen des LKA besucht und bei verschiedenen brisanten Kriminalfällen mit Angehörigen dieser über 1000 Mitarbeiterinnen und Mitarbeiter umfassenden Behörde zu tun gehabt. Sein vor zwei Jahren in der *Hannoverschen Allgemeinen* abgedruckter Artikel über ›Kunst am Bau‹, in dem er über das 1989 am LKA-Dienstgebäude am Welfenplatz aufgestellte Kunstwerk ›Schild‹ berichtet hatte, hatte bei den LKA-Beamten großen Anklang gefunden. Die beiden im Laufe der Zeit oxidierten Stahlplatten, die nach Aussagen des Künstlers Schutz und Geborgenheit symbolisieren sollen, waren zwar nicht spektakulär, aber er hatte das Werk mit einem Porträt des LKA verknüpft und es dabei geschafft, eine wohlwollende, aber dennoch distanzierte Perspektive einzunehmen.

Er stand vom Schreibtisch auf, schlenderte in die Küche und kam mit einer Tasse starken Kaffee zurück. Dann stellte er sich ans Fenster und blickte hinaus. Der Himmel hatte sich zugezogen, dunkle Wolkengebilde glitten über die Stadt. Er ließ seine Gedanken schweifen. Sommer schien ihm wenig Vertrauen in die Arbeit der Polizei gehabt zu haben, nur so war es zu erklären, warum er die Behörden außen vor gelassen hatte. Eine Schonung der Täter wäre sicher nicht in seinem Interesse gewesen. Das Verstecken der Dokumente stellte bereits als solches ein Rätsel dar. Sommer musste befürchtet haben, dass jemand in sein Haus hätte eindringen und nach den Dokumenten suchen können, das war die einzig wirklich sinnvolle Erklärung für das Anlegen eines so umständlichen Verstecks. Glaubte man den Angaben Dahlmanns, hatte Sommer sogar seinem besten Freund gegenüber Stillschweigen bewahrt. Vielleicht weil er glaubte, dass Dahlmann ihn dazu drängen würde, die Kopien der Polizei auszuhändigen. Schließlich hatte er, Dahlmann, es dann ja getan, als der Zufall ihm diese in die Hände spielte. Möglicherweise war er aber auch nur eine Person, der die Aufgabe zufiel, die Dokumente für jemand anderen aufzubewahren. Der Gedanke gefiel ihm, erlaubte er ihm doch einen neuen Blick auf die bisher herausgearbeiteten Zusammenhänge. Er musste von Jonathan noch mehr über den Mann in Erfahrung bringen.

Er wendete sich vom Fenster ab und hob den auf dem Fußboden liegenden Ausdruck des Ende 2010 veröffentlichten Abschlussberichts des rundes Tisches ›Heimerziehung in den 50er und 60er Jahren‹ auf. Neugierig blätterte er auf die Seite 23, wo er in dem Abschnitt ›Zur Rolle von externen Firmen und Betrieben‹ einige Unterstreichungen gemacht hatte. Er las die Passagen erneut aufmerksam durch.

Wiederholt kam für diese Firmen und Betriebe in den letzten Jahren der Verdacht der unangemessenen Bereicherung an der Arbeit der Heimkinder auf ... Bislang liegt noch zu wenig gesichertes Wissen vor, um eine endgültige Bewertung über das Verhältnis von Heimen und externen Firmen abzugeben. Nur selten lassen sich aus Untersuchungen über Heime die konkreten Beziehungen zwischen Heimen und externen Betrieben zuverlässig rekonstruieren. Hier liegt weiterer Forschungsbedarf.

Er setzte sich auf einen braunen Ledersessel. Auf dem Beistelltisch davor lagen ausgebreitet die Kopien. Drei Schwarz-Weiß-Fotos, drei Männer, er sah in ihre ausdruckslosen, kalten Gesichter. »Was habt ihr in den Kinderheimen getrieben?« Er wunderte sich selbst darüber, dass er diese Frage laut aussprach. Er griff sich den Schreibblock, auf dem er noch in der Nacht Sommers handschriftliche Anmerkungen über Stolzenberg alias Spinnenberger separat notiert hatte. Wie er es auch drehte und wendete, er wurde aus diesen Aufzeichnungen nicht schlau, zu spärlich war der Informationsgehalt, zu weit der Raum der möglichen Interpretationen. Er konnte nur mit Wahrscheinlichkeiten operieren, und deshalb war der Gedanke, dass es bei den zu verteilenden Geldern um die sicherlich nicht unerheblichen Profite aus Kinderarbeit ging, für ihn tatsächlich naheliegend. Warum hatte Sommer sich nur so schwammig ausgedrückt? Nur ein kleiner Hinweis, ein paar Details mehr, und er hätte eine weitaus bessere Ausgangslage für seine Recherche gehabt, als es jetzt der Fall war. Er nahm sich die Zeilen erneut vor, las sie laut und langsam Wort für Wort.

Spinnenberger erledigte seine Aufgaben sehr genau. Er hatte eine Schlüsselstellung bei der Verteilung der Gelder. Wer stand mit ihm in Kontakt? Wer waren seine Verbindungsleute?

Das Schrillen des Telefons riss ihn aus seinem Analyseversuch.

»Jonathan, du bist es, wie schön. Was gibt es an Neuigkeiten?«

»Wolfgang, endlich erreiche ich dich, halte dich fest. Du wirst es kaum glauben, was ich dir jetzt erzähle. Stolzenberg wurde gestern Mittag an seiner Haustür von einem noch unbekannten Täter erschossen.«

»Das … das kann doch nicht sein«, Eschenburg bekam plötzlich kein Wort mehr über die Lippen, er rang um Fassung.

»Hör zu, ich werde dir jetzt alles genau erzählen, aber eines steht fest, du musst vorsichtig bei deiner Arbeit sein, hörst du? Wirklich verdammt vorsichtig!«

*

Düster und schwer trieben dichte Wolkengruppen über die taufeuchte Landschaft. Das Haus lag einsam am Rande eines kleinen verwucherten Wäldchens, alleinstehend und an drei Seiten umgeben von Wiesen, Äckern und kleineren Baumgruppen. In der Ferne zog ein Traktor auf einem Feld seine gemächlichen Bahnen, ansonsten schien kein Mensch weit und breit zu sein. Am gestrigen Abend hatte er das Fahrrad, mit dem er gekommen war, in den kleinen Holzverschlag neben dem Teich gestellt, auf dessen trüber Oberfläche der nun fast unsichtbare, feine Nieselregen ein feines Muster zeichnete. Ein morscher Steg ragte ins Wasser, auf dessen schlüpfrigen Planken vermutlich seit Jahren kein Angler mehr Platz genommen hatte. Ohnehin schien das Ferienhaus seit Monaten so gut wie unbewohnt zu sein. Die kleine Küche wirkte dennoch aufgeräumt. Seit drei Jahren hatte er das Häuschen nicht mehr betreten. So viel Zeit war bereits vergangen, seit er sich nicht mehr um das kleine Anwesen kümmerte. Der neue Pächter hatte kein Interesse daran gezeigt, ihm die bisherige Aufgabe weiterhin zu überlassen, auch wenn er vom Vorpächter ohnehin nur ein Taschengeld für die Arbeit erhalten hatte. Nach dem Zweitschlüssel für das Haus war er damals nicht gefragt worden und hatte ihn einfach behalten, ein Erinnerungsstück an jene Tage, an denen er hier so manchen stillen Nachmittag verbracht hatte. An diesem Ort konnte er nun sicherlich wochenlang bleiben, ohne aufzufallen. Das einzige drängende Problem bestand in der Tatsache, dass er außer einem Apfel keinerlei Proviant besaß. Er musste zu einer Einkaufstour aufbrechen. In zwei Kilometern Entfernung befand sich auf einem der für die Region des Artlandes typischen, prächtigen Höfe ein Bauernhofcafé mit angegliedertem Laden. Er hatte während einiger seiner Fahrradtouren in den letzten Jahren dort gelegentlich eine Rast eingelegt und die imposante Fassade samt ihrer charakteristischen aufwendigen Außenverzierungen und Schnitzereien bewundert. Er beschloss, sich in dem Geschäft alles Notwendige zu besorgen. Die Aussicht auf eine warme Mahlzeit bescherte ihm ein intensives Glücksgefühl.

Nachdem er sich das Innere des Hauses durch staubwischen und das geraderücken zweier kleiner Teppiche etwas wohnlicher gestaltet hatte, trat er nach draußen und hielt prüfend eine Hand in den stärker gewordenen Regen. Er beschloss, mit seinem Aufbruch notgedrungen noch etwas zu warten. Ein Fischreiher erhob sich mit wuchtigen Flügelschlägen vom Teichufer und verschwand kurz darauf hinter einer Baumreihe aus seinem Gesichtsfeld. Für einen Moment war ihm, als hätte er am hinteren Ende des Grundstücks bei der Hecke eine Bewegung ausgemacht. Er beobachtete die Stelle eine Weile, doch nichts rührte sich, er war alleine. Noch.

25. KAPITEL

»Und da soll noch einer sagen, Kameras an öffentlichen Plätzen bedrohen die Privatsphäre der Bürger«, polterte Krüger lautstark in den Raum.

»Helmut, bitte keine Grundsatzdiskussionen jetzt, einverstanden?« Fürst bemühte sich, diplomatisch zu klingen, auch wenn seine Antwort eindeutig als Aufforderung und nicht als Frage zu verstehen war. Der Kriminalhauptkommissar, Jonathan, Krüger und zwei Beamten der mit der Kameraauswertung betrauten Ermittlungsgruppe hatten sich vor einem Monitor versammelt und betrachteten die Videoaufnahmen.

Es stand nun unzweifelhaft fest, dass Dahlmann unmöglich den Mord an Stolzenberg hatte ausführen können, die Aufzeichnung der Kamera vom Bahngleis des Oldenburger Hauptbahnhofs belegten es eindeutig. Um 11.29 Uhr hatte er am Vortag den Zug in Richtung Quakenbrück bestiegen und schied damit als Täter genau in jenem Zeitfenster aus, in dem der Mord den Rechtsmedizinern zufolge begangen worden war.

»Außer der kleinen Tasche kein Gepäck, genauso, wie die Hotelangestellte angab. Das bestätigt mehr oder weniger, dass wir es nicht mit einer geplanten Flucht von ihm zu tun haben. Er war in der Zwischenzeit allem Anschein nach wirklich nicht bei sich zu Hause.« Fürst rieb sich nachdenklich das Kinn.

»Er sieht mitgenommen aus«, ergänzte Jonathan, und es klang so, als wolle er bei den Anwesenden den Blick für den Menschen Dahlmann schärfen.

Als Nächstes gingen sie die zweite Aufzeichnung durch, welche die dafür zuständigen Ermittler in bemerkenswert kurzer Zeit von Dahlmann aufgespürt hatten. Altstadtbahnhof Osnabrück. Sie sahen, wie der Zug am Bahnsteig hielt und sich die Türen öffneten.

»Warum steigt er wieder aus? Dass macht doch keinen Sinn.« Krüger konnte erneut nicht an sich halten.

»Er ist sich unschlüssig, einfach nur unschlüssig, weiß nicht, was er tun soll, das drückt doch auch seine Körpersprache aus.«

In Fürsts Erklärung lag ein Anflug von Ärger. Er war müde, und Krüger hatte an diesem Vormittag schon mehrmals seine entsprechend niedrige Toleranzschwelle fast überschritten.

Sie begannen sich die Aufnahmen noch einmal von vorne anzusehen, ab dem Moment, an dem Dahlmann den Bahnsteig betrat, wie es die Zeitangabe am unteren Rand der Kameraaufnahme anzeigte. »Stopp.« Jonathans Stimme klang schneidend und hoch konzentriert.

»Der Mann dort.« Er beugte sich vor und drückte einen Zeigefinger auf den Bildschirm. Der Ermittler an der Tastatur betätigte die Standbildfunktion.

»Was ist mit dem?«, fragte Fürst neugierig.

»Der ist mir eben schon aufgefallen, ich habe es aber zunächst nicht wirklich beachtet. Er beobachtet Dahlmann, immer wieder, zumindest sieht es so aus.«

»Das ist ja wohl ein bisschen weit hergeholt, er kann ja sonst wen anschauen«, entfuhr es Krüger.

»Lass mal.« Fürsts Ton klang barsch.

»Wir nehmen uns jetzt die Zeit und schauen uns das genauer an. Kann man das irgendwie näher heranholen, das Gesicht meine ich?«

»Schauen wir mal.« Der Ermittler tippte etwas auf die Tastatur. Das Gesicht des Unbekannten nahm kurz darauf fast den gesamten Bildschirm ein. Plötzlich begann es in Fürst zu arbeiten. Die Person auf der Aufnahme hatte kurze Haare, die Gesichtszüge wirkten kantig. Deutlich war eine längliche Narbe am Kinn zu erkennen. Die Erkenntnis traf ihn wie ein Schlag.

Ein irgendwie unheimlich wirkender unbekannter Mann, so hatten doch die Worte der Nachbarin Armin Sommers gelautet. Er musste es sein, der Mann aus dem Wald.

*

Das Herrenhaus lag fernab stark befahrener Straßen, alleinstehend und würdevoll. Eine Lindenallee führte zu dem Gelände, an dessen Eingang zwei auf Säulen thronende steinerne Löwenfiguren Besucher in Empfang nahmen. Das Anwesen bestand aus einem Haupthaus und zwei efeubewachsenen Nebengebäuden. Auf dem perfekt getrimmten Rasen, der im vorderen Bereich des Komplexes die gepflasterte Freifläche umschloss, jagten zwei Eichhörnchen hintereinander her und stießen dabei kurze Klicklaute aus. Zwei Autos näherten sich, das Sonnenlicht reflektierte auf ihren Windschutzscheiben und erzeugte kleine Lichtblitze, als sie die Allee durchfuhren. Vor dem Haupthaus kamen sie zum Stehen. Sogleich öffnete sich die Eingangstür, und ein Mann mit hellbraunem Sakko und einem weißen Einstecktuch trat nach draußen. Drei Männer entstiegen den Fahrzeugen und liefen ihm entgegen. Jeder von ihnen war mit einem gut sitzenden Anzug bekleidet. Nach einer kurzen Begrüßung betraten alle das Herrenhaus, durchschritten die schachbrettartig geflieste Eingangshalle und steuerten zielsicher einen saalartigen Raum an, in dessen Mitte sich ein runder Tisch befand, auf dem eine Kaffeetafel gedeckt war. Die Decken waren mit aufwendigen Stuckarbeiten verziert und an den Wänden hingen großformatige alte Ölgemälde, die durchweg Personenporträts von Geistlichen abbildeten. Zwei Männer, ebenfalls in Anzügen, standen auf der angrenzenden Terrasse. Als sie die Besucher bemerkten, unterbrachen sie ihr Gespräch und traten in den Raum. Sie reichten den Neuankömmlingen wortlos und mit einem vertrauten und zugleich entschlossen wirkenden Nicken die Hand, während der Hausherr die wuchtigen Flügeltüren zur Eingangshalle und die Terrassentür schloss. Dann setzten sich alle wie auf ein Kommando an den Tisch. Der groß gewachsene Mann mit den kurz geschnittenen eisgrauen Haaren und den drei Narben auf der Wange ergriff das Wort. Die Männer blickten ihn aufmerksam an.

»Ich erspare uns eine lange Vorrede. Jeder von uns weiß, in welcher Lage wir uns befinden. In all den Jahren gab es nie Probleme, und jeder von uns befand sich im Glauben, dass sich daran nichts ändern würde. Wie falsch diese Annahme war, sehen wir nun. Sagen wir es so, wie es ist: Wir haben unsere Gegner unterschätzt, sträflich unterschätzt. Seit dem Augenblick, als wir erfuhren, dass Armin Sommer in der Vergangenheit herumstochert, haben wir es mit einer Entwicklung zu tun, in der wir die Getriebenen sind. Das müssen und das werden wir ändern. Wir müssen die Initiative zurückgewinnen.« Er unterbrach seine Rede und blickte jeden Einzelnen durchdringend an.

»Fehler werden nun mal gemacht, davon kann sich keiner freisprechen, und damit muss man immer rechnen, aber das ist kein Freibrief für Nachlässigkeit. Eine solche können wir nicht dulden. Wir haben uns über die Jahre Erfahrungen angeeignet, viele Erfahrungen, und die werfen wir nun in die Waagschale. Dabei kommt es auf jeden von uns an.« Er machte eine Kunstpause.

»Heute Morgen erreichte mich eine Nachricht, die uns wieder hoffen lassen kann. Unser Mann hat Dahlmanns Unterschlupf aufgespürt.«

In den zuvor unbewegten Gesichtern der gebannt lauschenden Männer war nun deutlich der Ausdruck von Erstaunen zu erkennen.

»Angesichts der Tatsache, dass dies der Polizei trotz intensiver Fahndungsarbeit bisher nicht gelungen ist, können wir das als klaren Erfolg werten.«

»Rudolf, wo ist er?« In der Stimme des Mannes lag eine kaum noch zu bändigende Ungeduld, das dunkelbraune Augenpaar über der markanten Adlernase fixierte den Hauptredner.

»Eine Person hat Gewohnheiten, sie hinterlässt Spuren. Auf diese Fährten muss man sich konzentrieren. Unser Mann hat genau das getan und von Dahlmann gemachte Fotos im Internet aufgestöbert.«

Er tippte auf seinen Laptop und winkte, den Blick fest auf den Bildschirm gerichtet, die Männer herbei, die sich daraufhin erhoben und sich halbkreisförmig hinter ihm aufstellten.

»Dahlmann ist Hobbyfotograf und hat ein Faible für Vogelmotive. Das hier ist ein Ferienhaus in der Umgebung von Quakenbrück, er hat diese Aufnahmen vor drei Jahren dort gemacht und auf diesem frei zugänglichen Fotoportal im Internet eingestellt. Das Haus gehört einem Mann namens Vincent Oelgeschläger. Ein kurzer, unverdächtiger Anruf bei ihm hat erbracht, dass Dahlmann bis vor drei Jahren das Ferienhaus gegen Entgelt in Schuss gehalten hatte. Als Oelgeschläger das Haus kaufte, hat er das Arbeitsverhältnis mit Dahlmann nicht verlängert.«

»Rudolf, möglicherweise ist Dahlmann tatsächlich dort, aber von einem Erfolg können wir erst dann sprechen, wenn sich die Vermutung bestätigt hat.«

»Ich kann dich beruhigen, sie hat sich bestätigt. Unser Mann war bereits vor Ort und hat Dahlmann vor dem Haus eindeutig identifiziert.«

»Wann wird er zuschlagen?«

»Heute Nacht.«

26. KAPITEL

Aus der Vermutung war Gewissheit geworden. Unmittelbar nach der Auswertung der Videoaufzeichnungen rief Fürst die Grundschullehrerin Irma Rabe an. Sie erklärte sich sofort bereit, zur möglichen Identifizierung des Verdächtigen auf dem Videoband in die Polizeiinspektion zu kommen. Der Kriminalhauptkommissar bot ihr an, sie abholen zu lassen, und sie willigte ein. Ein kurzer Blick auf die Aufnahmesequenz hatte ihr gereicht, um zu bestätigen, dass es sich bei dem Mann auf dem Altstadtbahnhof tatsächlich um jene Person handelte, die sie in den Tagen vor Sommers Tod mehrfach in dem Waldstück neben dessen Haus beobachtet hatte. Sie war sich absolut sicher. Fürst erfasste die Bedeutung dieser Aussage sofort. Es waren oft Kleinigkeiten, die bei wichtigen Ermittlungen letztlich den Durchbruch erbrachten, und in diesem Fall hatte sich seine Offenheit gegenüber den Beobachtungen dieser Frau an jenem frühen Morgen nach der Explosion im Nachhinein als Glücksfall erwiesen. Sofort erteilte er an die zuständigen Kollegen die Anweisung, das Bild des Mannes an alle niedersächsischen Polizeidienststellen weiterzuleiten und umgehend die Sofortfahndung anzuordnen. Fahndungsersuche ergingen zudem an die Dienststellen der Bundespolizei auch in den angrenzenden Bundesländern. Zugleich wurde die Aufnahme zum Datenbankabgleich an alle Landeskriminalämter und an das Bundeskriminalamt übermittelt.

Drei Stunden nach der Entdeckung des Mannes auf den Videoaufnahmen traf sich die Mordkommission zur

Lagebesprechung. Auch die zuständige Staatsanwältin nahm an der Besprechung teil. Fürst fasste den aktuellen Ermittlungsstand zusammen.

»Wie Sie alle bereits wissen, scheidet Robert Dahlmann als Täter aus, der Zeitpunkt der Videoaufzeichnungen belegt dies eindeutig. Unsere Priorität liegt jetzt bei der Identifizierung und Ingewahrsamnahme der unbekannten Person. Möglicherweise lässt eine Identifizierung bereits Rückschlüsse auf den Hintergrund und die Motivation des Mannes zu. Sein Bild wird in Kürze auch Harald Stolzenberg vorgelegt, möglicherweise kennt er die Person oder hat sie vor dem Mord an seinem Vater in irgendeinem Zusammenhang gesehen.«

Fürst erteilte nun Friedrich Raumann das Wort.

»Bei der Sichtung der Unterlagen aus Stolzenbergs Haus ist ein Foto gefunden worden. Darauf konnten die beiden mittlerweile verstorbenen ehemaligen Heimmitarbeiter und SS-Männer Förster und Ernsting klar identifiziert werden. An der Feststellung der Identität von zwei weiteren, ebenfalls auf dem Foto abgebildeten Personen wird bereits gearbeitet.«

Fürst nickte Raumann wohlwollend zu. Dieser reichte einen Papierstapel mit der Aufnahme in die Runde. Dann fuhr der Kriminalhauptkommissar mit seinen Ausführungen fort.

»Dahlmanns Vermutung, verfolgt zu werden, ließ sich auf der Basis der Videoaufzeichnungen letztlich zwar nicht 100-prozentig bestätigen, sie wirkt aber sehr plausibel. Auch seine Bemerkung über die CD-ROM, von der er im Telefonat mit Herrn Bach angab, sie ebenfalls in Sommers Versteck gefunden zu haben, erscheint nun wichtig zu sein. Bisher haben wir dem kaum Aufmerksamkeit geschenkt. Womöglich ist sie der Grund dafür, dass er verfolgt wird, aber das ist natürlich zum jetzigen Zeitpunkt noch rein spekulativ. Angesichts der Brisanz der Dokumente aus dem Versteck kann mit großer Wahrscheinlichkeit davon ausgegangen werden, dass diese CD-ROM weitere wichtige Hinweise über untergetauchte Nazis enthält. Vor dem Hintergrund der neuen Hinweise wird das LKA Sommers Haus einer umfassenden kriminaltechnischen Untersuchung unterziehen, und auch der Frage nach der Explosionsursache wird noch mal nachgegangen. Das angrenzende Waldstück wird abgesucht. Die Suche nach Dahlmann muss nun mit Unterstützung der Öffentlichkeit erfolgen, die dafür notwendigen Schritte sind umgehend einzuleiten.«

Fürst machte einen besorgten Gesichtsausdruck.

»Wir haben Grund zu der Annahme, dass sich Dahlmann in Gefahr befindet. Wir müssen ihn finden, und zwar schnell.«

*

Eschenburg schien es, als würde ihm die Zeit davon laufen. Er stand mit seinen Recherchen doch eigentlich erst ganz am Anfang. Jonathans Nachricht wirkte auf ihn immer noch wie ein schlechter Scherz. Der Mord war dramatisch, aber was er für ihn und seine Recherchen bedeutete, konnte er nicht realistisch einschätzen. Obwohl er sich darüber intensiv Gedanken gemacht hatte, war er zu keinem klaren Ergebnis gekommen. Die Datenbankanfragen zu den Nazis konnte er nun ohnehin nicht mehr rückgängig machen. Die Ergebnisse würden ihn sicherlich in Kürze erreichen. Er wandte seinen

Blick vom Computerbildschirm ab, schloss für einen Moment die Augen und spürte den Kopfschmerzen nach, die ihn seit zwei Stunden plagten. Er fühlte sich wie ausgedörrt und hatte bereits eine Literflasche Mineralwasser geleert, aber das trockene Gefühl in seinem Mund blieb unverändert. Auch sein Rücken schmerzte. Ihm ging durch den Kopf, dass es langsam an der Zeit wäre, konsequent mit dem ihm vom Orthopäden dringend angeratenen Rückentraining zu beginnen. Die jahrelange Schreibtischarbeit begann zweifellos ihren Tribut zu fordern und verlangte eindringlich nach einem sportlichen Ausgleich. Er holte sich einen Kaffee und ein Glas Wasser mit einem Aspirin aus der Küche, balancierte beides auf den Schreibtisch und machte in einem spontanen Anflug von verzweifeltem sportlichen Aktionismus ein paar Dehn- und Streckübungen. Dann setzte er sich wieder an den Rechner und checkte seine Mails. Erfreut stellte er fest, dass er eine Antwort auf seine kostenpflichtige Suchanfrage in einer Pressedatenbank bekommen hatte. Die Anfrage war das Ergebnis seiner Überlegungen zu der Frage, wie die durch die Kinderarbeit in den Heimen erzielten Gewinne von den Profiteuren verwendet worden waren. Bei einem so undurchsichtigen und unkontrollierten Geflecht, wie es das System der damaligen Kinderheime darstellte, erschien ihm vieles denkbar. Korruption, individuelle Bereicherung und damit verbundene Geldtransaktionen bildeten eine logische Konsequenz aus den ihm bereits bekannten Fakten. Mit seiner Suchanfrage hatte er erfahren wollen, ob Artikel erschienen waren, die über finanzielle Unregelmäßigkeiten in den Kinderheimen und Beziehungen zwischen Heimen und Firmen berichteten. Er hatte sich für einen Zeitraum von 1960 bis 1970 entschieden und als regionalen Schwerpunkt das Osnabrücker Land gewählt. Für die vier an die Mail angehängten Artikel wurden ihm 25 Euro in Rechnung gestellt. Das ging für ihn in Ordnung.

Er öffnete die erste PDF-Datei mit dem Titel ›*Osnabrücker Tageblatt, 12. Februar 1965*‹. Sein Blick wanderte zur Überschrift. ›Für alle Beteiligten ein Gewinn – unternehmerisches Engagement kommt Kinderheimen zugute‹. Es handelte sich bei dem Artikel um ein Zeitungsinterview mit einem Osnabrücker Unternehmer namens Hermann Landwehr. Auf dem Foto über dem Interviewtext grinste ein groß gewachsener Mann Anfang 50 in die Kamera. Sein Gesichtsausdruck und seine Körperhaltung strahlten ein unangenehm offensiv zur Schau gestelltes Selbstbewusstsein aus. Dem gesamten Gestus haftete etwas Überhebliches an. Hinter dem Mann hatten ein Dutzend Personen auf einer breiten Eingangstreppe Aufstellung genommen, ganz offensichtlich das Personal des betreffenden Kinderheimes. Das große Haus im Hintergrund wirkte unansehnlich, vermutlich handelte es sich um das Heimgebäude. Als Nächstes studierte er die Gesichter der abgebildeten Personen genauer. Im ersten Moment bemerkte er nichts Auffälliges. Als er ihn in der dritten Reihe entdeckte, war es für ihn wie eine Offenbarung. »Volltreffer!«, entfuhr es ihm spontan. In den Augen des Mannes lag derselbe Ausdruck wie auf dem Foto seines mehr als 20 Jahre zuvor ausgestellten SS-Dienstausweises. Stolzenberg blickte mit kaltem, distanziertem Blick in die Kamera des Pressefotografen.

*

Hungrig schlang Robert Dahlmann das Essen hinunter. Es war ein Festmahl. Nach seinem Ausflug zu dem nahegelegenen Hofladen hatte er sich direkt an den Herd begeben, um aus den frischen Zutaten eine einfache, aber herzhafte Mahlzeit zuzubereiten. Der Duft von Bratkartoffeln erfüllte bald den Raum, dazu gab es Rührei mit Speck, und beim Nachtisch hatte er sich für Naturjoghurt entschieden, in das er frische Birnen schnitt. Seit mehreren Tagen war das Essen ein Provisorium gewesen, und nun spürte er, wie sein Körper diese deftige Kost genoss. Der Einkauf war problemlos verlaufen, niemandem schien er aufgefallen zu sein, und die freundliche Verkäuferin hatte keine Anstalten gemacht, ihn in ein längeres Gespräch zu verwickeln.

Nach dem Spülen trat er vor die Tür, ging langsam hinüber zum Steg und blieb an dessen Rand stehen. Alles war ruhig, nur eine einsame Taube gurrte hoch oben in einem Baum. Die Natur wirkte mit sich im Gleichgewicht, und es schien ihm, als würde dies auch auf ihn abfärben. Er fühlte sich sicher. Zum ersten Mal seit jenem Moment, an dem er sich entschied, nicht zum Vernehmungstermin zu erscheinen, hatte er den Eindruck, dass er die innere Ruhe finden würde, um seine Lage vorurteilsfrei zu überdenken. Die Neugier darüber, welche Schritte der junge Forscher bisher unternommen hatte, um den Nazis auf den Leib zu rücken, konnte er sich in diesem Moment offen eingestehen. Seine Befürchtungen, dass Jonathan sich für ihn bei einer Ingewahrsamnahme durch die Polizei nicht eingesetzt hätte, hielt er nun für überzogen. Möglicherweise wäre alles viel weniger dramatisch abgelaufen, als er vermutet hatte. Er wusste aber auch, dass es kein Zufall war, dass er in diesem kleinen Haus Zuflucht gesucht und gefunden hatte. Der Ort war mit positiven Gedanken und Emotionen besetzt, während er in seinem eigenen Haus permanent an Armin würde denken müssen, ohne Aussicht darauf, Abstand zu gewinnen. Hier, inmitten der Natur, eingebettet in viele angenehme Erinnerungen, war das anders.

Er setzte sich ins feuchte Gras und beobachtete einen Marienkäfer bei einer Kletterpartie. Schließlich wanderte sein Blick zum Abendhimmel. Eine Weile besah er sich die in ein sanftes Rot getauchten Wolkenformationen. Die Sonne war soeben untergegangen. Von Osten tastete sich die Dunkelheit heran. Ihn fröstelte, und er erhob sich. Langsam schritt er zurück zum Haus. Auf dem Pfosten eines Weidezauns, keine 20 Meter von ihm entfernt, bemerkte er einen Mäusebussard. Es erschien ihm, als würde das Tier seinen Blick erwidern. Er wusste, dass fast genau an der gleichen Stelle bereits vor Jahren regelmäßig ein Bussard Stellung bezogen hatte. Diese Berechenbarkeit hatte ihm zu einigen sehr schönen Fotoaufnahmen verholfen. Vermutlich handelte es sich um dasselbe Tier. Einige Sekunden schaute er den Raubvogel an, dann setzte er seinen Weg in Richtung Hauseingang fort. Er spürte, wie die Feuchtigkeit des Grases langsam in seine Schuhe drang. Einige Augenblicke später betrat er das Haus, schloss die Tür und schob den Riegel vor. Morgen würde ein guter Tag sein, um nachzudenken, um sich alles ganz genau zu überlegen. Er würde danach sicher das Richtige tun. Mit dieser beruhigenden Gewissheit schritt er ins Bad, wusch sich, entzündete dann drei Kerzen und schaltete die Deckenlampe aus. Das Kerzenlicht malte flackernde Schattenbilder an die Wand. Er schloss ein bis dahin gekipptes Fenster, und die Schatten kamen augenblicklich zur Ruhe. Mit einem tiefen Seufzer legte er sich auf die Matratze und begann in einem großformatigen Buch über Herrensitze im Osnabrücker Land zu blättern, das zum Inventar des Ferienhauses gehörte. Eine dreiviertel Stunde später war er fest eingeschlafen.

27. KAPITEL

Kurz vor acht schloss Jonathan seine Wohnungstür auf, legte seine Sachen ab und begann sein Abendessen zuzubereiten. Der Tag war ereignisreich verlaufen und hatte viele Fragen aufgeworfen, aber auch eine erfreuliche Gewissheit mit sich gebracht. Der Mordverdacht gegenüber Dahlmann hatte sich in Luft aufgelöst. Zudem gab es eine vielversprechende Spur. Der Verfolger hatte ein Gesicht bekommen und vermutlich auch bald einen Namen. Es konnte eigentlich nur noch eine Frage der Zeit sein, bis er der Polizei ins Netz ging. Jonathan bedrückte jedoch nach wie vor, dass er Wolfgang Eschenburg in die ganze Sache mit hineingezogen hatte. Die Reaktion des Journalisten am Telefon wirkte zwar sachlich, aber zugleich hatte auch Irritation in seiner Stimme gelegen. Angesichts des Mordes war dies zu erwarten gewesen. Sie beide waren darin übereingekommen, dass nichts dagegen sprach, dass Wolfgang weiter recherchierte, er sich dabei jedoch besonders vorsichtig verhalten musste. Welche anderen Schlüsse hätten sie auch aus der Situation ziehen sollen, fragte sich Jonathan in diesem Moment. Wolfgang war ein Profi, der wusste, was er tat. Wenn er weiter machen wollte, dann musste er als sein Freund diese Entscheidung akzeptieren.

In Gedanken ging er sein Abendprogramm durch. Das Gespräch mit Axmann ließ ihn nicht los. Der Wilhelm-Kynschwett-Stiftung würde er noch vor dem Schlafengehen weiter mittels Internet auf den Zahn fühlen. Den Stiftungs*namen* hatte er ja schon recherchiert. Bei dem Namensgeber handelte es sich um einen in den 1960er Jahren verstorbenen Unternehmer aus dem Ruhrgebiet, der mit einem Teil seines Vermögens die Stiftung ins Leben gerufen hatte. Irgendwelche Querverbindungen, die Aufschluss über die verschiedenen Aktivitäten der Stiftung gaben, würden sich schon im Internet finden lassen, da war er sich sicher. So ganz verstand er selbst nicht, warum er die Stiftung nicht schon vorher genauer überprüft hatte. Zwar gab es bis zu dem Gespräch mit seinem Doktorvater keine wirklichen Anhaltspunkte, welche die Stiftung für ihn verdächtig gemacht hätten, aber der wichtigste Grund für sein Desinteresse an derartigen Recherchen lag wohl an der verlockenden Möglichkeit, bald Fördergelder zu erhalten. Es gab aber auch keinen Grund, an Axmanns Hinweis auf eine Zusammenarbeit der Stiftung mit dem emeritierten und berüchtigten Biologie-Professor Reichert zu zweifeln. Dieser Umstand warf nun ein völlig neues Licht auf die Einrichtung. Reichert war als rechtslastiger Professor seit Jahren bekannt, seine Einlassungen zur demografischen Entwicklung galten als ausländerfeindlich. Er veröffentlichte in einschlägigen Zeitschriften und Büchern aus dem Spektrum der so genannten ›Neuen Rechten‹ und hatte sich in den letzten Jahren zunehmend antiislamistisch geäußert und sich christlich-fundamentalistischen Kreisen und Positionen zugewandt. Jonathan hatte als Reporter für das Uniradio sogar über eine Protestaktion von Studenten berichtet, die sich gegen die Veranstaltung einer konservativen Osnabrücker Burschenschaft richtete, bei der Reichert zusammen mit einem rechtsextremen südafrikanischen Publizisten einen Vortrag halten wollte. Eine Zusammenarbeit der Stiftung mit ihm konnte kaum ein Zufall sein. Ihm graute bei dem Gedanken, von einer Stiftung, die derartige Personen förderte, Gelder für sein Forschungsprojekt zu erhalten. Irgendetwas war faul an der ganzen Sache. Die Offenheit der Stiftung seinen Forschungen gegenüber konnte nicht ehrlich gemeint sein. Welche Absicht stand dann aber dahinter?

Das Klingeln des Telefons unterbrach seinen Gedankengang. Er nahm genervt ab.

»Ja bitte?«

»Hallo, spreche ich mit Herrn Bach?«

»Ja, da sind Sie richtig, wer spricht dort bitte?«

»Hier ist Gerhard Schneider, ich hoffe, Sie erinnern sich noch an mich – das Interview.«

»Herr Schneider, ja natürlich, wie geht es Ihnen?« Jonathans Stimme wurde deutlich freundlicher.

»Danke, soweit gut. Ich habe da nur eine wichtige Sache, von der ich dachte, dass Sie vielleicht der beste Ansprechpartner sind.«

»Um was geht es denn, Herr Schneider?«

»Nun, ich habe Ihnen damals ja nach unserem Interview die Adresse von dem Herrn Dahlmann gegeben, nicht wahr?«

»Ja genau, ich habe dann auch einen Kontakt hergestellt, aber Sie wissen ja vielleicht, dass Herr Dahlmann gerade gesucht wird.« »Genau darum geht es. Ich habe das mitbekommen, und mir ist etwas eingefallen. Wissen Sie, ich wollte mich nicht direkt an die Polizei wenden. Sie haben damals bei unserem Gespräch erzählt, dass Sie jemanden bei der Polizei kennen, und da dachte ich, ich wende mich mal an Sie.«

»Ja natürlich, das ist vollkommen in Ordnung, erzählen Sie.«

»Nun, äh«, er stockte einen Moment, »also Robert hat mir mal was von einem Ferienhaus erzählt. Damals hat er da wohl als eine Art Hausmeister gearbeitet. Er sprach immer davon, dass er da wunderbare Fotos von seltenen Vögeln machen konnte. Die Fotografie ist ja ein Hobby von ihm. Als ich nun hörte, dass die Polizei ihn sucht, dachte ich, dass er sich vielleicht dort aufhalten könnte.«

»Herr Schneider, das ist ein sehr wichtiger Hinweis, wissen Sie, wo dieses Ferienhaus liegt?« Jonathans Frage klang trotz der Freundlichkeit in seiner Stimme bestimmend und eindringlich.

»Leider nicht genau, aber ich meine, dass er erzählt hat, dass es allein steht, also nicht an einen Hof angeschlossen ist. Auf jeden Fall westlich von Quakenbrück und nicht so weit entfernt vom Stadtgebiet. Er ist da immer mit dem Fahrrad hingefahren und brauchte wohl nicht sehr lange dorthin. Er hat aber auch immer viele Touren mit dem Rad gemacht, den Fotoapparat stets mit im Gepäck.«

»Wissen Sie vielleicht, wem das Ferienhaus gehörte?«

»Nein, das weiß ich nicht, darüber haben wir nie gesprochen. Es ist auch nur so eine Idee mit dem Ferienhaus, kann ja auch gut sein, dass ich da falsch liege. Er hat es damals nur öfter mal erwähnt.«

»Es ist wirklich hervorragend, dass Sie mich angerufen haben. Kann ich mir Ihre Nummer noch mal notieren, für den Fall, dass ich oder vielleicht auch der zuständige Kommissar noch Rückfragen haben sollten?«

»Ja, aber mehr als Ihnen werde ich der Polizei leider auch nicht erzählen können.«

Jonathan verabschiedete sich. Er wusste, dass er keine Zeit verlieren durfte. Entschlossen wählte er Richards Handynummer. Ungeduldig trommelte er mit seinen Fingern auf die Tischplatte, während das Rufzeichen ertönte. Er wollte schon fast wieder die Aus-Taste betätigen und es bei der privaten Festnetznummer seines Freundes probieren, als der Kriminalhauptkommissar endlich abnahm.

»Hallo, Jonathan, entschuldige, ich war gerade noch in einer Besprechung. Was gibt es denn?«

Jonathan berichtete ihm von dem Gespräch mit seinem ehemaligen Interviewpartner und gab Richard die Telefonnummer.

»Das ist ein verdammt guter Hinweis. Wir werden uns sofort an die Arbeit machen.«

»Was werdet ihr genau unternehmen?«

»Ich werde umgehend die Kollegen in Quakenbrück informieren, die haben natürlich auch die beste Ortskenntnis. Wir halten mit ihnen Kontakt und werden uns hier parallel die Landkarten vornehmen. Ich werde auch direkt Kollegen für eine Recherche im Internet aktivieren, so ein Ferienhaus wird ja meistens auch online angeboten. Wir werden dann telefonisch die Ferienhausanbieter abfragen, die wissen ja vermutlich ganz gut, wo welche Ferienhäuser stehen. Allerdings wird es sicher schwer werden, sie zu dieser Zeit telefonisch zu erreichen. Die Kollegen vor Ort werden aber auch Bauern in der Gegend ansprechen. Es ist zwar schon etwas spät, aber das dürfte alles noch zu machen sein. Mit Gerhard Schneider müssen wir auf jeden Fall auch noch mal sprechen.«

»Ich wünsche euch viel Erfolg. Melde dich, wenn ihr etwas gefunden habt.«

»Darauf kannst du dich verlassen. Sollten wir fündig werden kommst du mit nach Quakenbrück, das ist doch klar.«

SAMSTAG, 13. OKTOBER

28. KAPITEL

Als er es hörte, war er mit einem Mal hellwach. Etwas schlug gegen die Hauswand. Es war ein Geräusch, das sich deutlich von den nächtlichen Klängen der Umgebung abhob. Starr lauschte er in die Dunkelheit hinein. Er wagte kaum zu atmen. Das schwache Rauschen der Baumkronen drang ins Innere des kleinen Hauses. Da war es wieder. Ein blecherner Schlag, zugleich ein Kratzen auf dem Holz der unteren Hausverschalung. Ungleichmäßig, aber doch kraftvoll. Welches Tier konnte solche Geräusche machen? Er sah für einen Augenblick das Bild eines Keilers vor sich, der seine Eckzähne am Holz zu schärfen versuchte. Aber das dort draußen war bestimmt kein Keiler, Schwarzwild tauchte in dieser Gegend eigentlich nicht auf, auch wenn es in dem nur rund sieben Kilometer entfernt liegendem Börsteler Wald eine große Population der Tiere gab.

Das Geräusch verstummte. Noch immer lag er regungslos auf seinem Lager. Er horchte in die bleierne Stille. Bleiches Mondlicht fiel durch die Fenster. Nur das leise Rauschen in den Bäumen war zu hören. In seinem Kopf vollzog sich ein gigantischer Erfahrungsabgleich, jedoch ohne Ergebnis. Das, was er soeben gehört hatte, ließ sich mit nichts verbinden, es regte nichts in ihm an, außer einer dumpfen Befürchtung ohne Bild, ohne Gegenüber. Was soll ich tun? Rausgehen und nachsehen? Abwarten? Es arbeitete in ihm. Die Minuten verstrichen, das seltsame Geräusch blieb aus. Langsam löste sich die Anspannung, Ruhe kehrte in ihn zurück. Er spürte, wie die Müdigkeit langsam wieder von ihm Besitz ergriff, und er zurück in den Schlaf glitt.

Das Splittern der Holztür glich einer Explosion. Ihm war, als würde gleich das gesamte Gebäude über ihm zusammenstürzen. Instinktiv rollte er sich zur Seite und fiel hart auf den Holzfußboden. Ein zweiter Schlag erschütterte das Haus. Die Tür barst unter einer gigantischen Wucht, Holzteile und Scharniere flogen durch die Luft. Im selben Moment glitt Dahlmann, ohne zu zögern, unter das Bett. Er hörte, wie schwere Schritte durch das Haus dröhnten. Sekunden später durchdrang ein Lichtkegel das Dunkel und tastete hastig durch den Raum.

»Komm raus, sofort, oder du bist tot.« Die Stimme glich einem Orkan. Im selben Moment ertönte ein Schuss, Glas splitterte. Der unbekannte Mann im Raum warf sich auf den Boden. Für einen kurzen Moment herrschte Stille. Dann peitschte ein zweiter Schuss durch die Nacht. Die Kugel durchdrang eine weitere Scheibe und schlug in der Wand ein. Der Mann auf dem Boden robbte ans Kopfende des Bettes, er konnte seinen schweren Atem hören. Die Taschenlampe war zu Boden gefallen, ihr Strahl erleuchtete den Fußboden im Küchenbereich. Plötzlich spürte Dahlmann den festen Griff einer Hand an seinem Fuß. Eine irrsinnige Kraft riss an seinem Bein, er schrie auf.

»Komm raus, du Bastard.«

»Ich komme, nicht schießen, ich komme.«

Dahlmann drehte seinen Körper unter dem Bett hervor. Der Mann nahm ihn sofort in den Schwitzkasten und zog ihn in den Bereich unter den Fenstern. Er spürte das kalte Metall einer Pistole an seinem Hals. Sekunden verstrichen, die er wie eine Ewigkeit empfand.

»Lass den Mann laufen, dann geschieht dir nichts.« Die unbekannte Stimme drang irgendwo von draußen durch die kalte Nacht. Dahlmann schätzte den Abstand auf etwa 30 Meter. Der Mann hinter ihm lockerte seinen Griff, erhob sich leicht und spähte für einen kurzen Moment durch das Fenster hinaus in die Dunkelheit. Die Gelegenheit nutzend biss Dahlmann seinem Gegner in die Hand und rammte zugleich mit aller Kraft, die er aufbringen konnte, seinen Ellenbogen in den Magen des unbekannten Eindringlings. Der Mann schrie auf. Im selben Moment ertönte ein weiterer Schuss, wieder splitterte Glas. Dahlmann riss sich los und taumelte zur geborstenen Tür, die, nur noch von einem Scharnier gehalten, quer in den Raum hinein ragte. Kalte Nachtluft strömte ins Innere, es war für ihn wie ein Versprechen auf Sicherheit. Gleich würde ihn die Dunkelheit verschlucken. Er spürte, wie der Feind sich in seinem Rücken näherte, einem Raubtier gleich, das zum Sprung ansetzt. Rennen, nur noch rennen. Die Kälte regte alle seine Sinne an, er war nun hellwach. Als er den Schuss hörte, durchfuhr ihn fast im gleichen Moment ein stechender kurzer Schmerz, gefolgt von einem dumpfen Brennen, das sich mehr und mehr ausbreitete. Es folgte ein weiterer Schuss, dann ein lauter Aufschrei. Anscheinend war sein Verfolger getroffen worden. Was um alles in der Welt ging hier vor? Dahlmann stolperte, verlor das Gleichgewicht und fiel vornüber in den Teich. Nirgendwo fand er Halt, er konnte den Grund nicht ertasten. Mit letzter Kraft schaffte er eine Drehung und bekam ein Büschel Gras zu fassen. Er rutschte ab, griff erneut zu und grub seine Finger in die feuchte Erde. Es gelang ihm, sich ans Ufer zu ziehen. Keuchend blieb er dort liegen, die Beine noch im Wasser. Ein Schuss hallte durch die Nacht. Dann war es still. Plötzlich sah er über sich eine Gestalt, ein Arm reckte sich ihm entgegen. Instinktiv griff er danach. Der Unbekannte zog ihn auf den Rasen. Grashalme streiften seine Wangen.

»Alles in Ordnung?«

Die Stimme klang aufrichtig, fast sorgenvoll. Er nickte nur kurz. Dann versank alles um ihn in Dunkelheit.

*

Seit zehn Minuten saß Richard Fürst ungeduldig auf dem Schreibtischstuhl im Arbeitsraum seiner Wohnung und wartete auf den Rückruf. Nervös knetete er die Hände. Der Leiter der Quakenbrücker Polizeistation Karl Möllering hatte ihm telefonisch von dem Eingang eines Notrufs aus dem Nordkreis berichtet. Zwischen ein Uhr und 1.10 Uhr hatte sich ein unbekannter Anrufer bei der im Osnabrücker Kreishaus am Schölerberg liegenden kooperativen Leitstelle gemeldet, welche alle Notrufe für Polizei, Feuerwehr und Rettungsdienst zentral bearbeitete. Der dort eingesetzte Beamte hatte, so Möllering, umgehend alle Polizeistationen im Nordkreis alarmiert. Fürst ahnte, dass ein Zusammenhang zu jenem Ferienhaus bestand, nach welchem sie in den Abendstunden vergeblich gesucht hatten. Was jedoch dagegen sprach, war, dass das während des Notrufs beschriebene Ferienhaus deutlich weiter westlich lag, als es Gerhard Schneider geschildert hatte. Eine unzutreffende Beschreibung konnte aber auch genau der Grund für ihren bisherigen Misserfolg bei der Suche gewesen sein. Der Anrufer war trotz mehrmaliger Aufforderung nicht bereit gewesen, seinen Namen zu nennen. Er hatte in eindringlichen Worten von einem

Schwerverletzten auf dem Ferienhausgelände berichtet, der umgehend ärztliche Hilfe benötigen würde. Nach einer genauen Ortsbeschreibung legte er auf.

Möllering hatte Fürst zugesichert, sich zu melden, falls sich der Zusammenhang zu dem gesuchten Ferienhaus herausstellte. Als das Telefon nun erneut schellte, bestätigte sich die Ahnung des Kriminalhauptkommissars. Die Beamten vor Ort hatten Robert Dahlmann gefunden, schwer verletzt und nicht ansprechbar. Ein weiterer Mann, so berichtete Möllering, lag tot im Gras. Erschossen. Der Fahndungsaufruf der Mordkommission hatte sich bei seiner Identifizierung als hilfreich erwiesen. Die auffällige Narbe des Toten machte den Polizeibeamten am Tatort die Zuordnung leicht. Fürst sah seine Befürchtung bestätigt. Er atmete mehrmals tief durch. Die Erkenntnis war unverrückbar. Sie waren zu spät gekommen.

29. KAPITEL

Das Gelände war mit rot-weißen Flatterbändern abgesperrt, Einsatzwagen standen hintereinander auf dem holprigen Zufahrtsweg, ganz vorne parkte der Transporter der Spurensicherung.

Dem hageren groß gewachsenen Quakenbrücker Polizeistationsleiter war die Anspannung der letzten zwei Stunden deutlich anzusehen. In einem Halbkreis hatten sich Fürst, Jonathan, Krüger und zwei weitere Mitglieder der Mordkommission um den Mann gruppiert und lauschten seinem Lagebericht. Im fahlen Licht der aufgestellten Strahler, die ihren gespenstischen kalten Schein über das Gelände warfen, wirkten sie wie deplatzierte Schauspieler auf einer schlecht ausgeleuchteten Bühne. Noch vor ihrem Eintreffen am Tatort hatten Fürst und Jonathan darüber diskutiert, was wohl geschehen war. Der Kriminalhauptkommissar hatte Jonathan abgeholt, und sie hatten die Fahrzeit für einen lebhaften Austausch genutzt. Die Sorge um Dahlmann lag wie ein schwerer Schatten über der gesamten Situation. Kurz vor dem Erreichen des Ferienhauses hatten sie erfahren, dass er bereits mit dem Krankenwagen unterwegs in die Klinik war. Sein Zustand schien kritisch zu sein, Genaueres würden sie sicherlich in Kürze erfahren.

Die Ringalarmfahndung hatte bis zu diesem Zeitpunkt keinen Erfolg erbracht, obwohl auch Einsatzkräfte aus dem angrenzenden Emsland für die Fahrzeugkontrollen an den größeren Straßen hinzugezogen worden waren. Auch ein Hubschrauber mit Wärmebildkamera war im Einsatz, um in der Kürze der Zeit schwer zugängliche Gebiete abzusuchen. Momentan zog er über dem Hahlener Moor seine Bahnen.

»Es ist extrem schwierig, ein so großes Gebiet zu kontrollieren, wir tun unser Bestes, aber der Flüchtige kann uns bereits durch die Maschen gegangen sein. Es gibt einfach zu viele kleine Straßen und Feldwege, auf denen man sich über lange Strecken fortbewegen kann, die konnten wir in der Kürze der Zeit unmöglich mit den vorhandenen Einsatzkräften sichern. Womöglich hat der Flüchtige sein Auto aber auch irgendwo abgestellt und ist nun zu Fuß in einem Waldgebiet unterwegs. Es ist gut möglich, dass er im Falle einer Entdeckung umgehend Gebrauch von einer Schusswaffe macht. Die Kollegen, die das Suchgebiet durchkämmen, sind deshalb angewiesen worden, schusssichere Westen zu tragen. Die Beifahrer führen Maschinenpistolen einsatzbereit am Körper.«

Möllering ließ noch einige Details über die gerade ablaufenden Fahndungsmaßnahmen verlauten, dann war das Gespräch beendet. Krüger wendete sich wieder der zuvor unterbrochenen Vernehmung eines Landwirts zu, während die beiden anderen Beamten das Innere des Hauses betraten, in welchem das Team der Spurensicherung seine Arbeit versah.

Der Landwirt war zwei Kilometer vom Tatort entfernt aufgegriffen worden, wo er mit seinem Fahrrad unterwegs war. Mit hängenden Schultern wartete er nun neben einem dunklen BMW, dessen Zugehörigkeit zum Fuhrpark der Polizei nur durch ein auf das Dach gestelltes mobiles Blaulicht erkennbar war und als einziges Fahrzeug direkt auf dem Gelände des Ferienhauses parkte. Der Mann hatte auf Nachfrage hin ausgesagt, auf dem Nachhauseweg von einem nachbarschaftlichen Umtrunk Schüsse gehört zu haben und wenig später von einem rasant fahrenden Auto überholt worden zu sein. Allerdings konnte er keine Angaben zu Kennzeichen und Fahrzeugtyp machen.

Fürst und Jonathan blieben an Ort und Stelle stehen. Sie blickten auf konzentriert wirkende Männer und Frauen in Uniform und Personen in weißen Overalls, die auf routinemäßig eingerichteten, künstlich abgegrenzten Wegen umherliefen, des Spurenschutzes wegen. Jeder schien seine Aufgabe genau zu kennen. Wie auf einem

Seziertisch wurde das ausgeleuchtete Gelände einschließlich des Hauses untersucht. In Kürze würde auch eine Hundertschaft der Osnabrücker Bereitschaftspolizei zur Unterstützung eintreffen, ebenso eine Hundestaffel. Die gesamte Umgebung galt es systematisch nach Beweismitteln, einschließlich der Tatwaffen, abzusuchen. Der Tote lag noch im Gras, ein Polizeifotograf schoss aus mehreren Perspektiven Fotos. Das Blitzlicht tauchte den Körper in grelles Licht und ließ für einen flüchtigen Moment das dunkle Rot getrockneten Blutes erkennen, dann fiel das Bild wieder zurück in den Schatten.

Jonathan wendete den Blick von dem Geschehen ab und schaute zu Richard herüber.

»Ihr habt gestern Abend wirklich alles getan, um das Haus zu finden. Niemand konnte ahnen, dass Schneiders Ortsbeschreibung derart unpräzise war und das Haus so weit westlich liegt.«

»Ich weiß.« Fürsts Antwort klang zerknirscht, er wendete seinen Blick nicht vom Ferienhaus ab.

»Du weißt es, aber scheinst dir doch irgendwie Vorwürfe zu machen, oder liege ich da falsch?«

Der Kriminalhauptkommissar runzelte die Stirn.

»Mir selbst nicht, höchstens den Umständen. Das alles hier ist verdammt schief gelaufen. Es wäre vermeidbar gewesen, wenn wir nur eher auf diese Spur gestoßen wären, aber das ist jetzt müßig.«

Jonathan wechselte das Thema. »Was glaubst du, was ist hier abgelaufen?«

»Ich weiß es nicht. Wir müssen die Ergebnisse der Spurensicherung abwarten. Ich hoffe, dass wir Dahlmann bald befragen können. Fakt ist, dass sich hier anscheinend keine Tatwaffe finden lässt. Es sieht also ganz so aus, als ob der Flüchtige sie an sich genommen hat. Möglicherweise waren auch zwei Waffen im Spiel. Es ist auf jeden Fall bemerkenswert, dass der Mann den Notruf absetzte. Er wollte Dahlmann anscheinend helfen, hatte also kein Interesse daran, dass er stirbt.«

»Glaubst du, dass wir nun schnell herausbekommen, wer der Tote ist?«

»Ja, das glaube ich, auch wenn er nichts bei sich hat, was ihn bereits jetzt eindeutig identifiziert. Seine Tätowierungen scheinen auf einen Armeehintergrund hinzuweisen. Ich hoffe, dass uns bereits morgen das BKA etwas über seine Identität mitteilen kann. Unsere gestrige Anfrage können wir ja nun auch mit weiteren Details ergänzen, beispielsweise mit seinen Fingerabdrücken.«

»Richard?« Aus der Ferne drang Helmut Krügers Ruf zu den beiden Männern hinüber. Der Kriminalhauptkommissar hob die Hand und nahm Blickkontakt zu dem Rufenden auf. Krüger signalisierte ihm mit winkenden Handzeichen, zu ihm zu kommen. Wenige Augenblicke später standen er und Jonathan dem Kollegen gegenüber, der, ein Mobiltelefon ans Ohr drückend, konzentriert seinem Gesprächspartner lauschte. Er nickte ein paar Mal und beendete mit einem »Habe verstanden«, das Telefonat.

»Es gibt Neuigkeiten. In zwei Kilometern Entfernung wurde ein grauer Transporter mit Osnabrücker Kennzeichen in einem Wäldchen gefunden. Ein Leihwagen. Die Tür hinten war offen, im Inneren liegt Militariazeug. Womöglich das Auto, mit dem unser Narbenmann angereist ist.«

Ein uniformierter Beamter näherte sich der kleinen Gruppe, in den Händen Pappbecher und eine Thermoskanne.

»Kaffee gefällig?«

»Unbedingt!« Krüger rieb sich die klammen Hände. Erst jetzt bemerkte Jonathan, wie ihm die herbstliche Nachtkälte in die Glieder gekrochen war. Dankbar würde auch er das unerwartete Angebot annehmen. Nachdem alle drei mit Kaffee versorgt waren, verschwand der Beamte in einem Pulk von neu eingetroffenen Polizisten.

»Wann wird der Transporter denn genauer untersucht?« Jonathan hoffte, mit seiner Frage indirekt eine Antwort darauf zu erhalten, wie lange sie noch am Tatort bleiben würden.

»Wir werden gleich ein paar Leute der Spurensicherung dorthin schicken, aber die Untersuchung wird sich hinziehen. Wir werden, nein, wir müssen in diesem Fall auch die Unterstützung des LKA in Anspruch nehmen. Ich bin froh, dass wir sie bereits mit im Boot haben, das erleichtert die ganze Sache. Gleich morgen früh werde ich ein Ersuchen um Unterstützung durch die ›Operative Fallanalyse-Einheit‹ des LKA auf den Weg bringen.« Die Worte des Kriminalhauptkommissars, der sich an seinen dampfenden Becher zu klammern schien wie an das Steuer eines sinkenden Schiffes, klangen scheinbar optimistisch. Ihr alarmierter Unterton verriet Jonathan jedoch, wie den erfahrenen Ermittler die derzeitige Lage beunruhigte.

»Das ist alles halt Routine und braucht seine Zeit«, bemerkte Krüger großspurig und offensichtlich an Jonathan gerichtet.

»Nein, Helmut.« Fürst blickte den Kollegen scharf an. »Mit Routine hat dieser Fall überhaupt nichts mehr zu tun.«

*

Etwas war schief gelaufen, ganz gewaltig schief gelaufen. Seit zwei Stunden wartete Rudolf Landwehr in seinem BMW auf dem verlassenen Wanderparkplatz in den Ankumer Höhen. Der Himmel hing tief, Nebelfetzen trieben über den bewaldeten Hügeln, auf die er einen freien Blick hatte. Zwei Raubvögel zogen darüber ihre gleitenden Bahnen, den rauen Wind nutzend, um mit möglichst wenig Kraftaufwand in der Luft zu bleiben. Sein Blick folgte ihrem Flug, und gleichzeitig prüfte er in Gedanken die Situation, in der er sich befand. Er hätte gar nicht hierher kommen dürfen, nicht, bevor ihn der vereinbarte Anruf erreicht hatte. Doch der Anruf blieb aus. Romer hatte ihre Abmachung nicht eingehalten oder, und das war eigentlich die einzige plausible Erklärung, nicht einhalten können. Die Zuverlässigkeit des Mannes war über jeden Zweifel erhaben. Etwas musste ihm zugestoßen sein. Romer war in jeder brenzligen Lage ein Improvisationstalent, perfekt in der Lage, schwierige Situationen zu meistern. Selbst wenn sich Dahlmann heftig gewehrt hatte, vielleicht sogar aus irgendwelchen Gründen auf Angriffe vorbereitet war, wäre Romer ganz sicher als Sieger aus der Auseinandersetzung hervor gegangen. Dies reduzierte die möglichen Erklärungen für die jetzige Situation erheblich. Zwei Szenarien kreisten in seinem Kopf. Entweder war ihrem Mann gesundheitlich etwas zugestoßen, ein Herzinfarkt, ein schwerer Autounfall … oder aber, und diese Möglichkeit war noch katastrophaler, ein Unbekannterhatte eingegriffen hatte eingegriffen und Romer überwältigt, jemand, der stärker war als der ehemalige Elitesoldat.

Zu jeder halben Stunde hatte er das Radio eingeschaltet und den Nachrichten gelauscht, aber seine Hoffnungen, dadurch etwas darüber zu erfahren, was mit dem Mann geschehen war, hatten sich bisher nicht bewahrheitet. Er blickte auf die Uhr. Erneut war eine halbe Stunde vergangen. Beiläufig schaltete er wieder das Radio ein. Die erste Meldung des regionalen Nachrichtenteils traf ihn wie ein Schlag.

Auf dem Gelände eines Ferienhauses zwischen Menslage und Quakenbrück hat sich in der gestrigen Nacht aus bisher noch unbekannten Gründen ein Schusswechsel ereignet. Dabei kam ein Mann ums Leben, ein weiterer Mann wurde mit schweren Verletzungen ins Krankenhaus eingeliefert. Unser Reporter mit den Einzelheiten:

»Abgesperrte Straßen, Polizisten mit Maschinenpistolen im Anschlag, ein kreisender Polizeihubschrauber mit Wärmebildkamera und ein mobiles Einsatzkommando in Bereitschaft … Die Bilder der vergangenen Nacht aus dem Osnabrücker Nordkreis erinnerten die Beobachter an einen brisanten Einsatz zur Terrorabwehr. Nach einem tödlichen Schusswechsel auf dem Gelände eines abgelegenen Ferienhauses in der Nähe von Menslage sucht die Polizei mit einem Großaufgebot nach einem flüchtigen mutmaßlichen Täter. Bisher verliefen die Fahndungsmaßnahmen jedoch erfolglos. Noch weiß die Polizei nichts Genaueres über das, was sich in der gestrigen Nacht auf dem Gelände des Ferienhauses abgespielt hat. Aufschluss erhoffen sich die Ermittler von der laufenden kriminaltechnischen Untersuchung des Tatortes und eines in der Nähe aufgefundenen Transporters, der mit dem Geschehen in Verbindung gebracht wird. Ein bisher nicht identifizierter Anrufer hatte um ein Uhr die Polizei verständigt. Die Beamten stießen am Tatort auf zwei Männer, von denen einer bereits seinen Schussverletzungen erlegen war. Der zweite Mann wurde in ein Krankenhaus

eingeliefert, seine Lage ist angeblich stabil, allerdings ist er noch nicht vernehmungsfähig. Zu den Hintergründen und den genauen Umständen des Schusswechsels und der Identität der betroffenen Personen machte die Polizei bisher aus ermittlungstaktischen Gründen noch keine Angaben. Mit näheren Einzelheiten wird jedoch im Laufe des Tages gerechnet. Wir werden sie darüber auf dem Laufenden halten.«

Er schaltete das Radio aus, startete den Motor und fuhr los. Das erste Fahrzeug, das ihm auf der einsamen Landstraße entgegen kam, war ein Mannschaftswagen der Osnabrücker Bereitschaftspolizei.

30. KAPITEL

Als Jonathan erwachte, erschienen ihm die schlagartig aufkommenden Bilder der vergangenen Nacht wie unwirkliche Gebilde einer surrealen Traumlandschaft. Er brauchte eine Weile, um zu begreifen, dass sich alles genauso zugetragen hatte. Dahlmann lag nun schwer verletzt im Krankenhaus. Wie mochte es ihm in diesem Moment gehen? Jonathan hatte noch dessen Stimme im Ohr, sah dessen Gesicht vor sich, die aufmerksamen, zweifelnden Augen, die Spuren der Enttäuschung und Trauer ausdrückten und zugleich die Bereitschaft signalisierten, ihm zu vertrauen. Er rekapitulierte den Verlauf der nächtlichen Ereignisse.

Bis um fünf Uhr morgens war er mit Richard und den anderen Beamten der Mordkommission am Tatort geblieben. Beim Morgengrauen sollte die Durchkämmung des umliegenden Geländes durch die Osnabrücker Hundertschaft der Bereitschaftspolizei und die Hundestaffel beginnen. Das aufgeregte Bellen der Hunde nach ihrer Ankunft hallte ihm noch in den Ohren. Mit handfesten Ergebnissen der Spurensicherung war erst im Lauf des heutigen Tages zu rechnen. Die vorläufige Rekonstruktion der Geschehnisse am Tatort hatte mehr Fragen als Antworten aufgeworfen. Von dem Flüchtigen fehlte bis in die Morgenstunden trotz der intensiven Fahndungsmaßnahmen noch jede Spur, und die Wahrscheinlichkeit, dass sich dies noch ändern würde, erschien allen Beteiligten mehr als gering.

Während der Kriminalhauptkommissar noch vor Ort geblieben war, um die weiteren Maßnahmen zu koordinieren, war Jonathan mit einem Streifenwagen zurück nach Osnabrück gefahren. Es hatte für ihn an Ort und Stelle nichts Weiteres zu tun gegeben, und es war klar, dass der neue Tag Herausforderungen mit sich bringen würde, für deren Bewältigung er ausgeruht sein sollte.

Benommen ergriff Jonathan sein Smartphone, das neben dem Bett auf dem Nachtisch lag, um nachzusehen, ob ihn eine SMS erreicht hatte. Die leuchtenden Ziffern auf dem Display verrieten ihm die Uhrzeit. Es war Viertel nach zehn. Er stellte fest, dass ihm jemand auf die Mailbox gesprochen hatte. Aufgeregt drückte er auf die Taste, um die Nachricht abzuhören.

»Sie haben eine neue Nachricht. Erste Nachricht, heute 8.41 Uhr …« Ulf Reinders Stimme ertönte. Es klang für Jonathan wie eine Botschaft aus einer anderen, in dieser Situation gänzlich unwichtigen Welt. Das sollte sich jedoch bereits wenige Sekunden später ändern.

»Hallo, Jonathan. Na, wohl noch in den Federn, was? Dein Rechner ist wieder flott, ich habe ihn auf deinen Schreibtisch im Büro gestellt.« Reinders machte eine kurze Pause, Jonathan hörte seinen schweren Atem.

»Sag mal, du wusstest nicht zufällig, dass dein Rechner angezapft wird, oder?«

Jonathan durchfuhr es mit einem Mal heiß und kalt. Er erfasste die Bedeutung der Worte sofort.

»War gar nicht so leicht zu entdecken, wirklich gut versteckt das Ganze. Da hat sich jemand richtig Mühe gemacht und will dir anscheinend gewaltig auf den Zahn fühlen. Deine Firewall wurde dabei ganz locker ausgetrickst. Ich kann nichts dazu sagen, wie lange das schon so läuft, noch nicht. Am besten, wir sehen uns deinen Rechner noch mal gemeinsam an. Ich hoffe, ich beunruhige dich mit der Info jetzt nicht zu sehr, aber wir sollten uns schnellstmöglich treffen und darüber sprechen. Du kannst mich am Nachmittag erreichen, heute Morgen gebe ich mein Seminar und zu Mittag habe ich noch Sprechstunde. Ruf mich einfach an. Ciao.«

Reinders Worte klangen nach wie ein zynisches Echo. Ein Spähprogramm auf seinem Laptop. Sofort sah Jonathan in Gedanken die offene Tür seiner Wohnung vor sich, als er am vergangenen Dienstagabend nach Hause gekommen war, und dachte an die Beobachtungen des Hausmeisters. Die Verbindung lag auf der Hand. Wer auch immer hinter diesen Vorgängen steckte, wusste nun nicht nur über seine Forschungsergebnisse bestens Bescheid, sondern kannte auch alle Kontakte, alle Daten, die auf seinem Gerät gespeichert waren. Fieberhaft begann er seine digitalen Aktivitäten zu rekapitulieren. Er war sich sicher, dass er seit dem Auftauchen der Dokumente nichts darüber auf seinem Laptop gespeichert hatte. Insbesondere der aktuelle Kontakt zu Wolfgang Eschenburg war an seinem Laptop vorbei gegangen. Das Gefühl der Beruhigung währte jedoch nur für einen flüchtigen Moment. Es musste einen Zusammenhang zu den Ereignissen der vergangenen Tage geben, es konnte gar nicht anders sein. Ein Gedanke schlich sich in sein Bewusstsein, zunächst vage, kleinlaut, dann eindringlich, unausweichlich. Die Stiftung! Das Öffnen ihres Förderungsbogens, der als Anhang einer Mail an sein Postfach geschickt worden war, hatte sich ungewöhnlich lange hingezogen, eine kurze Zeit lang war sein gesamter Rechner blockiert gewesen. Nein, das konnte nicht die Antwort sein. Oder etwa doch? Er traute sich kaum, den Gedanken zu Ende zu denken. Plötzlich fühlte er sich in seiner Wohnung nicht mehr sicher. Was, wenn der unbekannte Eindringling hier eine Wanze installiert hatte? Mit einem Mal schien ihm nichts mehr unmöglich zu sein. Er stand auf, zog sich in Windeseile an und verließ eilig sein Zuhause. Er musste telefonieren, draußen, sofort.

*

Auf Reinders Mobiltelefon sprang nach fünfmaligem Schellen die Mailbox an. Jonathan hinterließ eine Nachricht und wählte dann die Nummer von Wolfgang Eschenburg. Das Ergebnis war dasselbe. Er überlegte, ob es zu dieser Uhrzeit vertretbar war, Richard anzurufen, der vermutlich noch tief schlafend in den Federn lag, um sich von den Strapazen der Nacht zu erholen. Er beschloss, damit noch zwei Stunden zu warten und sich auf den Weg ins

Büro zu machen. Plötzlich schellte sein Smartphone. Aufgeregt nahm er das Gespräch entgegen. Es war Richard.

»Hallo, Jonathan, ich hoffe, ich habe dich nicht geweckt?«

»Richard, wunderbar, dass du dich meldest. Nein, ich bin schon länger wach. Wie geht es dir?«

»Danke, ich bin ziemlich gerädert, aber ich habe Neuigkeiten. Wir haben den Mann identifiziert. Er heißt Nathan Romer, ein ehemaliger britischer Elitesoldat. Er war in den 80er Jahren in Osnabrück stationiert. Die Spurensicherung hat auch erste Ergebnisse vorzuweisen, sehr interessante Ergebnisse, ich würde mit dir gerne darüber sprechen, am besten, du kommst sofort. Um zwölf Uhr haben wir dann eine größere Besprechung, bei der ich dich auch gerne dabei hätte.«

»Ich mache mich sofort auf den Weg. Wie geht es Dahlmann?« Jonathans Stimme klang sorgenvoll.

»Sein Zustand ist zum Glück stabil. Er hat einen Oberschenkeldurchschuss und viel Blut verloren, aber er schwebt nicht mehr in Lebensgefahr. Hätte man ihn eine Stunde später gefunden, wäre er sicher gestorben.«

»Da bin ich aber echt erleichtert. In zehn Minuten bin ich da, bis gleich.«

»Bis gleich.«

*

Jonathan spürte sofort die angespannte Stimmung, als er das Büro des Kriminalhauptkommissars betrat. Der Raum war schlecht gelüftet, es roch nach Kaffee und Papier. Fürst saß an seinem Schreibtisch und schien in ein kontroverses Gespräch mit Helmut Krüger verwickelt zu sein. Ihr Wortwechsel hielt noch eine kurze Zeit an, bis sich Fürst dem jungen Forscher mit einer Begrüßung zuwandte. Krüger wirkte zerknirscht, scheinbar befand er sich in einer Rechtfertigungsposition, die aber auf wenig Gegenliebe bei Fürst gestoßen zu sein schien.

»Wir unterhalten uns gerade über die mögliche Deutung der Ergebnisse der Spurensicherung. Nimm Platz.« Fürst deutete auf einen freien Sessel.

»Ich habe dir ja schon am Telefon mitgeteilt, dass wir nun die Identität des Toten kennen«, sagte er, und sein erleichterter Gesichtsausdruck schien zu signalisieren, dass er über den Themenwechsel erfreut war.

»Nathan Romer.« Jonathan blickte seinen Freund ernst an.

»Richtig. Der Mann scheint ein ziemlich schweres Kaliber zu sein. Dazu gleich mehr.« Richard erhob sich und streckte seine Glieder.

»Helmut, erzähl Jonathan bitte mal von den neuen Spuren.«

Krüger kratzte sich am Hinterkopf, er schien sich immer noch nicht wohl in seiner Haut zu fühlen.

»Nun, die Spurensicherung hat am Tatort eindeutig den gleichen Fußabdruck gefunden wie in dem Blumenbeet bei Franz Stolzenberg.«

»Und was bedeutet das?«

Krüger ergänzte. »Angesichts der Tatsache, dass die Kugeln, die Romer töteten, auch denen entsprechen, mit denen Stolzenberg erschossen wurde, liegt nun, neben dem identischen Fußabdruck, ein weiteres Indiz dafür vor, dass es sich bei dem Mörder Stolzenbergs und Romers um die gleiche Person handeln könnte. Die bisherige Rekonstruktion des Tatverlaufs legt nahe, dass an der Auseinandersetzung drei Personen beteiligt waren: Dahlmann, Romer und die unbekannte Person, der mutmaßliche Doppelmörder.«

Die beiden Polizisten sahen einander an. Für einen kurzen Moment herrschte Schweigen. Jonathan machte ein ungläubiges Gesicht.

Fürst ergänzte. »An Dahlmanns Händen ließen sich keine Schmauchanhaftungen finden, was bedeutet, dass er nicht geschossen hat. Romer hat aber in jedem Fall eine Waffe benutzt, es ließen sich bei der Schmauchsicherung entsprechende Partikel nachweisen. Beide Waffen konnten trotz intensiver Suchmaßnahmen bisher nicht gefunden werden.«

Der Kriminalhauptkommissar deutete Krüger mit einem Nicken an, dass dieser nun weiter berichten solle.

»Es wurde von außen auf das Haus geschossen, du hast es ja auch bereits gestern Nacht gesehen, die Scheiben waren zerborsten. Die Kugeln entstammen der Waffe des unbekannten Täters. Warum er sich draußen aufhielt, wissen wir nicht. Allerdings hat er diesmal wohl keinen Schalldämpfer benutzt. Der gefundene Transporter ist übrigens Romer zuzuordnen, die Spurenlage belegt das eindeutig.«

»Und welche Rolle spielt Dahlmann bei der ganzen Sache?«, fragte Jonathan.

Krüger blickte Fürst mit einem Anflug von Skepsis an, was dieser als Aufforderung zu verstehen schien.

»Wir wissen es nicht, deshalb können wir nur hoffen, dass er bald vernehmungsfähig ist. Die Kollegen von der Tatortbeweiserhebung haben das Ferienhaus akribisch abgesucht. Dabei haben sie einen äußerst interessanten Fund gemacht, mit dem jetzt bereits die Kollegen der forensischen Biologie befasst sind. Unter der Türschwelle entdeckten sie einen Hohlraum. In ihm befanden sich Munition, die auch der Mörder benutzt hat, Kaliber 9 x 19 mm, des weiteren 3200 Euro in bar, in einem Briefumschlag verpackt, und ein Videocamcorder ohne Speichermedium. Das Beste kommt aber noch. In dem Hohlraum, ich sage mal besser in dem Depot, denn genau das wird es wohl gewesen sein, befand sich ein Foto. Aber nicht irgendeines. Ein Foto von Armin Sommer.«

»Iss nich wahr.« Jonathan schüttelte ungläubig den Kopf.

»Und ob.« Fürst wendete seinen Oberkörper zum Schreibtisch und reichte Jonathan eine Fotografie herüber. Ein Schwarz-Weiß-Bild, eine kleine Porträtaufnahme. Jonathan blickte in das Gesicht eines Jugendlichen von vielleicht 17 Jahren. Er trug ein weißes Hemd, die Haare waren sorgfältig zu einem braven Seitenscheitel frisiert. Das Gesicht wirkte auffallend schmal, markante Wangenknochen, ein ausgeprägtes Kinn. Die Ohren standen leicht ab. Dennoch hatten die Gesichtszüge etwas Feines, fast Zerbrechliches an sich. Der Ausdruck der Augen wirkte teilnahmslos. Es war Armin Sommer, keine Frage, er erkannte ihn von dem Foto wieder, das ihm Dahlmann bei ihrer ersten Begegnung gezeigt hatte. Zwischen den beiden Fotos lag fast ein halbes Jahrhundert, und doch hatte Sommer sich, zumindest, wenn man das vergleichsweise aktuelle Foto von Dahlmann zum Maßstab nahm, die jugendlichen Züge bis ins Alter bewahren können.

»Was bedeutet das?«, fragte Jonathan irritiert.

»Nun, an dem Depot wurden ausschließlich die Spuren des Unbekannten gefunden. Das bedeutet, dass dieser Unbekannte, der mutmaßliche Mörder Stolzenbergs und Romers, eine Verbindung zu Sommer hatte. Diese Verbindung ist ganz entscheidend, das ist völlig klar. Wir haben aber noch keinen Ansatzpunkt. In den Unterlagen, die wir in Sommers Haus fanden, haben wir nur Hinweise auf Robert Dahlmann gefunden. Ein paar Fotos mit Sommer und Dahlmann drauf, Schnappschüsse, ansonsten absolute Fehlanzeige, was Kontakte zu anderen Personen angeht. Sommer scheint entweder sehr einsam gelebt zu haben oder er hat jeden Hinweis auf weitere Kontakte, aus welchen Gründen auch immer, beseitigt. Irgendwie ist unser Unbekannter an das Foto gekommen.« In Richards Stimme lag für einen kurzen Moment ein Hauch von Resignation. Er rieb sich seine geröteten Augen.

»Das klingt alles ziemlich mysteriös«, sagte Jonathan. »Was ist mit der CD-ROM, von der Dahlmann sprach? Wurde die gefunden?«

Fürst schüttelte den Kopf. »Leider Fehlanzeige. Entweder hat Dahlmann sie woanders abgelegt, oder …«, er stockte für einen Augenblick, »oder der Mörder hat sie in seinen Besitz bringen können.«

Mit unerwartet lauter Stimme meldete sich Krüger zu Wort.

»Das habe ich doch eben schon gesagt. Die Sache ist für mich klar. Entweder, das mit der CD-ROM war eine falsche Fährte, die Dahlmann für uns gelegt hat, um uns zu verwirren, oder der Mörder besitzt sie. Wenn ihr mich fragt, steckt Dahlmann so oder so mit dem Mörder unter einer Decke. Er hatte Zugang zum Ferienhaus, wusste von dem Depot und hat vermutlich auch den Mord an Stolzenberg mit vorbereitet. Wahrscheinlich war Sommer da sogar irgendwie beteiligt, schließlich war er es ja, der die Infos zu Stolzenbergs echter Identität hatte.«

Wuchtig knallte Fürsts linke Hand auf die Schreibtischplatte.

»Helmut, verdammt noch mal, behalte deine voreiligen Schlussfolgerungen für dich. Wir können Hypothesen entwickeln, ja, gerne, aber dann möchte ich das auch bitte als Hypothese behandelt wissen und nicht als Feststellung. Ich habe dir das heute schon nach der Morgenbesprechung gesagt. Zum jetzigen Zeitpunkt müssen wir in alle Richtungen ermitteln und dürfen uns nicht auf etwas versteifen.«

Jonathan tat einen schweren Seufzer und räusperte sich. Die Blicke der beiden Polizisten waren nun auf ihn gerichtet.

»Ihr habt mir noch nichts über diesen Nathan Romer berichtet, wie habt ihr von seiner Identität erfahren, und was war das für ein Typ?«

Fürst hielt sich die Hand vor den Mund und gähnte. »Ich bin unglaublich müde, aber es nützt ja nichts, Schlaf gibt es später noch genug. Also. Das BKA konnte ihn anhand der Fingerabdrücke identifizieren, das ging ganz schnell. Ich habe länger mit den Kollegen in Wiesbaden telefoniert, sie konnten mir viele wichtige Fragen beantworten. Das BKA hat uns zudem ganz offiziell Diensthilfe angeboten. Ich bin mir nicht sicher, inwiefern wir davon Gebrauch machen sollen, denn wir haben es dann schneller mit einem Kompetenzgerangel zwischen dem BKA und unserem niedersächsischen LKA zu tun, als uns lieb ist. Jetzt aber zu unserem Mann. Anscheinend ein ziemlich schweres Kaliber.« Fürst strich sich nachdenklich über das Kinn.

»Nathan Romer war ein ehemaliger britischer Fallschirmjäger, ein ziemlich dubioser Typ. Er war in den

80ern und frühen 90ern hier in Osnabrück stationiert, wohl bei einer Eliteeinheit. Nach seiner Militärzeit hat er seinen Lebensunterhalt in England als Bodyguard und privater Sicherheitsberater bestritten, war aber auch häufig im europäischen Ausland unterwegs. In Deutschland hatte er nach seinem Ausscheiden aus dem Militär nur für kurze Zeit einen gemeldeten Wohnsitz. Er ist nur einmal polizeilich in Deutschland auffällig geworden. Dabei ging es um den Fund eines geheimen Waffendepots in unmittelbarer Nähe zu dem von den Briten genutzten Truppenübungsplatz bei Achmer. Das war 1988. Der Fund hat damals für einigen Wirbel gesorgt, denn einiges deutete darauf hin, dass es sich bei dem Depot um einen Bestandteil der sogenannten ›Stay-behind-Struktur‹ handelte.«

»Stay behind? Was ist darunter zu verstehen?«, fragte Jonathan.

Krüger übernahm die Erklärung.

»Dahinter verbarg sich ein geheimes mutmaßlich von der Nato aufgebautes militärisches Netzwerk, das während des Kalten Krieges in zahlreichen europäischen Ländern existierte und im Falle eines Angriffs von Truppen des Warschauer Paktes hinter den feindlichen Linien Sabotageakte durchführen sollte. Dazu wurden unter anderem derartige Waffendepots angelegt.«

»Und was hatte Romer damit zu tun?«

Richard antwortete. »Nachdem das Waffendepot entdeckt worden war, legte sich die Polizei auf die Lauer. Romer war derjenige, der nach einigen Tagen am Depot erschien und es öffnete. Damals schaltete sich, anscheinend auf Anweisung von höherer Stelle, sofort die oberste Kommandoebene der Briten in Osnabrück ein, und Romer stand der Polizei für weitere Auskünfte nicht mehr zur Verfügung. Der ganze Sachverhalt wurde schließlich unter den Teppich gekehrt. Auf den Radarschirmen der deutschen Polizei tauchte Romer danach nie wieder auf. Allerdings laufen derzeit noch Anfragen bei Europol und Interpol. Die scheinen mit den Informationen über diesen Mann nicht so ganz freigiebig umgehen zu wollen. Intern durchgesickert ist aber bereits, dass sie einiges über Romers Aktivitäten in den letzten Jahren wissen, das geht wohl in Richtung organisierte Kriminalität und berührt möglicherweise offene Ermittlungen. Genauere Infos dazu stehen also noch aus, und es ist fraglich, wann genau wir sie bekommen. Dass wir sie bekommen werden, steht für mich allerdings außer Zweifel, schließlich geht es bei der ganzen Sache hier nun wahrlich nicht um eine Lappalie.«

»Ich staune, was ihr in der kurzen Zeit alles herausgefunden habt, Wahnsinn!« Jonathan rieb sich unruhig die Hände. »Wie passt das alles zusammen?«

Fürst legte sorgenvoll die Stirn in Falten.

»Tja, das werden wir herausfinden müssen. Was mir allerdings am wenigsten behagt ist die Tatsache, dass da draußen ein bewaffneter Doppelmörder frei herumläuft und wir keine Ahnung haben, was er als Nächstes plant. Ich glaube, dass die Fäden bei Armin Sommer zusammenlaufen. Mit seinem Tod kam die ganze Sache ins Rollen.«

»Ein Tod, bei dem die Obduktion keine Hinweise auf Fremdeinwirkung nachweisen konnte, das will ich nur mal zu bedenken geben.«

Krüger hatte sich hinter seine verschränkten Arme verschanzt und gab sich keine Mühe, die Ungehaltenheit in seiner Stimme zu verbergen.

»Ohne Dahlmanns Fund wäre vielleicht gar nichts passiert.«

»Warten wir mal den toxikologischen Befund ab, der steht ja schließlich noch aus. Was Dahlmann betrifft, können wir ihm dankbar sein, dass er die Dokumente gefunden und uns übergeben hat. Dass der Fund selbst in irgendeinem Zusammenhang mit dem Mord an Stolzenberg steht, ist reine Spekulation. Wahrscheinlicher ist doch, dass die Tat schon vorher geplant war und wir dann völlig im Dunkeln getappt wären, ohne das Wissen um Stolzenbergs Nazivergangenheit.«

Jonathan unterbrach den verbalen Schlagabtausch.

»Was hatte ein solcher Mann wie dieser Nathan Romer an Sommers Haus zu suchen? Muss da nicht die Gasexplosion in einem ganz neuen Licht betrachtet werden? Der Mann hat ja anscheinend Sommers Haus beobachtet. Das kann doch kein Zufall sein, dass sich kurz darauf die Explosion ereignet, und Sommer tot ist. Danach verfolgte er Dahlmann. Wir sollten uns doch fragen, was diesen Mann angetrieben hat, und in welchem Auftrag er handelte?« Fürst nickte zustimmend.

»Siehst du, Helmut, das sind hier die wirklich wichtigen Fragen.«

Krüger winkte ab und blickte demonstrativ nach draußen. Fürst beobachtete die Wirkung seiner Provokation in dem Gesicht des Kommissars.

»Um die Wogen etwas zu glätten, möchte ich jetzt loswerden, dass mir völlig klar ist, dass wir in einem ziemlichen Schlamassel sitzen. Der Fall geht weit über alles hinaus, was diese Stadt bisher gewohnt war. Kein Wunder, dass die Medien verrückt spielen.« Fürst rieb sich seine dunkel unterränderten Augen.

»Richard, da wäre übrigens noch eine Sache, die ich erzählen muss.«

Jonathan berichtete von seinem angezapften Rechner und den Mutmaßungen über die Rudolf-Kynschwett-Stiftung.

»Du musst den Laptop dem LKA übergeben. Möglicherweise gibt es tatsächlich einen Zusammenhang, auch wenn es momentan für mich schwer vorstellbar ist. Wir werden das gleich in der Besprechung thematisieren.«

Der Kriminalhauptkommissar stand auf und schritt im Raum langsam auf und ab.

»Deine Aussage passt aber genau zur jetzigen Sachlage. Da ist etwas, das größer, viel größer ist als das, was wir bisher erkennen konnten.«

Es klopfte an der Tür. Friedrich Raumann trat ein. »Kommt ihr? In fünf Minuten geht die Besprechung los.«

*

Es konnte kein Zufall sein. Die Informationen lagen schwarz auf weiß ausgebreitet vor ihm. Sie fügten sich so passgenau ineinander, dass es ihm schon fast unwirklich erschien. Alles ergab nun einen Sinn. Er musste Jonathan umgehend informieren. Der Textilunternehmer Hermann Landwehr unterhielt in den 1960er Jahren mit mehreren Kinderheimen im Osnabrücker Land Verträge. Die Zusammenarbeit mit dem Franziskusheim in Ankum war jedoch offensichtlich die intensivste, wenn man Landwehrs Ausführungen in dem Interview mit dem Osnabrücker Tageblatt vom 12. Februar 1965 Glauben schenkte. Der Artikel war wie ein unkritisches Personenporträt aufgezogen. Das Franziskusheim also, jenes Heim, in dem

Franz Stolzenberg, so hatte es Armin ja auf der Akte vermerkt, eine Schlüsselstellung bei der Verteilung der Gelder innehatte. Es lag für Eschenburg auf der Hand, dass es sich dabei um Gelder aus der Kinderarbeit handeln musste. Die Kinderarbeit war die mit Abstand am üppigsten sprudelnde Geldquelle, bei der es tatsächlich erhebliche Einnahmen zu verteilen gab, die sich zur Bereicherung anboten.

Er hatte sich anfangs mit Nachdruck die Frage gestellt, wer am ehesten für diese Bereicherung infrage kam, und seine naheliegende Vermutung richtete sich zunächst auf die Heimleitung oder ein Netzwerk von Einzelpersonen des Heimpersonals. Dann hatte eine plötzliche Entdeckung seine Aufmerksamkeit auf andere Zusammenhänge gezogen. Vielleicht war eine individuelle finanzielle Bereicherung gar nicht das Motiv? Der Verdacht, der ihm seit einer Stunde ein flaues Gefühl bereitete, hatte sich zunächst vage aufgebaut und dann mehr und mehr an Kontur gewonnen. Hermann Landwehrs Aktivitäten hatten sich nicht nur auf dessen Rolle als umtriebiger Unternehmer beschränkt. Seit ihrer Gründung im Jahr 1961 saß er im Vorstand einer Organisation, an deren Namen er sich noch vom Gespräch mit Jonathan in der Osnabrücker Universitätsmensa erinnern konnte. Es gab keinen Zweifel, dass es sich um ein und dieselbe Organisation handelte. Die Wilhelm-Kynschwett-Stiftung war ein wichtiges Betätigungsfeld Landwehrs gewesen. Eine Stiftung, die nicht unbedingt nur durch Mildtätigkeit von sich reden gemacht hatte, auch wenn das Stiftungsprotokoll die Vergabe von Stipendien und die ›Erhaltung des abendländischen Kulturerbes und dessen Vermittlung an die Jugend‹ als Stiftungszweck angab.

Im November 1971 war, das hatten seine Archivrecherchen in den vergangenen Stunden ergeben, im Zuge von Ermittlungen in einem aufwendigen Steuerstrafverfahren bei einem rechtsextremen Bildungswerk in Nienburg eine Hausdurchsuchung durchgeführt worden. Die Auswertung der Beweise hatte ergeben, dass dieses Bildungswerk Gelder von der Wilhelm-Kynschwett-Stiftung erhalten hatte. Zudem waren im Zuge der Ermittlungen zwei Rechtsextreme als ehemalige Mitarbeiter von Kinderheimen identifiziert worden. Die weiteren Nachforschungen der mit dem Fall befassten Behörden hatten erbracht, dass diese Zahlungen zwar unregelmäßig, jedoch über einen längeren Zeitraum erfolgt waren. Das alles sah nicht nach einem Zufall aus. Eschenburg wusste aus seiner journalistischen Tätigkeit nur zu gut, dass eine Stiftung sich hervorragend dazu eignete, Gelder zu verschieben, da sie vergleichsweise geringer Kontrollen durch die Finanzbehörden unterlag. Was, wenn nun die Profite aus der Kinderarbeit über ein verdecktes System dieser Stiftung zugutekamen und Stolzenberg und Landwehr Teil eines Geflechts waren, das genau diesem Ziel diente? Der Verdacht war gewagt, gewiss, aber doch durchaus plausibel. Die Stiftung existierte ja nach wie vor und schien finanziell so gut aufgestellt zu sein, dass sie sich ein Stipendienprogramm für Doktoranden leisten konnte. Vielleicht war alles auch ganz anders, als er es sich konstruierte, aber es sprach nichts dagegen, jene Person genauer zu überprüfen, die nach dem Ausscheiden ihres Vaters ebenfalls einen Platz in der Organisation eingenommen hatte. Zwar nicht als Vorstands-, aber immerhin als Stiftungsratsmitglied. Auf der Homepage der Stiftung war der Name zwar nicht zu finden, dafür jedoch in einem im Internet einsehbaren Sitzungsprotokoll. Er setzte ein Ausrufungszeichen hinter den Namen. Rudolf Landwehr!

*

»Wolfgang, gut, dass du dich meldest.« Jonathan sprach leise und hielt sich dabei eine Hand vor den Mund, während sein Blick unruhig den Flur abtastete. Als ihn der Anruf des Journalisten während der Lagebesprechung erreichte, hatte er Richard entschuldigend angeschaut, mit einer schnellen Kopfbewegung auf die Tür gedeutet und war dann unter den missbilligenden Blicken einiger Beamten auf den Flur getreten.

»Ich bin da auf verdammt interessante Zusammenhänge gestoßen.« Jonathan ließ Eschenburg berichten und behielt die Informationen über die nächtlichen Ereignisse am Ferienhaus zunächst für sich, um den Redefluss seines Freundes nicht zu unterbrechen.

»Wolfgang, das ist unglaublich.« Der junge Forscher lehnte sich Halt suchend an die Wand. Alles passte mit einem Mal zusammen. Während die Mordkommission wenige Meter weiter lebhaft über die Bewertung von kleinteiligen Ermittlungsdetails debattierte, lieferte der Journalist schlüssige Erklärungen zu den möglichen Hintergründen der Taten und damit auch zu der Frage, mit welchem Gegner sie es womöglich zu tun hatten.

»Du musst nach Osnabrück kommen, so schnell wie möglich.«

»Jonathan, das sind alles noch Vermutungen, ich brauche noch Zeit.«

»Es sind mehr als Vermutungen, Wolfgang, und wir haben definitiv keine Zeit mehr zu verlieren.« Jonathan berichtete seinem Freund nun ausführlich von dem nächtlichen Schusswechsel und dessen Folgen. Anschließend stellte er auch die Verbindung zwischen der Stiftung und der Bedrohungslage dar, in welcher er sich durch den Eindringling in seiner Wohnung und das Hacken seines Laptops zu befinden glaubte. Eschenburg reagierte schockiert, fasste sich aber schnell wieder und meldete Zweifel an Jonathans Vorschlag an.

»Wie soll das gehen? Wir haben doch eine klare Absprache darüber getroffen, dass außer Fürst niemand bei der Polizei von meinen Recherchen erfährt.«

»Da konnte auch noch niemand ahnen, wie das Ganze eskaliert. Hör mir zu. Ich nehme das auf meine Kappe. Niemand wird erfahren, dass du von mir die Dokumente bekommen hast, Ehrenwort. Ich sage einfach, dass du nur über Stolzenberg und die Struktur der Kinderarbeit in den Heimen in der Region Osnabrück recherchiert hast. Damit sind deine Ergebnisse doch gut zu erklären.«

Eschenburg willigte schließlich widerwillig ein.

»Ich mache mich sofort auf den Weg nach Osnabrück, und du bereitest dann schon so weit das Feld vor, okay?«

»Okay.«

»Ich will da aber nicht wie ein Beschuldigter behandelt werden.« »Das wirst du ganz sicher nicht. Richard wird das schon machen.« Sie vereinbarten, zu telefonieren, sobald Eschenburg am Osnabrücker Bahnhof eingetroffen war.

Als Jonathan wieder den Sitzungsraum betrat, bemerkte er, dass Richard ihn neugierig musterte und sofort die Veränderung in seinem Gesichtsausdruck registrierte. Jonathan ging langsam zu dem Kriminalhauptkommissar hinüber und flüsterte ihm ins Ohr, dass etwas sehr

Wichtiges geschehen sei, das ein sofortiges Gespräch unter vier Augen notwendig mache. Richard erhob sich, murmelte eine flüchtige Entschuldigung in die Runde und trat mit Jonathan auf den Flur. Die sofort einsetzende Unruhe im Raum wich sechs Minuten später einer gespenstischen Stille, als der Kriminalhauptkommissar und Jonathan wieder eintraten und gemeinsam die Neuigkeiten verkündeten. Intuitiv schienen alle Anwesenden zu spüren, dass nun ein Wendepunkt erreicht war.

31. KAPITEL

Als die weiß lackierten Tore aufschwenkten und ihm die Durchfahrt ermöglichten, fühlte er zum ersten Mal an diesem Tag wieder jene Sicherheit zurückkehren, die ihm seit der morgendlichen Radiomeldung abhandengekommen war. Sein Anwesen erschien ihm wie eine Burg, ein abgeschirmter, sicherer Ort, an dem er die alleinige Kontrolle besaß. In den vergangenen Stunden waren Entscheidungen notwendig geworden, die er, ohne zu zögern, getroffen hatte. Kreuz und quer war er durch den Landkreis gefahren und hatte persönliche Gespräche mit allen wichtigen Beteiligten geführt. Er glaubte, in allen Bereichen richtig und vorausschauend gehandelt zu haben, und der Gedanke daran befriedigte ihn. Er parkte sein Fahrzeug vor der Garage, stieg aus und lief langsam zur Eingangstür. Dort angekommen tastete er in der Tasche seines Jacketts nach dem Hausschlüssel, als er links von sich eine Bewegung wahrnahm. Zu spät. Ein plötzlicher stechender Schmerz ließ ihn zu Boden gehen, seine Beine gaben nach, als würden sie von einer fremden Macht gesteuert. Er versuchte, sich noch im Fallen am Türknauf festzuhalten, glitt jedoch ab und fand sich, völlig perplex, auf den kalten, feuchten Stufen wieder. Ungläubig blickte er in den dunkelgrauen Himmel, aus dem gleichgültig feine Regentropfen auf sein Gesicht fielen. Er spürte, wie jemand mit einer schnellen Bewegung den Haustürschlüssel aus seinem Jackett nahm. Kurz darauf hörte er, wie die Tür geöffnet wurde. Der Gedanke an den Hund schoss ihm durch den Kopf, und sofort überfiel ihn die ernüchternde Erkenntnis, dass er den Weimaraner am Tag zuvor in die Hundepension gegeben hatte. Er versuchte, sich zu erheben, doch seine Beine versagten ihm den Gehorsam. Der Unbekannte reagierte sofort auf seinen Versuch, drückte ihn hart zu Boden und bog zugleich seine Arme auf den Rücken. Er spürte kaltes Metall an seinen Handgelenken und hörte, wie die Handschellen einrasteten. Aus den Augenwinkeln nahm er wahr, wie die Person mit ihrem rechten Fuß die Haustür aufstieß. Dann zogen ihn kräftige Arme ins Innere. Erst jetzt begann er zu schreien. Der Schlag, der ihn daraufhin traf, ließ ihn in die Dunkelheit gleiten.

Zuerst begriff er nicht, was geschehen war. Eine Tür wurde geöffnet, das Geräusch drang wie durch Watte zu ihm. Er registrierte, dass er auf dem Bauch lag, auf kaltem Boden, die Hände auf dem Rücken fixiert. Die Erinnerung setzte schlagartig ein, und schmerzhaft krampfte sich sein Magen zusammen, Übelkeit stieg in ihm auf. Er erbrach sich in einem Schwall, hustete und würgte. Eine Hand riss ihn grob an der Schulter nach hinten, sodass er in die Rückenlage rollte. Er drehte vorsichtig den Kopf, um den Unbekannten in sein Gesichtsfeld zu bekommen, aber seine Augen nahmen die Umgebung nur in Schemen wahr. Der Raum war in helles Licht getaucht, an den Wänden standen vollgepackte Regale. Plötzlich realisierte er, wo er sich befand. Der Unbekannte hatte ihn in den Weinkeller geschleppt.

»Du fragst dich bestimmt, wer ich bin und was ich von dir will.« Die Stimme erklang für ihn völlig überraschend, der verächtliche Tonfall hallte in seinen Ohren nach. Er versuchte, zu sprechen, bekam jedoch zunächst kein Wort über die Lippen. Lediglich ein Wimmern drang aus seinem Mund.

»Willst du mir vielleicht etwas sagen?« Ein Moment der Stille trat ein. Dann schaffte er es, das nötige Maß an Konzentration aufzubringen und zu antworten.

»Wer sind Sie und was wollen Sie?«

»Ich will von dir ein paar Dinge erfahren, ganz einfach. Im Gegenzug werde ich dir auch etwas verraten, das klingt doch nach einem fairen Deal, oder?«

Er hatte diese Stimme noch nie gehört. Trotz ihres verächtlichen Tons empfand er sie auf eine seltsame Art als angenehm.

»Was denn für Geheimnisse? Ich weiß nicht, wovon Sie sprechen.«

»Nun, ich spreche zum Beispiel von den Gründen für den Mord an Armin Sommer.«

Die Bedeutung der soeben gefallenen Worte drang erst nach einigen Sekunden voll zu ihm durch. Neben ihm stand jener Mann, der Nathan Romer ausgeschaltet hatte, daran gab es für ihn nun keinen Zweifel, und vermutlich zählte auch Franz Stolzenberg zu seinen Opfern. Er spürte die Übelkeit und zugleich eine hilflose Erstarrung. Es ging im hier um sein Leben, seine gesamte Existenz, das war ihm klar. Er musste eine Entscheidung fällen: Wahrheit oder falsches Spiel. Er entschied sich für Ersteres. Vielleicht konnte er so Zeit gewinnen. Möglicherweise hatte jemand inzwischen vergeblich versucht, ihn telefonisch zu erreichen. Möglicherweise war, seitdem er am Hauseingang überwältigt wurde, bereits viel Zeit vergangen. Alle Beteiligten waren doch seit Romers Tod über die neue Bedrohungslage informiert und sahen in seiner Unerreichbarkeit vielleicht ein Alarmsignal, dem auf den Grund gegangen werden musste. Er würde auf Zeit spielen, dies erschien ihm in dieser Situation die einzige Chance zu sein. Der Unbekannte wartete geduldig auf seine Antwort.

»Sommer wusste zu viel. Wir hatten keine Wahl.«

Einige Sekunden lang herrschte vollkommene Stille, und er begann an seiner Entscheidung, nicht zu bluffen, zu zweifeln.

»Wer ist ›wir‹?« Die Frage hallte schneidend durch den Raum.

»Ein Kreis von einflussreichen Persönlichkeiten, dem ich vorstehe. Ich habe da in allen Dingen das letzte Wort und bei Sommer ist mir die Entscheidung wirklich nicht leicht gefallen.« Er hatte das ungewohnte Gefühl, dass sich seine Worte verselbstständigten und er die Kontrolle verlor.

»Einflussreiche Persönlichkeiten, ein gelungener Euphemismus für euer rechtes Netz, keine Frage, aber immerhin, du redest nicht drum herum, das gefällt mir. Ich werde nun auch ganz fair sein.«

Der Unbekannte machte eine kurze Pause und tat dabei einen tiefen Seufzer, der auf ihn künstlich und theatralisch wirkte.

»Erst der Zufall hat mich auf deine Fährte gebracht. Ich habe zwar gewusst, dass die durch die Kinderarbeit gewonnenen Gelder damals in größerem Umfang in dubiose Kanäle geflossen sind, aber dass es so systematisch und mit einer solchen perversen Zielsetzung ablief, das habe ich erst durch diese nette kleine CD hier erfahren. Interessantes Material zur Vorgeschichte der Wilhelm-Kynschwett-Stiftung.«

Der Mann zog einen Datenträger hervor und wedelte damit in der Luft. »Wegen der Informationen auf diesem Teil hier musste mein Vater sterben.«

Er fühlte sich wie vom Blitz getroffen, sein Magen zuckte erneut. Seine Übelkeit entlud sich in einem weiteren Schwall. Sein Vater musste sterben … das war es also. Die vielen Fragen der letzten Tage, die Unwägbarkeiten und Spekulationen hatten soeben mit einem Schlag einer Antwort Platz gemacht, die ihm intuitiv auch verriet, wie das hier unten enden würde. Dieser Mann vor ihm bezeichnete sich als Armin Sommers Sohn. Es gab keinen Grund, daran zu zweifeln. Der Kerl würde ihm keine Chance lassen, zu überleben.

Er setzte gerade zu einer verzweifelten Antwort an, als er ein lautes Knistern vernahm. Irritiert drehte er den Kopf zur Seite und blickte in das hagere Gesicht des Mannes, in dessen Augen er Wut und Genugtuung aufblitzen sah. In der rechten Hand hielt dieser einen Elektroschocker und betätigte ihn. Offensichtlich handelte es sich um die Waffe, mit der er bereits am Hauseingang zu Boden geschickt worden war. Ein schwerer Tritt traf ihn in die Seite, er stöhnte laut auf.

»Ich habe Spinnenberger erledigt, ich habe euren verdammten Auftragskiller erledigt, und nun bist du an der Reihe.«

Er schloss die Augen und wartete auf den Schmerz. In diesem Moment erschütterte ein Knall den Raum. Er riss die Augen auf und sah schwarz gekleidete, behelmte und mit Sturmhauben vermummte Gestalten hinter zwei grauen Schutzschildern in den Raum stürmen, die Pistolen vorgestreckt. Das ohrenbetäubende Geschrei der Männer vermischte sich mit dem Splittern von Weinflaschen. Es war vorbei. Plötzlich fühlte er einen starken Schmerz in seiner Brust und ihm wurde schwarz vor Augen.

32. KAPITEL

Wenn Jonathan bei späteren Gelegenheiten über diesen Abend sprach, dann spürte er einen Teil jener Energie und Erregung in ihn zurückkehren, die ihn in diesen Stunden begleitet hatte. Er empfand es als einen fast rauschhafter Zustand, der ihn jedoch keineswegs davon abgehalten hatte, die Situation klar zu prüfen und zu analysieren. Es war die plötzliche Verdichtung der Erkenntnisse, die sie am Ende zu jener Villa geführt hatte, in dem das Drama seinen Höhepunkt fand.

Unmittelbar nach Eschenburgs telefonischen Hinweisen hatte sich die Mordkommission auf die Fährte von Rudolf Landwehr gesetzt, und zwei der beteiligten Ermittler waren in kürzester Zeit durch Archivabgleiche fündig geworden. Landwehrs Vater hatte als Chef eines Osnabrücker Textilunternehmens intensive geschäftliche Kontakte zu Kinderheimen in der Region unterhalten. Dass es dabei finanziell nicht immer so sauber zugegangen war, wie es in den damaligen Zeitungsartikeln beschrieben wurde, belegten die überprüfbaren Angaben zu eingeleiteten Vorermittlungen der Finanzbehörden. Allerdings war Landwehr nichts Schwerwiegendes nachzuweisen gewesen, was letztlich, so die einsehbaren Papiere, auch mit seinem Vorstandsposten bei der Wilhelm-Kynschwett-Stiftung im Zusammenhang stand. Es ließ sich sogar eine protokollierte Bemerkung eines Osnabrücker Finanzbeamten finden, der die ungewöhnliche Vermutung geäußert hatte, jemand mit erheblichem Einfluss würde seine schützende Hand über den Osnabrücker Unternehmer halten. Den Durchbruch brachte jedoch schließlich ein Anruf des Bundeskriminalamts. Von Europol war an die Wiesbadener Ermittler auf deren Bitte hin eine Übersicht von Kontobewegungen Romers aus den 90er Jahren zur Verfügung gestellt worden. Das BKA hatte die Daten umgehend ausgewertet und dabei drei Überweisungen auf das Konto des ehemaligen britischen Elitesoldaten identifiziert, die, über einen leicht nachvollziehbaren Umweg, von einem Firmenkonto Rudolf Landwehrs getätigt worden waren. Angesichts der bereits durch Eschenburgs Rechercheergebnisse vorliegenden Hinweise und Vermutungen lieferte dieser Tipp des BKA den Grund, umgehend zu handeln. Ohne auf den richterlichen Beschluss zu warten, ordnete Fürst als Leiter der Mordkommission eine sofortige Durchsuchung des Wohnhauses Rudolf Landwehrs und der Geschäftsräume seiner Firma an. ›Gefahr im Verzug‹ lautete für ihn in diesem Ausnahmefall die rechtliche Begründung. Angesichts der Dimension des Falls zeigte sich der Kriminalhauptkommissar im Gespräch mit Jonathan sicher, dass später auch die zuständige Staatsanwältin und der Richter seiner Einschätzung folgen würden.

Noch bevor sie sich auf den Weg zu Landwehrs Anwesen im Stadtteil Westerberg machen konnten, erreichte jedoch ein Anruf die Einsatzzentrale der Osnabrücker Polizeidirektion, der die Lage völlig veränderte. Ein Nachbar Landwehrs behauptete, von seinem Fenster im zweiten Stock aus für einige Sekunden beobachtet zu haben, wie der Unternehmer von einer unbekannten männlichen Person ins Haus geschleift worden sei. Auch einen kurzen Schrei glaubte er, gehört zu haben. Fürst hatte daraufhin sofort ein Sondereinsatzkommando angefordert und die Anweisung zur Absperrung der Straßen um Landwehrs Wohnhaus erteilt. Bis zum Eintreffen des SEK hatten sie ungeduldig vor der umstellten Villa ausgeharrt und aufmerksam den schwachen Lichtschimmer beobachtet, der aus einem rückwärtigen Kellerfenster nach außen drang. Das Kommando hatte sich dann nach seinem Eintreffen mit professioneller Routine fast geräuschlos durch die Haustür Zugang ins Gebäudeinnere verschafft und dort in zwei Gruppen aufgeteilt. Während der eine Teil der vermummten, schwarz gekleideten Männer die Räume im Erdgeschoss und in den beiden oberen Etagen des Gebäudes nach Personen absuchte und sicherte, begab sich der andere Teil direkt in den Keller. Sechs Minuten nach dem Eindringen in das Haus erfolgte der Zugriff. Kurz darauf erhielt Fürst per Funk die Nachricht, dass der Einsatz erfolgreich durchgeführt worden war, der wartende Notarzt und die Rettungsassistenten jedoch dringend benötigt wurden. Fürst gab die Anweisung weiter und blieb, während das medizinische Personal das Haus betrat, zusammen mit Jonathan vor dem Hauseingang stehen. Kurz darauf traten Kommandomitglieder mit einem unscheinbar wirkenden Festgenommenen über die Türschwelle ins Freie. Erst zehn Minuten später erreichte den Kriminalhauptkommissar über Funk die Nachricht, dass Rudolf Landwehr, allen Wiederbelebungsversuchen zum Trotz, an akutem Herzversagen verstorben war.

SONNTAG, 14. OKTOBER

33. KAPITEL

In der Nacht war das Wetter umgeschlagen. Eine nördliche Kaltfront brachte einen jähen Temperatursturz mit sich, und ein schneidender Wind rüttelte an den Bäumen und fuhr raschelnd durch die bunte Blätterpracht. Das Laub fiel und verwandelte die Gehwege an vielen Stellen in schlüpfrige Pfade, die besonders Fahrradfahrern gefährlich werden konnten. Auf seinem Weg zur Polizeiinspektion musste Jonathan häufiger seine Geschwindigkeit drosseln und drohte dennoch mehrfach die Kontrolle über sein Fahrrad zu verlieren. Sein Laptop, der sich in einem wetterfesten Rucksack befand, durfte keinesfalls beschädigt werden, schließlich brannte er darauf, ihn den Spezialisten des LKA für eine genauere Untersuchung zu überlassen. Ulf Reinders hatte sich noch nicht bei ihm gemeldet. Durchfroren und abgekämpft ließ Jonathan sich von Richard die Tür öffnen und trat in das ungewohnt menschenleer wirkende Gebäude. Der junge Forscher strich sich feuchte Haarsträhnen aus dem Gesicht und blickte seinen Freund fragend an.

»Wie ist die Vernehmung von Sommers Sohn verlaufen?«

»Der Mann hat ein umfassendes Geständnis abgelegt. Es schien ihm eine Genugtuung zu sein, uns detailliert von sich und seinen Taten zu berichten. Absolut haarsträubend die ganze Geschichte. Es blieben kaum Fragen offen, und alles erscheint ziemlich plausibel zu sein. Natürlich werden wir die Aussagen noch genau überprüfen müssen.« Trotz dieser Erfolgsmeldung machte der Kriminalhauptkommissar ein bedrücktes Gesicht.

»Ja und du fühlst dich nicht erleichtert?«

»Die meisten Fragen, die wir hatten, sind dadurch beantwortet, wenn du das meinst, worüber ich erleichtert sein sollte.«

»Ja, das meine ich.«

»Vielleicht bin ich einfach nur erschöpft. Es wird außerdem nicht mehr lange dauern, und über uns wird ein Presseansturm hereinbrechen, wie ihn die Osnabrücker Polizei noch nicht erlebt hat.«

»Warum?«

»Sommer hat, bevor er bei Landwehrs Villa aufgekreuzt ist, die CD-ROM von Dahlmann an die Medien verschickt, nach seiner Aussage bundesweit.«

»Dahlmanns CD-ROM? Wie ist er denn an die gekommen?«

»Das kann ich dir nicht so einfach zwischen Tür und Angel erzählen. Am besten, du hörst dir die Tonaufzeichnung der Vernehmung zur Sache selbst an, dann wirst du alles verstehen.« Fürst machte eine auffordernde Geste, und sie schritten schweigend die Treppe empor. Kurz darauf saßen sie im frisch gelüfteten Büro des Kriminalhauptkommissars.

»Erst mal ein paar biografische Angaben zu dem Mann.« Fürst blickte konzentriert auf den vor ihm liegenden Vernehmungsbogen mit den Angaben zur Person. »Name Peter Sommer, 52 Jahre alt, geboren am 23.05.1961 in Bremen, mit 14 Jahren in ein Kinderheim gekommen. Der Name der Mutter lautet Lydia Sommer, geborene Kreiwinkel, an Krebs verstorben. Vater Armin Sommer. Die Eltern trennten sich Mitte der 60er Jahre. Peter Sommer wuchs bis zu seiner Heimeinweisung bei seiner Mutter auf.«

Er zog ein auf seinem Schreibtisch liegendes Aufnahmegerät zu sich heran.

»Was du jetzt hören wirst, ist die sehr ergiebige Befragungsphase. Sommer hat uns vorher ziemlich kokett aufgefordert, ihm Fragen zu stellen. Sei gewarnt, es ist harter Tobak.«

Jonathan nickte stumm und abwartend.

Fürst drückte die Play-Taste und die Stimme des Kriminalhauptkommissars erklang.

»In welches Heim sind Sie damals gekommen?«

»Nun, wie Sie sicherlich wissen, hatten sich Mitte der siebziger 70er Jahre die Verhältnisse in den meisten Heimen grundlegend geändert, aber es gab hier und da noch die alten autoritären Strukturen. Ich hatte das Pech, in ein Heim zu kommen, in dem dies noch der Fall war, Freistatt bei Diepholz. Von 1975 bis 1979 lebte ich in diesem Heim, das eigentlich eher ein lagerartiger Komplex war.«

»Was haben Sie nach Ihrer Zeit im Heim beruflich gemacht?«

»Nachdem ich das Heim verlassen hatte, begann ich in Bremen eine Ausbildung zum Konditor, brach diese aber bereits nach einem halben Jahr wegen Problemen mit dem Chef ab. Durch den Kontakt zu einem Bekannten aus der Heimzeit, der mittlerweile in West-Berlin lebte, zog ich 1981 dorthin und lebte bis 1988 in der Stadt. In dieser Zeit hielt ich mich zunächst mit Gelegenheitsjobs über Wasser und lebte in verschiedenen WGs. Ich war 1982 und 1983 in der Hausbesetzerszene aktiv und zählte mich danach zum Kreis der so genannten ›Antiimperialisten‹. 1984 begann ich eine Ausbildung zum Altenpfleger, die ich 1987 abschloss. Im Jahr 1988 bin ich dann nach

Spanien gegangen, ich wollte Deutschland hinter mir lassen und ganz neu anfangen.«

»Was haben Sie in Ihrer Zeit in Spanien gemacht?«

»Mit meiner Ausbildung habe ich schnell eine Anstellung in einem Altenheim in Valencia gefunden und dort bis 1995 gearbeitet. Danach habe ich wieder einige Jahre von Gelegenheitsjobs gelebt, überwiegend in der Gastronomie. 2002 habe ich eine erneute Anstellung als Altenpfleger in einer privaten Seniorenresidenz in Malaga gefunden. 2009 habe ich dort einen alten Mann kennengelernt, einen Deutschen, den ich zeitweise betreute. Zwischen uns entwickelte sich ein gewisses Vertrauensverhältnis, und er erzählte mir, dass er bis 1967 in einem Kinderheim in Westdeutschland gearbeitet hatte. Mir wurde aber mehr und mehr klar, dass ich einen Alt-Nazi vor mir hatte. Ich wusste zu dem Zeitpunkt auch, dass in Spanien viele ehemalige Nazis nach dem Krieg Unterschlupf gefunden hatten. Die Francodiktatur hat sie vor Ermittlungen geschützt. Es gab sogar eigene Siedlungen, und die ›alten Kameraden‹ konnten dort völlig unbehelligt leben und ihrer Gesinnung frönen. Experten zu dem Thema sprechen von einem Paradies für Nazi-Kriegsverbrecher unter Franco. Der Mann hat Vertrauen zu mir aufgebaut, und ich war am Anfang auch völlig arglos, bis zu dem Zeitpunkt, wo er anfing, mir von seiner Arbeit im Kinderheim zu erzählen. Ich heuchelte Sympathie, um mehr heraus zu bekommen und es gelang mir, einiges über seine damalige Arbeit zu erfahren. Ich hatte allerdings den Eindruck, dass er mir bei Weitem nicht alles erzählte. Schließlich durchsuchte ich sein Zimmer und fand dabei eine auffällige Briefkorrespondenz mit einem gewissen Franz Stolzenberg in Bad Rothenfelde,

offensichtlich auch ein ehemaliger Mitarbeiter eines Kinderheims. Die Briefe trieften nur so vor NS-Nostalgie. Besonders interessant war dann aber der ungewöhnliche Fund von drei Personalakten und eines SS-Dienstausweises in den Unterlagen des Mannes. Der Ausweis lautete auf den Namen Spinnenberger. Das Foto verriet sofort, dass es sich bei Stolzenberg und Spinnenberger um ein und dieselbe Person handelte.«

»Wie gingen Sie dann weiter vor?«

»Ich fertigte von den Briefen und den Personalakten heimlich Kopien an und ließ die Sache noch eine Zeit lang auf sich beruhen. Ich habe lange überlegt und mich dann entschieden, nachzuforschen. Zu der Zeit hatte ja die Debatte über die Missstände in der Heimerziehung im Nachkriegsdeutschland schon vieles ans Tageslicht gebracht. Ich fand heraus, dass es zur Frage, was mit den aus der Kinderarbeit gewonnenen Geldern genau geschehen war, noch keine befriedigenden Antworten gab.«

»Wie würden Sie zu diesem Zeitpunkt und davor das Verhältnis zu Ihrem Vater beschreiben?«

»Bis zu dem Zeitpunkt hatte ich zu meinem Vater keinen Kontakt, wusste aber, dass er in Osnabrück lebt. Ich empfand es als interessanten Zufall, dass Stolzenberg alias Spinnenberger ganz in der Nähe wohnte. Ich habe meinem Vater dann geschrieben, und wir haben uns in den Monaten danach angenähert und auch einige Male telefoniert. Dabei habe ich erfahren, dass die Gründe für sein fehlendes Engagement, sich um mich, auch nach der Trennung von meiner Mutter, zu kümmern, ganz viel mit seiner Zeit im Kinderheim zu tun hatten. Ich war erstaunt, wie klar er die Zusammenhänge benennen konnte und er entschuldigte sich bei mir, er war wirklich tief betrof-

fen. Ich erfuhr dann auch, dass er sich schon seit Jahren vergeblich bemühte, meinen Aufenthaltsort ausfindig zu machen, obwohl ich ja noch seinen Nachnamen trug. Er wusste bis zu meiner Kontaktaufnahme nicht, dass ich in Spanien lebte. Uns beiden wurde klar, wie tragisch das alles war, und wie sehr wir beide, Vater und Sohn, von diesen Strukturen in den Kinderheimen in unserem Leben betroffen waren.«

»Wie gestaltete sich der weitere Kontakt zu Ihrem Vater?«

»Ich habe, das muss Ende 2010 gewesen sein, begonnen, meinem Vater Informationen über meine Recherchen zu schicken, die ich auf der Grundlage der Briefe angestellt hatte. Auch über Stolzenberg alias Spinnenberger waren Informationen dabei. Ich wusste, dass er schon mit dem Thema vertraut, es quasi für sich aufarbeitete, aber ich wusste nicht um die Intensität seiner Arbeit. Wir haben sogar in unseren Telefonaten davon gesprochen, dass er vielleicht zu mir nach Spanien ziehen könnte. Wir wollten den Frieden finden, der uns bisher in unserem Leben nicht vergönnt gewesen war. Anfang 2012 hat er mir dann in einem Telefonat eröffnet, dass er nicht eher bereit wäre, sich auf einen neuen Lebensabschnitt einzulassen, bis er mit Stolzenberg abgerechnet hätte. Erst da habe ich gemerkt, was ich bei ihm mit der Weitergabe der Informationen über diesen Mann ausgelöst hatte.«

»Bitte beschreiben Sie dies genauer.«

»Mein Vater gestand mir, dass er Stolzenberg aus seiner Heimzeit in Ankum kannte. Dieser Mann sei eine Bestie gewesen, und er habe sich immer gefragt, ob und wo diese Person lebt. Seit er von mir erfahren habe, dass er in

Bad Rothenfelde wohne, habe er öfter mit dem Gedanken gespielt, zu ihm zu fahren und ihn zu attackieren.«

»Sie haben nicht versucht, ihm dies auszureden?«

»Nein. Im April 2012 bin ich nach Deutschland gekommen, und wir haben uns in Osnabrück getroffen. Das Ergebnis dieses Treffens war der Plan, Stolzenberg zu entführen. Mein Vater war der Auffassung, dass es nichts bringen würde, wenn wir mit der echten Identität Stolzenbergs an die Öffentlichkeit gehen würden. Er wollte es selbst in der Hand haben, diesen Mann zur Rechenschaft zu ziehen, und ich habe ihm zugestimmt.«

»Wie ging es dann weiter?«

»Als mein Vater ermordet wurde, befand ich mich bereits seit drei Tagen in Osnabrück. Die Entführung sollte zwar erst in einigen Wochen stattfinden, aber das Ganze musste ja vorbereitet werden. Mein Vater hatte vorgeschlagen, Stolzenberg nach der gelungenen Aktion in ein abgelegenes Ferienhaus in der Nähe von Quakenbrück zu bringen und ihn dort zu verhören. Er kannte das Haus durch seinen engen Freund Robert Dahlmann, der ihm begeistert von seinen Vogelbeobachtungen dort berichtet hatte. Mein Vater meinte, dass dies ein geeigneter Ort für unser Vorhaben sei.«

»Sie trafen dann entsprechende Vorbereitungen?«

»Ja genau, ich habe mir daraufhin das Haus angesehen. Das Schloss ließ sich mit einem Trick problemlos öffnen. Ich habe dort dann das Depot angelegt. Am Abend vor seiner Ermordung habe ich mit meinem Vater telefoniert und ihm von den Vorbereitungen berichtet. Er sagte mir, dass er sich an diesem Abend in seinem Haus nicht sicher fühlen würde, irgendetwas stimme nicht, er könne es spüren. Ich beruhigte ihn. Wir vereinbarten, uns am

nächsten Tag bei ihm zu treffen. Als ich am Tag darauf erfuhr, dass er angeblich bei einer Gasexplosion ums Leben gekommen war, habe ich daran nicht geglaubt und einen Mord für wahrscheinlicher gehalten, allerdings ohne zu wissen, durch wen. Ich wusste aber, was ich zu tun hatte. Es gab keinen Grund, mit unserem Vorhaben zu warten, das ich dann aber angesichts seiner Ermordung viel radikaler umsetzte, als geplant.«

»Sie meinen damit, dass Sie den Entschluss fassten, Stolzenberg zu ermorden?«

»Für mich war klar, dass Stolzenberg sterben musste, ich drücke es lieber mal so aus. Aus den Medien erfuhr ich dann, dass Robert Dahlmann verdächtigt wird und die Polizei auf der Suche nach ihm ist. Als ich am Freitag an das Depot beim Ferienhaus wollte, stellte ich erstaunt fest, dass sich Dahlmann auf dem Gelände befand und anscheinend im Ferienhaus Unterschlupf gesucht hatte.«

»Wie reagierten Sie darauf?«

»Ich war unschlüssig, was ich nun tun sollte. Ich musste allein schon wegen des Geldes an das Depot, aber ich zögerte und wartete zunächst ab. Am Abend beschloss ich, mich vorübergehend zurückzuziehen und später erneut das Ferienhaus aufzusuchen, als ich eine Gestalt bemerkte, die das Haus beobachtete. Zunächst dachte ich an eine polizeiliche Überwachungsmaßnahme, aber da es bei dieser einen Person blieb und eigentlich nicht nach einem Polizisten aussah, wurde mir klar, dass es einen ganz anderen Zusammenhang geben musste. Ich spürte, dass Dahlmann in Gefahr war, und blieb deshalb vor Ort. Als der Mann später in das Haus eindrang, habe ich gehandelt, um Dahlmann zu helfen.«

»Wie haben Sie gehandelt?«

»Ich dachte, ich könnte den Eindringling mit Schüssen beeindrucken und zum Aufgeben bewegen. Ich wusste nicht, dass dieser Romer auch eine Schusswaffe mit sich führte. Ich wollte ihn nicht töten, aber er feuerte draußen auf mich, und ich hatte keine andere Wahl, als, mich zu wehren.«

»Nach dem Schusswechsel halfen Sie Dahlmann.«

»Dass er schwer verletzt war, sah ich erst, als ich ihn aus dem Teich zog. Er verlor kurzzeitig das Bewusstsein und ich verständigte mit meinem Handy über Notruf die Polizei und habe dabei auch um einen Krankenwagen gebeten.«

»Und die CD-ROM? Wie kamen Sie an die?«

»Dahlmann schlug plötzlich die Augen auf und begann von der CD-ROM zu sprechen, die von ihm im Ferienhaus versteckt worden sei. Ich fragte, wo, und er sagte es mir.«

»Dass Romer zu dem Zeitpunkt bereits tot war, wussten Sie?«

»Ich ging zu ihm hinüber, er lag am Boden, und ich stellte fest, dass er tot war. Seine Waffe nahm ich mit. Dann eilte ich ins Ferienhaus, nahm die CD-ROM an mich und verließ das Gelände. Ich habe ziemlich kopflos reagiert. Schon kurze Zeit später, im Auto, habe ich mir Vorwürfe gemacht, dass ich das Depot nicht geräumt habe, aber in dem Moment am Ferienhaus habe ich rein instinktiv gehandelt. Meinen Wagen hatte ich an einer schwer einsehbaren Stelle abgestellt, wo er offensichtlich auch von Romer nicht bemerkt worden ist.«

»Wann wurde Ihnen die Bedeutung der CD-ROM klar?«

»Mir fiel erst später auf, dass die Schrift auf dem Datenträger der meines Vaters ähnelte. Da habe ich dann auch

zum ersten Mal darüber spekuliert, ob Romer mit seinem Angriff auf Dahlmann darauf abzielte, sie in seinen Besitz zu bringen. Als ich die CD-ROM am Samstagmorgen zu öffnen versuchte, fiel es mir nicht schwer, das Passwort zu erraten, es lautete auf meinen Namen. Ich habe mir dann schnell einen Überblick über die Daten verschafft. Die enthaltenen Informationen beziehen sich auf ein geheimes Treffen 1961 in einem Hotel in der Nähe von Bad Zwischenahn, das wissen Sie ja vermutlich bereits. Bei diesem Treffen, man könnte auch Geheimkonferenz sagen, wurde die Gründung der Wilhelm-Kynschwett-Stiftung beschlossen. Sie hatte von Anfang an die Funktion eines Verteilers von illegal durch die Kinderarbeit in den Heimen gewonnenen Geldern an politisch rechts stehende Vereine und Organisationen. Das musste allerdings organisiert werden, und auch darum ging es bei diesem Treffen. Mit am Tisch saßen ultrakonservative Unternehmer, allen voran Hermann Landwehr, einige Heimleiter, hohe Kirchenfunktionäre und Mitarbeiter verschiedener Landesjugendämter. Die Anwesenden bildeten bereits vor der Stiftungsgründung ein konspiratives rechtes Netzwerk. Es zielte darauf ab, in den jeweiligen Institutionen Einfluss auszuüben. Ein Nebeneffekt der getroffenen Absprachen auf dem Treffen war auch, dass die beteiligten Unternehmer auf diesem Weg billige Arbeitskräfte bekamen.«

»Wie sind Sie dann auf Rudolf Landwehr aufmerksam geworden?«

»Es hat nach der Sichtung der CD-ROM nur noch einiger Zusatzrecherchen bedurft, und dann wusste ich, dass Rudolf Landwehr heute in dem Netzwerk die Fäden zieht. Die berühmte Spinne im Netz, wenn sie so wollen, ein

Mann mit besten Kontakten sowohl zu bürgerlich-konservativen als auch zu christlich-fundamentalistischen und rechten Kreisen. Was dann folgte, wissen Sie ja.«

»Sie haben sich nicht gefragt, wie Ihr Vater überhaupt an die Informationen gekommen ist?«

»Natürlich habe ich mich das gefragt, und vor allem, warum er sie mir gegenüber verschwieg. Vermutlich hat er in Archiven recherchiert und dabei einen Zufallsfund gemacht. Er befürchtete dann wohl, dass ich mich, wenn ich davon erfahren würde, gegen eine Entführung Stolzenbergs aussprechen und stattdessen den Schwerpunkt auf die Aufdeckung der Machenschaften der Wilhelm-Kynschwett-Stiftung legen würde; und damit hat er auch sicher recht gehabt.«

»Welche Motive hatte denn Ihr Vater aus Ihrer Sicht?«

»Anscheinend wollte mein Vater zunächst seine persönliche Abrechnung mit Stolzenberg durchführen, um mich dann mit den weitreichenden Informationen über die Stiftung und ihrem konspirativen Netzwerk zu konfrontieren. Landwehr und sein Kreis haben dann wohl irgendwie von seinen Recherchen erfahren. Sie waren sich offenbar sicher, dass er Material besaß, das sie belastet und das er an die Öffentlichkeit bringen könnte. Das entsprechende Material besaß er ja tatsächlich.«

»Wie schätzen Sie die Rolle von Nathan Romer ein?«

»Nathan Romer bekam von Landwehr den Auftrag, meinen Vater umzubringen und die Unterlagen zu sichern. Der Mord sollte wohl wie ein Unfall aussehen.«

»Sie haben in keinem Moment an Ihrem Vorgehen gezweifelt?«

»Sie haben mir meinen Vater genommen, und ich habe sie dafür bezahlen lassen. Dass Rudolf Landwehr unter

Herzproblemen litt, habe ich nicht gewusst, ich wollte ihn nicht töten. Letztlich bereue ich aber nicht, was ich getan habe.«

Energisch drückte der Kriminalhauptkommissar die Stopp-Taste. Aufmerksam hatte er während der Phase des gespannten Zuhörens Jonathans vereinzeltes Kopfschütteln beobachtet. Als sich ihm nun sein Freund mit einem Blick, in dem eine Mischung aus Erstaunen und Irritation lag, zuwandte, huschte ein verständnisvolles Lächeln über seine Lippen.

»Unglaublich, nicht wahr?«

Zur Antwort erhielt er nur ein stummes Nicken.

Draußen drückte der böige Wind Regentropfen gegen die Scheibe. Ihr Auftreffen auf dem Glas war in diesem Moment das einzige Geräusch im Raum.

»Alles macht nun einen Sinn«, formulierte Jonathan ausdruckslos.

»Ja, das macht es«, antwortete der Kriminalhauptkommissar mit belegter, fast flüsternder Stimme. Eine Drama sondergleichen.«

»Was ich mich allerdings noch frage, ist, warum mich ausgerechnet diese Stiftung fördern wollte?« Die Frage Jonathans kam unvermittelt. Fürst dachte einen Moment lang nach.

»Vermutlich wollten sie dich kontrollieren. Irgendetwas an deiner Arbeit hat sie aufgeschreckt. Vielleicht bist du, ohne es zu merken, auf etwas gestoßen, was sie lieber verborgen gesehen hätten, und sie wollten auf dem Laufenden sein über das, was du bei deiner Arbeit unternimmst und zu wem du Kontakt hast. Das Anzapfen deines Laptops hatte wohl dasselbe Ziel.«

Dann schob der Kriminalhauptkommissar mit einem plötzlichen, energischen Unterton nach »Komm, wir holen uns einen Kaffee.« Sie erhoben sich und verließen das Büro.

MONTAG, 15. OKTOBER

34. KAPITEL

Als der Sarg in die Tiefe gelassen wurde, erschien es Jonathan so, als ob alle Anwesenden von der Endgültigkeit dieses Moments berührt waren. Weder er noch Richard oder der ebenfalls am Rande des Grabes stehende Helmut Krüger hatten Armin Sommer persönlich gekannt. Dennoch verband sie mit dieser Person eine der brisantesten Ermittlungen der vergangenen Jahre. Ereignisse, die keiner von ihnen in der nächsten Zeit vergessen konnte, die sie vielmehr über einen noch unabsehbar langen Zeitraum begleiten und beeinflussen würden.

In ihren dunklen Jacken und Mänteln, die Haare vom Herbstwind zerzaust, wirkte diese kleine, etwa ein Dutzend Leute umfassende Menschenansammlung auf Jonathan in diesem Moment wie ein Häuflein von einzelnen Personen, von denen jeder still seinen Gedanken nachhing. Das galt selbst für Helmut Krüger, dessen Gesichtsausdruck nachdenklich und verschlossen auf den jungen Forscher wirkte. Die Hälfte der Trauergäste war Jonathan unbekannt. Zu Beginn der Zeremonie hatte er aufmerksam Richards intensive Blicke bemerkt, der die Anwesenden skeptisch beobachtete und sich vermutlich fragte, was sie mit Armin Sommer verband. Wie Jonathan später erfuhr, hatte der Kriminalhauptkommissar zumindest zwei der Anwesenden als Nachbarn Sommers identifizieren können. Peter Sommer hatte bereits gestern unter strengsten Sicherheitsvorkehrungen Gelegenheit gehabt, sich von seinem in der Friedhofskapelle aufgebahrten Vater zu verabschieden. Unmittelbar danach war er wieder in seine Zelle verbracht worden.

Der Medientross, den sie bereits bei ihrer Ankunft zu Gesicht bekommen hatten, lag unsichtbar hinter der Friedhofsmauer in Wartestellung. Richards gestriger Ausblick auf den Presseansturm, den er auch bei einer längeren nachmittäglichen Sitzung der Mordkommission ausführlich zum Thema gemacht hatte, wurde durch die Realität dieses Montagmorgens deutlich überboten. Drei Fernsehübertragungswagen auf dem Parkplatz des Friedhofs belegten eindrucksvoll, wie groß der Wunsch nach Bildern und Informationen war. Der ebenfalls anwesende Pulk von Reportern und Fotografen aller Mediengattungen würde es sich vermutlich nicht nehmen lassen, sie beim Verlassen des Geländes abzulichten und um Statements zu bitten. Fürst hatte die klare Order ausgegeben, auf die für den Nachmittag angesetzte Pressekonferenz zu verweisen und sich ansonsten jedes Kommentars zu enthalten. Die Vorbereitungen für die Konferenz liefen bereits seit gestern auf Hochtouren, und noch erschien es allen vonseiten der Polizei und Staatsanwaltschaft Beteiligten unklar zu sein, ob sie diese organisatorische Mammutaufgabe in der Kürze der Zeit tatsächlich zufriedenstellend bewältigen würden. Die genaue Regelung der Zuständigkeiten für die anstehenden Ermittlungsarbeiten stand noch aus, aber absehbar war bereits, dass sich das LKA Niedersachsen mit mehreren Abteilungen einbringen würde. Auf der Pressekonferenz würde der LKA-Beamte Ludger Voß eine wichtige Rolle einnehmen, was Fürst als Entlastung empfand. Jonathan hatte mit seinem Freund vereinbart, dass er sich bei der Konferenz im Hintergrund halten und sich einen Platz unter den Medienvertretern suchen würde. Das Letzte, was die Mordkommission in dieser Situation gebrauchen könne, seien, so der Kriminalhauptkommissar, pingelige Fragen von übereifrigen Reportern nach der Legitimität von externen Beratern. Über die Rolle von Wolfgang Eschenburg bei der Konferenz hatte vorübergehend Unklarheit geherrscht. Die Bedeutung seiner Recherchen für die Ermittlungen erschien den Kommissionsmitgliedern unstrittig zu sein. Fürst beschloss, den Hinweis auf seinen Beitrag während der Konferenz zu anonymisieren. Es gab aus seiner Sicht keinen Grund, zum jetzigen Zeitpunkt mit dem Klarnamen des investigativen Journalisten an die Öffentlichkeit zu gehen. Eschenburg betonte, dass dies im Moment auch in seinem Interesse sei.

Sie verließen nach der Beerdigung das Gelände des Friedhofs so schnell wie möglich. Die Dienstwagen standen unmittelbar neben dem Eingang, sodass die heraneilenden Medienvertreter, zumindest was die Kriminalbeamten betraf, nur wenig Gelegenheit hatten, ihnen ihre Mikrofone entgegenzustrecken und in einem wilden Durcheinander Fragen zu stellen.

»Herr Fürst, Herr Fürst, warum haben Sie es für nötig gehalten, auf dieser Beerdigung zu sein?« Der krakeelende Reporter in der zweiten Reihe wedelte aufgeregt mit seinem Mikrofon. »Kein Kommentar«, rief ihm der sichtlich genervte Angesprochene zu, der die in der Frage unterschwellig mitschwingende Vorwurfshaltung zusätzlich mit einem bösen Blick quittierte. Zwei Minuten später rollten die beiden Dienstfahrzeuge in Richtung Innenstadt. Jonathan hatte in Richards Wagen auf dem Beifahrersitz Platz genommen.

»Sag mal, Jonathan, hast du eigentlich mal darüber nachgedacht, dich nach dem Abschluss deiner Doktorarbeit beim sozialwissenschaftlichen Dienst der niedersächsischen Polizei zu bewerben?«

»Gibt`s den wirklich?

»Klar, er hat seinen Hauptsitz in Hannover. Ich dachte, ich hätte dir schon mal davon erzählt.«

»Nicht, dass ich wüsste.«

»Soviel ich weiß, sucht auch das Kriminologische Forschungsinstitut Niedersachsen in Hannover kompetente Wissenschaftler, durchaus auch als freie Mitarbeiter. Um ganz ehrlich zu sein, ich würde dich schon gerne bei der Polizei sehen oder zumindest bei einer polizeinahen Einrichtung.« Der Kriminalkommissar machte trotz seiner aufrichtig gemeinten Worte einen verschmitzten Gesichtsausdruck.

»Darf ich das als Kompliment verstehen?«

»Voll und ganz.«

»Ich dachte eigentlich, dass ich meinen Posten als externer Berater hier erst mal behalte.« In Jonathans Stimme lag keinerlei Ironie.

»Nun, das eine würde das andere nicht ausschließen, aber eines steht für mich in jedem Fall fest.«

»Ich höre?«

»Ich werde auf deine Hilfe in Zukunft nicht mehr verzichten wollen und ich werde das gegenüber den oberen Etagen auch durchboxen.«

»Hand drauf?«

»Hand drauf!«

*

Robert Dahlmann blickte Jonathan aus großen Augen erstaunt an, als könne er die unerwartete Anwesenheit des jungen Forschers nur für ein Trugbild halten.

»Herr Dahlmann, Sie haben geschlafen, und ich habe mich einfach hierher gesetzt und gewartet.«

»Jonathan, ich …«, er stockte in seiner Rede, rang um die richtigen Worte. Seine Augen füllten sich plötzlich mit Tränen. Er hob die Hand, als wolle er sein Gegenüber berühren. Ihre Hände trafen sich und sanken auf das weiße Laken.

»Ich bin hier, weil ich wissen möchte, wie es Ihnen geht, und ich habe Ihnen viel zu erzählen.« Dahlmann nickte und lächelte sanft.

EPILOG

Die Woche nach der Festnahme Peter Sommers glich für alle an den Ermittlungen Beteiligten einem Belagerungszustand. Das Medieninteresse an der montäglichen Pressekonferenz hatte alle Prognosen in den Schatten gestellt. Bundesweit erschienen die Ereignisse auf den Titelseiten der Zeitungen. Die umgehend getroffenen Maßnahmen der Polizei, insbesondere die spektakuläre Durchsuchung der Büroräume der Wilhelm-Kynschwett-Stiftung durch das zuständige nordrhein-westfälische LKA am Dienstag bildete den Auftakt zu einer bundesweit ablaufenden Durchsuchungs- und Verhaftungswelle. Dieses konsequente polizeiliche Vorgehen und die durch die CD-ROM bekannt gewordenen Informationen führten dazu, dass fast alle namenhaften Tages- und Wochenzeitungen und auflagenstarke Magazine ausgiebig berichteten und auf der Suche nach neuen Informationen indirekt auch den Ermittlungsdruck bei der Polizei erhöhten. Der aufgedeckte Komplex schien einen Nerv getroffen zu haben. Dass eine solche Stiftung über Jahrzehnte unbehelligt mit aus Kinderarbeit gewonnenen Geldern rechte Organisationen finanzieren konnte, ohne dabei aufzufallen, wurde von den mit dem Thema befassten Journalisten als skandalös bewertet.

Durch die Vernehmung von Verdächtigen und der Auswertung der bei der Stiftungsuntersuchung beschlagnahmten Unterlagen ergaben sich zudem ernst zu nehmende Hinweise darauf, dass in anderen Bundesländern ähnliche Strukturen existierten. Dies weiter aufzuklären, würde aber noch Zeit in Anspruch nehmen, und setzte eine koordinierte Zusammenarbeit der verschiedenen Landeskriminalämter voraus, an der fieberhaft gearbeitet wurde.

Die Ermittlungen zu der Person Hermann Landwehr ergaben, dass es sich um einen Mann mit extrem konservativem Gedankengut gehandelt hatte. Zwischen ihm und Stolzenberg gab es nachweisbare Verbindungen aus Kriegszeiten, die letztlich wohl auch für Stolzenbergs Rekrutierung für die illegalen Stiftungsaktivitäten ausschlaggebend waren. Landwehr erwies sich als die seinerzeit treibende Kraft hinter der Idee, eine Stiftung als unauffälligen Verteiler der durch die Kinderarbeit gewonnenen Gelder einzusetzen. Wilhelm Kynschwett war damals lediglich der Namensgeber und legte mit einer Stiftungseinlage von 300.000 DM den finanziellen Grundstein für die Organisation. Hermann Landwehr und Wilhelm Kynschwett kannten sich gut, aber wie eng ihr Verhältnis wirklich gewesen war, blieb noch zu klären.

Stolzenberg, Förster und Ernsting waren in den Heimen, in denen sie arbeiteten, die Finanzbevollmächtigten für die illegalen Geldtransfers an die Stiftung.

Bei den über die Jahrzehnte hinweg von der Stiftung geförderten rechten Organisationen handelte es sich meistens um eher kleine, nach außen hin unverdächtig wirkende und politisch nicht offensiv auftretende Vereine oder Einrichtungen, die sich oft hinter einem vorgeschobenen Kulturauftrag versteckten und sich mit unverdächtigen Namen tarnten. Auch Einzelpersonen wurden gefördert, ebenso kleinere Zeitungs- aber auch Buchprojekte. Das Ganze stellte ein fein gesponnenes Netz dar, dessen Aufarbeitung die Ermittler noch viel Arbeit kosten würde.

Die Frage, wie Rudolf Landwehr genau von Armin Sommers Recherchen erfahren hatte, konnte die Polizei nicht in Erfahrung bringen. Alle bisher identifizierten und vernommenen Personen aus Landwehrs kompliziertem Netzwerk behaupteten, es nicht zu wissen, und schoben die Verantwortung auf den verstorbenen Chef-organisator ab. Vermutlich war Landwehr prophylaktisch vom schlimmsten Fall ausgegangen, was wohl bedeutete, dass er durch Sommers Recherchen die gesamte Organisation bedroht sah und deshalb dessen Ermordung befahl.

Das Ergebnis der toxikologischen Untersuchung von Armin Sommers Leichnam erbrachte das Ergebnis, dass Sommer an einer Vergiftung verstorben war. Welche Rolle Romer dabei spielte, blieb unklar. Die Ursache der Gasexplosion konnte nicht endgültig geklärt werden, aber die Polizei nahm an, dass Romer die Explosion absichtlich herbeigeführt hatte, um Beweismittel zu vernichten.

Peter Sommer befand sich in Untersuchungshaft. Bereits kurze Zeit nach seiner Festnahme begann er, seine Biografie zu schreiben.

Wolfgang Eschenburg trat nach der Aufdeckung der Stiftungsaktivitäten in eine der intensivsten und zugleich aufregendsten Arbeitsphasen seiner bisherigen journalistischen Berufslaufbahn ein. Er schrieb mehrere ausführliche Artikel in bundesweit erscheinenden angesehenen Zeitschriften, während er permanent die aktuellen Ermittlungen verfolgte und sich immer intensiver in die Thematik einarbeitete. Schließlich wurde ihm die Veröffentlichung eines Sachbuches angeboten, und er sagte zu und nahm dazu die Arbeit umgehend auf.

Robert Dahlmann wurde nach drei Wochen aus dem Krankenhaus entlassen. Noch während dessen Krankenhausaufenthalts führte Jonathan mit ihm das noch ausstehende Interview durch. Dahlmann entschloss sich, auch auf Anraten des jungen Forschers, in ein Mehrgenerationenhaus zu ziehen. Seinem Hobby, der Vogelbeobachtung, begann er wieder leidenschaftlich nachzugehen. Durch Wolfgang Eschenburgs Vermittlung gelang es, ihm eine Nebentätigkeit bei einer Lokalzeitung zu beschaffen.

Weitere Krimis finden Sie auf den folgenden Seiten und im Internet:

WWW.GMEINER-SPANNUNG.DE

SANDRA DÜNSCHEDE

Knochentanz

978-3-8392-1744-3 (Paperback)
978-3-8392-4751-8 (pdf)
978-3-8392-4750-1 (epub)

»Ein Totentransport der anderen Art – Kommissar Peer Nielsen ermittelt in einem unglaublichen Fall von Leichenschändung in Hamburg.«

In einer regnerischen Aprilnacht ereignet sich in Hamburg auf dem Ring 3 ein folgenschwerer Unfall. Ein Kleintransporter rast mit hoher Geschwindigkeit gegen einen Baum. Doch der tödlich verunglückte Fahrer ist nicht der einzige Tote am Unfallort. Im Laderaum des Fahrzeugs liegen fünf Leichen – eine davon mit einer Schusswunde. Was bedeutet dieser grausige Fund? Wer sind die Toten?

Peer Nielsen von der Mordkommission begibt sich mit seinem Team auf Spurensuche und stößt dabei auf eine unfassbare Realität im medizinischen Alltag.

GMEINER SPANNUNG

WWW.GMEINER-VERLAG.DE

Wir machen's spannend

WERNER FÄRBER
Baumkiller

978-3-8392-1756-6 (Paperback)
978-3-8392-4775-4 (pdf)
978-3-8392-4774-7 (epub)

»Die Umwelt-Aktivistin Lea Mertens ermittelt – auch gegen ihren Ex-Freund!«

Nach Monaten der Funkstille meldet sich Yannick, Leas Ex, plötzlich wieder bei ihr. Einer seiner Partner wurde auf dem Altonaer Hauptfriedhof erhängt in einem Baum gefunden. Zunächst deutet alles auf Selbstmord hin. Doch bald beginnt Lea zu bezweifeln, dass der Tod des Landschaftsgärtners selbst gewählt war. Als Yannick sie dann auch noch in ein falsches Alibi verwickelt, beginnt sie sich zu fragen: »Hat Yannik etwas mit Hannos Tod zu tun?«

WIMMER WILKENLOH
Hungergeist

978-3-8392-1751-1 (Paperback)
978-3-8392-4765-5 (pdf)
978-3-8392-4764-8 (epub)

»Seien Sie cleverer als die Husumer Kripo. Nur Sie können den Fall lösen!«

Vor dem Aquarium des Multimar in Tönning stirbt ein Fischer. Der Mann wurde mitten unter den vielen Besuchern erstochen. Die Husumer Kripo ermittelt und Stück für Stück offenbart sich das Geheimnis um die Crew des Fischkutters »Rungholt«, die eine brisante Fracht an Bord genommen hat. Jetzt ist nicht nur ein Killer hinter der Crew her, sondern auch das Misstrauen untereinander bringt alle an den Rand des Abgrunds.

K. HANKE/C. KRÖGER
Eisheide

978-3-8392-1740-5 (Paperback)
978-3-8392-4743-3 (pdf)
978-3-8392-4742-6 (epub)

»So, Katharina, das Spiel beginnt. Du erhältst ab sofort täglich eine Frage von mir, die das Leben deines Kollegen Benjamin Rehder betrifft. Für jede falsche Antwort werde ich Benjamin bestrafen. Wie, das überlasse ich deiner Fantasie. Es sind noch zwölf Tage bis zum Heiligen Abend ...«

Mitten im Weihnachtstrubel verschwindet Hauptkommissar Benjamin Rehder spurlos. Seine Kollegin Kommissarin Katharina von Hagemann ahnt, dass er sich in großer Gefahr befindet. Da bekommt sie plötzlich anonym eine Aufforderung zu einem makabren Spiel. Zwangsläufig beginnt sie in seinem Privatleben nachzuforschen und erfährt Dinge, die sie lieber nicht gewusst hätte. Wird sie es schaffen, Rehders Leben zu retten?

ELLA DANZ
Schockschwerenot

978-3-8392-1766-5 (Paperback)
978-3-8392-4795-2 (pdf)
978-3-8392-4794-5 (epub)

»Die ›Agatha Christie des Gourmetkrimis‹«
(NDR Kultur)

Der schlechte Kaffee und der penetrante Bockwurstgeruch in der Cafeteria der Kurklinik am Ostseestrand sind Kriminalhauptkommissar Angermüller von Besuchen bei seiner Frau lebhaft in Erinnerung. Nun hat er dort dienstlich zu tun: Maren Seemann, unbeliebte Klinikmanagerin, hat ihr Müslifrühstück nicht überlebt. Einen Tag später liegt der Chefarzt Dr. Paulsen tot in seinem Büro. Neben seiner Leiche wird ein mysteriöser Stein mit einem Flügelsymbol gefunden. Genau so einer wie neben Maren Seemann …

U. KRONECK/C. RUTSCH
Wer mordet schon im Osnabrücker Land?

978-3-8392-1777-1 (Paperback)
978-3-8392-4817-1 (pdf)
978-3-8392-4816-4 (epub)

11 Mal kriminell und amüsant durch das Osnabrücker Land – vom Teutoburger Wald, den Grönegau, das Wiehengebirge über die Varusregion zum Artland.

Es muss ja nicht immer gleich Mord sein! In grotesken und tragikomischen Geschichten führen zwei Ermittler die Leserinnen und Leser durch das schöne Osnabrücker Land – vom Teutoburger Wald, den Grönegau und das Wiehengebirge über die Varusregion bis zum Artland: Hauptkommissarin Irmela Hagekötter, die zu erfrischend unkonventionellen Mitteln greift, und Thaddäus Just, Fotojournalist, der mit seinem Terrier Vincent im Schlepptau immer wieder in kriminelle Geschichten gerät.

Das Neueste aus der Gmeiner-Bibliothek

Unsere Lesermagazine

Bestellen Sie das kostenlose KrimiJournal in Ihrer Buchhandlung oder unter www.gmeiner-verlag.de

Informieren Sie sich ...

www ... auf unserer Homepage:
www.gmeiner-verlag.de

@ ... über unseren Newsletter:
Melden Sie sich für unseren Newsletter an unter www.gmeiner-verlag.de/newsletter

f ... werden Sie Fan auf Facebook:
www.facebook.com/gmeiner.verlag

Mitmachen und gewinnen!

Schicken Sie uns Ihre Meinung zu unseren Büchern per Mail an gewinnspiel@gmeiner-verlag.de und nehmen Sie automatisch an unserem Jahresgewinnspiel mit »mörderisch guten« Preisen teil!